現代文學 30

變成鬼了之後……

巴黎晚餐 著

博客思出版社

死了之後，人的命運

國立清華大學經濟系教授兼系主任　劉瑞華

我有個秘密，我喜歡看小說。也許你們覺得奇怪，這算什麼秘密。不過，以我在大學經濟學系任教的身份，這是一個未必該讓人知道的事。我願意說出這個秘密，是因為我的學生中有不少人不只喜歡看小說，還會寫小說。本書的作者就是這樣的人。

我看小說的時候，經常可以放任想像，進入一個經濟理性之外的世界。巴黎晚餐的這本小說，帶我到了一個鬼的世界。不過，別以為鬼故事就很恐怖，這些變成鬼之後的人，有很多的懷念、留戀與遺憾，卻並不怨恨、報復。這些故事更透露了中國文化對死亡的一種溫柔態度，那就是轉世投胎的希望。

這幾年我也迷上了一些美國的影視節目。即使已經有許多的僵屍片，「陰屍路」(The Walking Dead) 還是有特殊的吸引力。劇中的僵屍可怕，活人更可怕。活人的可怕不僅是因為每個活人身體裡都有個僵屍，更重要的是因為那個世界裡許多活人沒有了希望。死了之後，不會變成鬼，卻讓活人比鬼更恐怖。

最近美國又有一部關於死亡的電視劇讓我大開眼界。嚴格來講，「守望塵世」(Leftovers)裡大量消失的人並非因為死亡，卻被認為上了天堂。當宗教預示的選秀結束時，那些被留下來的生存者成為不幸的「剩人」。失去親人的痛苦，再加上被上帝遺棄的絕望，這齣劇裡人物的生命一個比一個難過。又是生不如死，人比鬼慘。

死亡的可怕是因為生命結束後什麼都不能做，想做什麼都來不及了。我講的不是死去的人，而是活著的人，無法再對死去的人做什麼。這是我在「陰屍路」、「守望塵世」裡看到的悲劇。那死去的人呢？死了之後，還可以做什麼嗎？這本書的書名留給讀者許多餘韻。

回到我的本行。我在大學教經濟學，談的是如何選擇。人的一生中經歷許許多多的選擇與不選擇，承受著那些決定的後果，而且充滿了事後的回憶與悔恨。經濟學雖然是為了現實的選擇所發展出來的學問，但是當我們把想像力放到現實以外，那些生命中的選擇依然循著人性繼續延伸。我很自豪的說，作者是我們經濟學系教過的學生。

只要不死，就還有改變的機會，也就還有希望。人死了之後呢？我們看到許多沒有希望後的悲劇，從這些悲劇中獲得的最深感受是對於生命的珍惜。對照那些對死亡絕望的悲劇，變成鬼反而是一種希望。

中國文化的轉世投胎信仰，給了死後更多的希望。死後的希望讓人能夠比較勇敢面對死亡，可是如果希望來的太過容易，卻會讓活著沒有價值，失去面對生命的勇氣。命運已不可知，死後當然也不可知。變成鬼了之後⋯，這裡的故事，還是有許多選擇與不選擇的懷念、感激、遺憾、無奈。

鬼域，往生

施佩瑩

大部分的人，應該都不知道人死後去了哪裡，如果變成了鬼，之後呢？乍看單純的問題，巴黎晚餐在書中娓娓建構了一個個令人感覺再真實不過的情景，讀了之後不但已經要相信了這就是天堂的樣貌，而且還迫不及待往下翻，想知道後面的情節發展。就像在看日劇「世界奇妙物語」一樣，而且每個獨立小故事還能環環相扣，邊看邊享受找梗的樂趣。

與巴黎晚餐相識是再自然不過的同學關係，從小就喜歡看書寫作的她，對文字的使用亦很敏銳，到現在還記得我們國中時玩過的文字接龍遊戲，我接詞的內容總是被她說這不好笑啊、換一個，而她自己的接龍內容卻天馬行空、笑果十足，在那個學校老師只教怎麼考試的年代，她仍然能在平淡日常中發現許多大大小小的亮點，就像她的小說。

她上一本書出版的時候我們除了佩服更為驚豔，因為她文藝美少女的形象太深植我們同學心裡，即使當了媽媽也是一樣優雅緩和，生活時尚、旅行美食的主題好像跟她比較相近，結果厚厚一本紮實的奇幻小說卻在忙錄育兒的空檔突然間產出；當我以為這本新書可能是奇幻小說第二部的時候，她又再度顛覆我們的想像，出了這本集結她過去、現在的短篇創作小說，雖然是陸續寫成，但從第一篇到最後一篇的故事中，隱隱展現了對生命中來不及或錯過的、不論好壞的人事物的追悔。

捨棄華麗的詞藻卻仍能將故事說的有趣、人物描寫細膩、細節處理恰到好處，她獨特的洞察力，讓這本書具有高度影像化的效果，各個場景與書中人的表情動作，似乎都能輕易浮現眼前、描繪出畫面，增添不少閱讀趣味。

閱讀巴黎晚餐的書，從中發現自己曾有過的念頭、曾想做的舉動，與其說她透過創作表達或趨近自己，不如說她的創作讓身為讀者的我們，伸手觸向摸不到的內在世界。

靈魂的本質是慾念

巴黎晚餐

這本小說雖是以鬼為出發點的故事，但並非在一開始我就抱持著「這一次，我想特別花一點時間來談談鬼的事！」不是這樣。

而是如同過去寫作時，選擇的角色自然各別帶著不同的身分、性格、經歷…等，這些型塑一個角色時必要的種種元素，而此次被寫進故事裡的某些人物，他或者她，在那些元素中，有一樣特徵恰巧是「鬼」。應該這麼說。

一直以來我的寫作習慣總是多軌進行，從第一段第一行開始順順地、好好地寫，對我來說完全無法想像，而是經常同一時間在琢磨不同章節的橋段。這本由十一個短篇集結而成的小說也是如此。除了其中幾篇在許久以前就完稿之外，其餘的，整體說來皆是在這種多頭作業的書寫習慣下完成。

小說中特別費心的部分，應該是角色語氣的修改。這項工作比起寫就初稿本身，耗費我更多的時間。即便是那些看似隨興帶過的詼諧對白，都是故事在完成七、八成左右時，再慢慢花時間一點一點加以安插、修改。相較於決定要寫關於鬼的故事，這一點，反而才是我一開始就確定的。

「希望讀者能在毫不感覺沉重的情況下接收到我想藉由故事傳達的某些想法。」

決定要這麼寫之後，特別斟酌不同故事間的敘述口吻。沒有道理登場的「我」才八、九歲，說起話來卻用詞扭捏，或是登場的「我」明明是率性的男生，對話卻拖泥帶水…等等這些考量，

更促成上述寫作方向。總之每篇一處一處慢慢被調整成合理的口吻。

會被誤解嗎？——那簡直像是玩笑般、作為開場白的第一篇故事，由這樣的故事開始娓娓道來的話——還是恰巧相反會因此吸引到曉得其中費工夫部分所在的讀者，而結果被正面地理解了呢？

坦白說，我也不知道。

然而「就是打算這樣寫」的方向是如此明確，像抱定要由地質剖面結構來敘述一座小丘那樣——這一層是略帶水氣的黏土層、那一層有著豐富的沉積物、接著是極為單調卻不透水的紅土層、或除了化石什麼都沒有的一層…層層分明，各有所因——配合角色轉換說話語氣到了寫這本小說的後期，便成了再自然不過的事。我想要這樣說故事。

小說全部完成後，我以作為讀者的立場自己讀過一遍，感覺經由對白修改，小說彷彿被整個重新寫過一遍！自己也感覺驚訝。而對於作品中四處都有的鬆散雲團般的輕鬆感，我自己很喜歡——雖然偶有不太相信是自己寫出來的東西的奇異感觸。

大概猶如同一輪月亮，不過形狀稍稍改變就令觀者的感受截然不同。

也如同鬼，不過是一眼，就被誤以為是可怕、可恨。或如同千千萬萬個你我，不過是一句話，就被誤以為可惜或者可惡。

而其實完全來自我們的想像。

這個世界上既有各式各樣的人，那麼有各式各樣的鬼自也是合情合理。

明明什麼鬼也沒有見到，卻才燒完一炷香，就感覺被激勵了！確實有這樣的人吧，很可能還為數頗多！供桌上的香才燒了一半，那鬼卻已豪不戀棧生前至親，早已轉身，堅信來世會勝過此生，勢必也有這樣的亡者吧！

於是一切無法掌握的事況、人物，總是自然而然、不知不覺地最終都令世人不安，同時強烈地好奇。

「希望」也是這樣。

假使連想像中理應可怕的鬼都給予我們祝福的時候，那個「希望」要落實到什麼樣的程度才夠稱得上是一帆風順呢？我向湖面打了一個這樣的水瓢，並將這份不確定和慨歎悄悄夾進不同的篇幅中。

「希望」有時很討厭，存在著「即使盡了全力也無法獲得百分之百的回報」這樣的特質。正如同鬼，無論多想見或多不想見，不是拼命去做什麼就會有果斷的答覆。

於是鬼才令我們惴惴不安，那份不安並非來自鬼的可怕，而是我們心中那股作不了主的無從著力。

這本小說，寫的是這兩件事。說穿了，其實是同一件事。

至於…鬼是模糊而突兀的存在？是令人備感懷念的憧憬？是神思安心的寄托？……說到底，鬼是否真存在我們的四周呢？

只能說，不同的讀者想必各自心裡有數。

• CONTENTS 目次 •

死了之後，人的命運　國立清華大學經濟系教授兼系主任　劉瑞華　2

鬼域，往生　施佩瑩　4

靈魂的本質是慾念　巴黎晚餐　6

變成鬼了之後　10

老公公　36

招魂別在月光下　45

Thought Maker　82

千千萬萬個我　105

痛　137

男神不是對手　147

莫尼瓦城　177

姐姐　183

冷　213

千千萬萬個你　223

變成鬼了之後

今天是我變成鬼的第二天，昨天在醫院裡，醫生護士取下我的呼吸器後沒多久，我就死掉了。

我們全部的人，應該說全部的鬼，今天一大早就被集合到一個很大的禮堂去，有點像我小學時候的那種禮堂，座位既沒有牢牢地釘死在地面，也不像電影院的那樣有舒服的絨布靠背，而是如果把活動椅折疊起來全部收放到二樓，空出來的場地再架上幾張網子，原地就能夠接著上羽毛球課的那種禮堂。

不過坦白說，我之所以認為早上集合的那個場地像我小學的禮堂，真正關鍵的理由是：我一直望不到天空。

但是其實我也沒看到天花板。

既然看不到天空的就不能稱之為操場或廣場，是吧？所以儘管上午那個集合場地真的很大，大到我根本也看不太清楚牆，我還是寧願說那個地方像禮堂，一個很大的……感覺有像屋頂一樣的東西從上方籠罩下來可是我看不到的、牆壁也太遠一直無法看清楚，但是我隱約感覺到有的……禮堂。

一整天都有人在台上致詞——說不定跟我一樣根本是鬼我也不知道，不過台上的人說什麼其實我也沒有認真在聽，我一直在注意自己的腳。

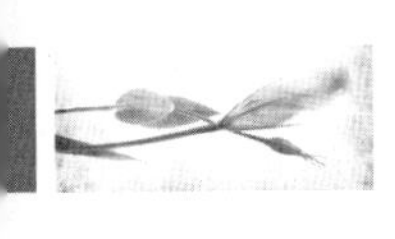

我的兩隻腳和雙腿，棉軟軟輕飄飄的像沒一點重量，我甚至想著，如果這會兒要拿我的兩條腿直接打出一個結，說不定也不成問題。

不像昨天以前，我的腿簡直像石頭做的，不過就想抬起個一厘米而已也完全辦不到。因為昨天以前我都躺在醫院的病床上，從小學四年級開始，真是倒楣地當了十一年又四個月的植物人。

所以我對現在的狀態感到非常滿意，當鬼比起當什麼植物人來說真是幸福太多了，既可以轉動眼球還能夠擺動四肢，不需要吃東西也用不著洗手間，我根本不以為自己是鬼，我簡直是神仙。

因為之前都一直躺著太久沒站了，從變成鬼的那一刻開始我就好興奮，不斷地在原地轉圈圈，重新適應用三百六十度看世界的感覺，還變換各種姿勢，一下子蹲著一下子跪著，最後還乾脆坐到地板上，坐了一會兒之後因為覺得還是站著的視野最好，比較不容易被別的鬼擋到，所以又從地板上站起來，這一站就站了一整天。大概是因為太新鮮太快樂的緣故，我的腿一點都沒有酸痛的感覺，不像其他的鬼，不是抱怨台上的講者說話太小聲，就是埋怨一直聽講真是太無趣，好多鬼都把雙手交叉疊握在胸前，一副很不耐煩的樣子。只有我，像受刑人步出監獄一樣高興得要命。所以說，跟別的鬼比起來，我正式當鬼的第一天，自己覺得自己還蠻幸福的。

隔天一早同樣又是在禮堂集合。昨天在台上講話的那些個老頭子都不見了，卻站了好幾位穿著紫色長袍的中年婦女，金髮、黑髮、紅髮的都有，禮堂擠滿人——擠滿鬼——了之後，她們突然從台上走下來迅速混入人群——鬼群——中，紅髮的走向棕皮膚的鬼們，金髮的就走向洋鬼們，像分組活動時小隊長各自帶開那樣。一個黑髮的紫袍女人走向我們這邊。

「把你們接下來這幾天想去的地方，想做的事情，一件一件簡單扼要地填在這張表格上，寫好之後再交給我。」紫袍女人一邊用中文說著，一邊發給我們這些同樣講中文的鬼們一人一張——一鬼一張——表格和一枝炭筆。

我們這一組算算大概有二十幾個鬼，絕大多數是老人，大部分是男的，年輕人—年輕鬼—連我自己算在內不過三個。假如我沒猜錯，另外那兩個年輕鬼應該是情侶檔，從頭到尾就見他們倆始終手牽著手。

最後還有一個小朋友，是個小男生，四、五歲左右的年紀。

同組的那些個老人鬼們，像有成堆的事情未了一樣，一個個迅速低下頭振筆疾書起來，其中幾個甚至寫到表格欄位不夠他們填，還乾脆把紙張翻過來繼續寫在表格的背面。

「一、回家看家人。二、托夢家人別讓阿財給當了流浪狗。三、托夢給兒子說床頭櫃鐵盒子裏照片上女人是我的紅粉知己，叫兒子把照片一塊兒燒給我。四、托夢給媳婦別忘了每天早上要給窗台的那些黃金葛澆水，但是也不要澆太多。五、看家人給我起的墳蓋成什麼樣子。六：……」隔壁的阿公把他寫的那些借給我參考，因為他見我一直楮著沒一點動筆的意思。

回家看家人：我想每個鬼填的第一項一定都是這個吧。

說到家人，媽媽半年前就過世了。至於爸爸，打我小時候就沒見過。我躺在醫院的這十一年，根本沒幾個親戚來看過我，最常來的是舅舅，但他其實主要是來看媽媽，然後順便看看我的；我也沒有任何兄弟姊妹，哪有什麼家人好回去看的？

再說，我早就沒有家了，幾年以前，有一次舅舅買了便當來給媽媽，我聽到他們說為了我的

手術費、住院費，媽媽已經把她和我住的那間房子賣掉了，另外租了一個小套房給自己住。我聽了非常生氣，怎麼可以沒有經過我的同意就把我的房間賣給別人呢？這樣我房間那些東西是要放哪裡？

大概是因為太生氣的緣故，當時眼皮居然能夠微微地睜開來，媽媽高興得當場昏過去，她一定以為我將一點一點的逐漸清醒過來，最後恢復成一個健康正常的小孩。她不知道我根本早就清醒了不過就是動彈不得而已。

雖然那天之後再也沒有更進一步的改善，但媽媽還是給我買來一堆，對脫離植物人的生涯有所幫助的東西，比方說收音機。每天每天她幫我擦洗身體的時候，就用最小的音量開著收音機讓我聽一點新聞或音樂。剛開始我都裝作沒聽見，因為我還在生她的氣，隨隨便便就把房子賣掉了，叫我以後出院了要住在哪裡？

整整三天我都不理媽媽，她說什麼我都故意不聽。三天後我才發現媽媽根本就看不出來我在生悶氣。

雖然來探望我的親戚朋友不多，倒是有個護士阿姨常會在幫我換點滴時跟我聊幾句，或者說常常來我床邊自言自語，因為我又開不了口。

護士阿姨說她兒子跟我一樣也當過好幾年的植物人，然而某一天，一切就像天賜神恩、奇蹟降臨那樣，她兒子清醒過來了！幾個月後就開開心心地跟著護士阿姨回家了，所以護士阿姨要我一定要繼續加油、繼續努力不可以放棄。

我不知道護士阿姨說的努力加油是什麼意思，我根本動也動不了，手啦、腳啦、嘴巴甚至眼珠子，沒一個行。只有腦袋還能想些事情，耳朵到了後來也總算聽得見，儘管聲音有一點失真，媽媽每回唸國語日報給我聽的時候，如果不是因為她先把臉湊到我的眼前還用手撥了撥我的眼皮，讓我知道是媽媽後她才坐下來開始讀報，光聽聲音我一定以為不知道是哪個好心的護士阿姨。

「一、跟護士阿姨說謝謝還有再見。二、照鏡子。」我交給紫袍女人的表格上最後就只填了這兩項，我一時想不起來還有什麼事情非得回人間處理不可。

自從媽媽過世之後，就沒人天天來給我讀報了。其實剛開始媽媽在我床邊唸報紙時，我壓根就完全聽不到，但她依然每天先用手指把我的眼皮撐開，接著湊近我張嘴不知說些什麼，她一隻手還在我的眼皮上，另外一隻手則把報紙攤開來，讓我知道接下來就是讀報時間後，媽媽這才坐了下來。這樣的情況持續了七、八個月，突然有一天，就在媽媽讀報的時候，不可思議地我居然聽見她將報紙翻頁的聲音，緊接在後的是一個女人唏唏嗦嗦的說話聲——後來我才知道那正是媽媽的聲音。我還記得那天我很擔心自己隔天醒來又會依然聽不見，整個晚上我拼命熬夜不讓自己睡。當然後來事實證明我操太多心了，我的耳朵確實活過來了，儘管所有的聲音都有一點模糊，像我的兩隻耳朵根本就是給泡在水裡那樣。

耳朵聽得見以後，我才發現媽媽說故事的技巧很糟，敘述情節的能力不太好，而且，她都挑我不愛聽的兒童投稿來讀，還專唸些像小叮噹裡王聰明那種學生寫出來的作文給我聽，我家門前

有小河後面有山坡諸如此類的，我常常聽到睡著了，但反正她也看不出來就是了。而這樣的情況一直到幾年後她改唸民生報也依舊沒有改善，我對於雞湯加點麻油進去煮可以活化血管這一類的報導實在提不起半點興趣。

媽媽過世的事，其實不用護士阿姨告訴我，我自己就察覺出來了。

半年前的某一天開始，媽媽毫無預警地再也沒出現過，而且舅舅突然天天來看我。我不能轉動我的頭看舅舅在做什麼，但是我聽見他在哭、在忍住啜泣。我知道媽媽死了。

讀報給我聽的人後來變成我前面提到的那個護士阿姨，她還是跟以前一樣老對我說繼續加油、繼續努力不可以放棄。不過，我想她很忙，每次來都只能陪我一下子，有時舅舅買來的報紙她才攤開要找我可能會感興趣的新聞，就被喚出去了；但是，當她真能夠坐下來唸一小段什麼給我聽的時候，又讓我感覺就像媽媽還在…因為不管是誰的聲音在我耳中聽來都很像，我喜歡的其實是報紙在身邊攤來攤去，知道媽媽正陪著我，我不是一個人，的那個聲音。

「我下次來，要讓我看見你有進步喔。」護士阿姨說。

所以我要回去謝謝她唸報紙給我聽，也要因為自己不但一點進步都沒有，心肺功能還越來越退步，跟她說一聲對不起。

至於照鏡子，我還沒死的時候就想做這件事了，看看變成植物人的自己長成什麼樣子。

「只有這兩件事？」紫袍女人問我。

我點點頭說對，我只想到這兩件事。

「那護士阿姨是你的誰？」紫袍女人又問。

我說是一個對我很好、我很喜歡的護士阿姨。

「不是親戚？」

「不是。」

結果紫袍女人用炭筆在我寫的那第一項上面，很不客氣地打了一個好大的叉，兇巴巴地說：「不行，你不是回去看她，你是回去嚇她。」

才不是，我發誓我是真心誠意想跟那位護士阿姨道聲再見的。

接著紫袍女人抬起頭大聲地對我們這一組所有的鬼說：「你們可以回去看的只有家人，不管是什麼樣的朋友，只要不是家人就不行，現在看一下你們自己填的那些有沒有違反規定的，有的話自己先劃掉再拿來交給我。」

早知道就不要第一個交了，害我尷尬得要命，隨便哪個鬼都知道我違反規定了。

「要照鏡子就去照，反正你什麼也看不到！」紫袍女人說。

結果我可以做的事就只剩第二項而已。

她瀏覽過所有組員的願望表格後——當然這也不行那也不行的，用她的炭筆刪掉了不少人家想做的事情——說：「現在開始你們要兩個兩個一組，互相陪同對方去他們想去的地方，兩個一起離開，兩個一起回來，沒照規矩行動後果就自行負責。」

說得我們好緊張，彼此相互打量起來，看看誰感覺上能夠跟自己處得來。

情侶檔鬼可高興了，一臉「果然只要變成鬼了，就沒什麼事情再可以把他們分開」那樣。他們一定是殉情死的！

紫袍女人接著在那個四、五歲小男生的旁邊蹲了下來，一隻手搭在那小朋友的肩上，空出來的另外一隻手則突然指向我，同時——真是見鬼了地——面帶親切微笑對那個小男生說：「你過去跟那個哥哥一組。」，她說到哥哥二字的時候還發音成「葛格」。

小男生先是猶豫了一陣，然後才一小步一小步地挪身向我，來到我面前大概三步左右的距離時，還回頭看了紫袍女人一眼。

紫袍女人都這麼說了，我自然招招手要他趕緊站到我旁邊。不過坦白說我當下還蠻高興的就是了，我反正也不想跟什麼老阿公、老阿嬤分成一組，他們想做的事一件又一件，我才不要變成鬼了之後還把自己搞得那麼累。

紫袍女人說，要是我們再想到其他非去不可的地方、非做不可的事，可以隨時回來找她拿空白表格再填。

她這麼一說我就放心多了，她們果然都很有經驗，知道人最大的毛病就是永遠都在後悔，即使變成鬼了也一樣。

拿我自己來說好了，我躺在醫院的那十幾年，沒有一天不是在後悔的，我後悔當初真是不該堅持那個蔥油餅一定要加蛋，還要媽媽陪我走回早餐車那兒跟老闆說自己點的是蛋餅不是蔥油餅，老闆你給錯了。結果後來我還是一口蛋都沒有吃到，因為我拿了那份另外做過的蛋餅一轉身才打算咬一口，就被一輛突然衝過來的載卡多給撞飛到大馬路上去，一個機車騎士為了閃避從天而降的我，還摔了個倒栽蔥，不過他摩托車的後輪還是從我的右腿輾過去，這是我在醫院以植物人的身分腦子清醒過來後——只有腦子醒過來，其他部分並沒有——還能夠憶起的關於那場車禍的細節。後來我那些斷掉的手啊腳啊，醫生護士都幫我接回去了，但是那沒什麼用，我的好手好腳，打我躺進醫院一直到死掉之前，壓根一回也沒被我自己使喚過。

紫袍女人原來是夢婆，我聽見和我同一組的其他鬼們都夢婆、夢婆的這樣稱呼她，我問了同組的一個阿公，他說早在昨天其中一位在台上致詞的人就介紹過第二天會登場的夢婆們的背景了。

我沒聽到！可能我當時正忙著練習用自己的腿打結。

我們各自拿著自己被夢婆審核過的表格，排隊等著出發前往那些我們想去的地方。我一直注意小朋友有沒有乖乖地跟在我腳邊，他真是太小了，我好怕他被別的鬼擠開和我走散，那我就麻煩了。

排在我前面的一個日本鬼，不時墊起腳尖頻頻仰首向前探望，然後回過頭皺起眉間喃喃說個不停。

雖然只上了四年的小學，但以前班上有個同學媽媽是日本人，所以我知道我前面的那個人說的是日文，聽出他是一個日本鬼。

「已經守了一輩子的秩序！怎麼搞的都變成鬼了還是得乖乖排隊？」我後頭那個和我同一組，自我介紹時說自己生前是大學教授的老人家鬼看我一直注意那日本鬼在說什麼，就主動翻譯給我聽，他說那個日本人口中念念有詞的就是這一句。

我壓根沒回過頭請教那位教授，這些個當老師的還真是奇怪，好像沒有學生讓他教他就會死

一樣，就愛來知無不言那一套。讓我想起我小學全部的老師，看到什麼不順眼的就會迫不及待想指導或糾正別人一番。

「你的表格呢？」我這會兒才發現小男孩兩隻手都空著。

小男孩只是搖頭，不知道是害羞還是怎麼的，也許根本是個啞巴，從頭到尾就沒聽到他開口說過半句話。

我只好回去問夢婆那小朋友的表格，總得讓我知道小朋友要去的地方、打算做的事是什麼吧。誰知夢婆說小男孩的家人早他一步全死了，根本沒什麼家人等著他回去看，所以才讓他跟我一組。「你就帶他去照照鏡子好了，照完就回來別到處亂跑。」看來很忙的夢婆語氣敷衍地說，還第二句話才說到一半人就已經轉身了，讓我有一種不太受到尊重的感覺。

醫院裡，我對著鏡子瞧了老半天，果然什麼也沒瞧見，鏡子裏的，都是那些由我身後緩緩走過的病患或急急走過的家屬。

最後我被允許回到生前待的這所醫院，但依然不能去見那個護士阿姨，甚至托夢也不行，主要原因並非我的好意到頭來會成為人家護士阿姨的惡夢，而是根本就沒有托夢這回事。好幾個老人家鬼可傷心了，聽到這樣的事實。看看他們表格上頭填寫的那些，少說有半數都是以托夢給誰誰誰作為開頭的。

夢婆說：「誰想見你們自然會夢見你們，但是他們作他們的夢，再與你們無關。」說得可真絕情。

醫院洗手間裡，我照鏡子照得正起勁，一個清潔工推著他的工具車突然探頭進來，直直地望向我們這邊。

他看見我們了嗎？

讓夢婆知道的話那我鐵定完了。

只見清潔工豪不猶豫地走向我們，接著拿了抹布擦了擦我方才正照著的那面鏡子後，一語不發地走開了。

什麼嘛，嚇死我了！

被嚇了一大跳之後我還是不死心，繼續到處試那些勉強可以充做鏡子的東西，窗戶啦，掛號台的玻璃面板啦，醫院附設便利商店飲料櫃的玻璃門啦，我都去照了照。到了最後，甚至開刀房的手術刀，以及病房門的喇叭鎖我也湊過臉去仔細瞧了瞧，巴望著能夠照出一點什麼扭曲變形的五官也好。

沒有，就是什麼都沒有，再無緣得見自己臉孔的最後模樣，我失望透了。

我在這醫院待了這麼些年，一次也沒有好好逛過，現在我帶著小朋友照過醫院裡一面又一面的小鏡子——只有我照他並沒有，他實在太矮小了，照不到那些掛得老高的鏡子——終於發現一樓大廳進來，批價領藥處有一面全身鏡，我興沖沖地拉著小朋友過去，把臉湊近鏡面看了又看，可鏡子裏的臉孔全是別人的，一張又一張，那些坐在我身後正等著領藥的患者，他們神色茫然的疲倦臉孔。

全身鏡前，小男孩突然一臉疑惑地問我：「為什麼我看不到自己？」。

原來不是啞吧。

「因為你死掉了。」我說。

「因為我死掉了？」

「對你現在是鬼。」我說。

「我現在是鬼？」

我說完那些隨即後悔，幹嘛不隨便扯幾個善意的謊言糊混過去就算了？說那是哈哈鏡、妙妙鏡啦、魔鏡啦什麼的都好嘛，跟小朋友說什麼你死掉了這種嚇人的話。

好了吧這下，小朋友不但看來茫然、疑惑，還面露驚恐。

「我要找媽媽！」快哭的聲音說著。

夢婆交給我的原來是件棘手的差事。我果然不會帶小孩子，接下來他準是要放聲大哭了吧，我想著。

仔細想想，在我變成植物人以前，我自己壓根就還是要媽媽帶著才有可能去什麼百貨公司、麥當勞或醫院的呀！

「可以告訴哥哥你叫什麼名字嗎？」我說，蹲下身來看著快哭快哭的他。

「梁右…」微弱的聲音還帶著哭腔。

「哪一個右？」

「保佑的佑…」他一個字一個字地緩緩吐著。

「梁佑，來。」我站起身牽著他的手離開鏡前，他的手好小，指頭圓圓短短的像每根指頭都是大拇指那樣。我們在領藥區的空椅子上坐了下來，跟那些患者一起。

「葛格也死掉了。」我說：「葛格也是鬼。」

「但是變成鬼不是壞事，你看，我們現在想去哪兒就能去哪兒，這可是變成鬼才有的福利呦，現在開始葛格負責帶梁佑去玩，梁佑要不要跟葛格一起？」

「好！」哭腔稍微弱了，梁佑接著問：「那媽媽呢？」

「晚點我幫你問問夢婆。」我說，心裡大概猜到夢婆那邊可能的答案。「現在告訴葛格你想去什麼地方玩。」

「我要找媽媽！」

小孩子真難討好！我想回他媽媽已經得道升天做了神仙了。

「變成天使了喔！」最後我是這樣說的。

「那……爸爸…」他說爸爸之前猶豫了很久。

早猜到他會接著問了，我想回他爸爸也已經得道升天做了神仙了。

「也變成天使了喔！」最後我是這樣說的。

領藥處等候區，梁佑告訴我，他記得爸爸罵媽媽罵得好大聲，還在媽媽身上潑了一種很臭的水，爸爸打火機一點朝媽媽身上扔過去，媽媽就起火了，接著他被爸爸推進火堆裏，就是這樣。

原來是順勢也給燒了，死得真慘，比我還值得同情。

回到禮堂我問夢婆：「梁佑想見他媽媽可以嗎？」

夢婆說別作白日夢了，你以為這地方多大？要每個鬼都賴著不走，不早給擠爆了！

我真想回嘴說夢婆妳不高興的樣子簡直比鬼還猙獰恐怖。總之就是不可能的意思嘛，好好說、客氣一點、有禮貌些不行嗎？

明明都不用呼吸了，因為面目猙獰的夢婆又當著大家的面對我數落一頓，我還是突然間感覺一陣窒息。

最後我沒有實話告訴梁佑，我想著小孩子記性最差了，也許過個幾天，他就把爸爸媽媽的事全給忘了吧。

隔天我和梁佑又去了趟醫院找鏡子照，自從梁佑知道自己是鬼之後，玩興越來越高不說膽子也越來越大，一個不留神，就讓他溜進人家的手術室裏，我使了好大的勁才將他從手術台下給拎了出來。我發現自己的力氣沒有小時候那樣大了，鐵定是在床上給擱了太久，缺乏運動的關係。

這兩天在醫院裏，我產生了這樣的體認：幸好看不見自己的模樣，否則說實在話，白色的醫院牆壁，空無一人的長廊、洗手間，這跟看鬼片有什麼兩樣，我可能會被自己的臉給嚇個半死，儘管我早就死了。

病房裏，梁佑調皮地拉扯著人家病患的點滴。

我牽走他說佑佑別玩了，葛格以前就睡在這裡。隔壁床一個全身不遂的高中女學生，我認出她阿嬤的聲音，那個阿嬤過去常問我媽要不要來一點水果。

我這才知道，變成鬼了之後，依舊會有傷心的感受。

我想媽媽，想看看她，跟她說說話，像以前那樣手牽手一塊兒去逛夜市，或是書店、動物園，甚至只是去我們家附近的豆花店吃碗豆花。都好。

然而我知道，我想和媽媽一塊兒去做的這些那些，都是無論如何再無可能的事了。

我們住的那個社區附近有間豆花店，我記得很清楚，只要坐電梯下樓，邁出社區大門往右手邊走五十步不到，就能走到那家豆花店。我也記得媽媽曾說：「希望你走四十步就走到豆花店，不，是三十步就走到豆花店的日子快快到來，那就表示你長大了，腿變長了」。

媽媽總將「真希望你趕快長大」這句話掛在嘴邊，說這句話的時候還總是微笑著。

下午放學回家路上我們常去那間店買豆花吃，媽媽知道我愛吃花生口味的，總是直接點兩碗花生豆花，媽媽再將她碗裏的花生全部舀到我碗裡。有時週末我們出門經過那間豆花店，明明肚子都不餓，卻總忍不住先進去吃碗豆花甜了嘴再上路。

我也記得曾經將一張轉印貼紙給轉印在那豆花店其中一張桌子的背面，誰知那木板桌面底部沒拷漆，還叫自己的手給木屑扎了進去，被媽媽訓了一頓。

等等！豆花店！我之前怎麼沒想到呢？

它離我以前住的家好近，儘管那房子這會兒已經住了別人了，不能回家看看，那我去豆花店那兒轉轉總行吧。**真是的，早該想到的！**

第四個早晨，禮堂裏，講台下，晴天霹靂的消息傳來了，原來死了並非就永世為鬼，夢婆發給我們每個鬼一張上頭寫著什麼「能量轉換意見徵詢」這幾個字的表格，要我們把有關「希望自己接下來成為什麼」的任何想法、意見通通填在上面。

「什麼能量轉換？」我問那個教授，他已經低頭寫了起來。

「就是四天以後我們每個人身上的能量將會有所轉變，改以其他的形式存在。」

說得那麼複雜！

「是投胎的意思嗎？」我問。

「精神相似，意義不同，投胎最糟最糟了不起成為豬狗，能量轉換，來世也許是人家開車用的石油。這第一天不是都講解過了嗎？」教授以一種發現學生沒有認真上課的不快語氣回道。

早知道認真聽講就是了，玩什麼腿！好了吧這下，其他鬼早有了變成石油的心理準備，個個充分利用這幾天的時間四處遊蕩，就我一個笨鬼連著照了兩天的鏡子，自己還覺得新鮮。

等等，不對，並非單單只有我而已，我把人家梁佑也給拖垮了，他跟我一樣只剩下四天的時間。

教授說我的反應還真是鎮定，他說當時聽到台上的講者這麼說，隔壁再隔壁組好幾個希臘鬼都很不高興，「什麼！還要再死一遍？」，他們覺得要死兩次很累，一再抱怨著。

教授果然不是隨便誰都可以當的，他真是不簡單，懂那麼多種語言，不過現在沒時間想這些了，我得認真想想下輩子要成為什麼才是。此外，接下來這幾天我也該給自己找些事情做、想些地方去，我不確定來世會不會繼續為人，也許剩下的這四天是我看起來還像人的最後時間，我得好好把握才是。

我拿著表格都快把腦袋給想破了，因為除了人之外我根本什麼都不想做，我自己用炭筆刪掉的那幾句寫的全是：「希望成為科學家」、「希望變成太空人」…那些。越寫越以為自己根本就文不對題，我想做的，得先確定自己下輩子還當得成人才行哪。

「希望成為永世不會被雷劈到的夫妻樹！」，我借情侶檔鬼的表格來參考，果然每個人的心願都是不一樣的。

我才不想當什麼樹做什麼植物哩，已經當了十幾年的植物人還不夠嗎？

「如果上輩子已經當過植物的話，下輩子是不是就有不用當植物的豁免權啊？」我跑去問夢婆。

我以為我生前植物人的身份應該也算得上是當過植物了，而且我分明就比植物還慘哪，我連順著陽光的行徑移動身體都沒有辦法，嚴格說來已經算是百分之八十五的植物，百分之十五的人了。保守地來算，就是當了「十一年又四個月」X85%=115.6個月，差不多九年半的植物啊，而且這還是至少喔，因為真要計較起來，說我是百分之九十的植物也不會有誰反對的。

夢婆聽完瞪了我一眼冷冷地說：「這不是你可以決定的。」

「夢婆告訴我，下輩子不想變成什麼不是我可以決定的，既然這樣，不管我寫什麼就都是白

寫的，那你們自己決定就好了，但我還是要備註一點，那就是我已經當過九年半的植物了（算法如下……），希望來世可以從植物以外別的什麼東西做起。」我交給夢婆的表格最後這麼寫道。

夢婆看完我寫的那些一邊裂嘴大笑一邊跑向其他夢婆那裡，讓她們傳閱我的表格，幾個夢婆笑得好大聲還抱著自己的肚子蹲到地上去，像我小學時候媽媽邊讀我寫的作文邊捧著肚子笑那樣。總之，我有一種不太受到尊重的感覺。我以為我寫得可比那對情侶檔鬼來得嚴肅、認真多了。更何況，小學四年級以後我就沒再上過什麼數學課，她們真不該嘲笑一個在床上躺了十一年但九九乘法表還背地牢牢的好學生。

不過我沒有沮喪很久，因為我馬上就意識到了，如果有權決定我來世變成什麼的那個神仙，讀了我寫的那些也跟夢婆她們的反應一樣，忍不住哈哈大笑的話，那我不用再做植物的機率說不定就更高了。想想這也不是什麼壞事，也許我應該再寫得搞笑一點。

我另外向夢婆要來第二天的那種表格，什麼「看電影」、「去遊樂場」、「坐捷運」、「回以前唸書的小學逛逛」、「去豆花店看自己以前貼的貼紙還在不在」、「看家人（舅舅）給我起的墳蓋成什麼樣子」……這些那些的亂寫一通。才不要繼續待在這個禮堂，那簡直是浪費生命，不對我的生命早就結束了，那簡直是浪費時間。

結果全數順利過關，我這一回寫的那些。

我已經掌握到技巧了，只要不是跟特定的什麼生者扯上關係，想去哪裡其實都不成問題。

電影院裏，佑佑很快就坐不住了，跑去販賣部玩人家的爆米花，還把爆米花灑得一地都是，我狠狠地訓了他一頓，用過去媽媽罵我的那種狠勁。

我發脾氣其實並非因為那些爆米花，也不是怕佑佑給我惹麻煩，工讀生很快就把那些灑滿地的爆米花給清理乾淨了，像他們自己也常把爆米花給弄得滿地似的，沒有特別懷疑什麼。

我不高興其實是因為，我是真的打算好好看一部電影的。

我生前最後看的一部電影，是媽媽買來的「人骨拼圖」，男主角是個黑人，女主角兩片嘴唇厚得像外國熱狗但是身手不錯。

影片裏，曾經是警探的男主角受傷之後沒辦法只得整天躺在病床上，但他靠著他還能夠活動的指頭，在滑鼠上點啊點的，用電腦協助女主角破案。

媽媽總是一再播放這部電影給我看，先幫我稍微坐起來，確定我眼睛有些睜開了，她才靜靜坐到我手邊來，握著我的手陪著我一塊兒看。我大概是看到第十遍才看懂究竟是在演什麼，因為媽媽總是怕我累，一次頂多放映個四十分鐘，她又老記錯上回播放到哪，害得我要嘛不是總在看前半段，要嘛就是直接跳過中段看到後半部去了，弄得我都錯亂了。

我因為這部片子對人生重新燃起希望，我想著只要有一根手指頭醒來，最好還就是食指，依然有機會在這個社會上出人頭地的。

只是事實證明期望越大失望也就越大，媽媽沒等到我的指頭醒來就先往生了，我自己也還沒等到指頭醒來心臟就先掛了。

第五天，遊樂場裏，我和佑佑最後來到鬼屋前。

「敢不敢玩？」我問。

佑佑猶豫了一下最後還是點點頭。

鬼聲淒厲的幽室裏，真不該提議玩什麼鬼屋的，已經變成鬼的我結果還是把自己給嚇個半死，原來變成鬼了之後還是會繼續怕鬼，真是沒意思。

好不容易來到出口處，才發現佑佑這小子知道我會牽著他走，從頭到尾眼睛都給我閉著，走出來之後我問他怕不怕，還閉著眼睛跟我說一點都不恐怖。

但佑佑倒是一副心臟很強的樣子——儘管他已經死了，我是說，他玩了一整天下來依然精力旺盛，不像我，同樣是做鬼，中午過後我就玩不太動了，看來生前有沒有當過植物人果然有差。

在遊樂場裡我和佑佑相處了一整天，我發現，有個弟弟其實蠻好的。

隔天我帶著佑佑回我以前唸書的小學轉了一圈。

「佑佑有沒有上過幼稚園？」走在感覺什麼都變小了的校園我問佑佑。

他說有，上過幼稚園大班。

「你今年幾歲了啊？」我問他。

「六歲。」

也許是我自己不會分辨小孩子的年紀，但他真是看不出來有六歲的樣子。我想像他明年再長高一點，上小學一年級的模樣。現在的他真是好小一個。

如果，還活著的話，明年會長高很多也說不一定吧，我想著，不知怎麼地忍不住伸手摸了摸他的頭。

我以前的教室依然還是給三、四年級的學生使用，桌椅已經全部換新了，抽屜看來卻還是跟以前一樣塞不了多少東西，我也不太確定，或許是我自己長大了吧，看校園的什麼都感覺好迷你。我站在教室外面望著自己以前的座位。

那個位置上頭現在坐了一個很漂亮的女生，看起來文靜乖巧，是我以前會喜歡的那種類型。

講台上的老師正好在點名幾個學生去幫忙做什麼事。

「葉小雨！」老師喊到這個名字時，那個很漂亮的女生突從我的座位上站了起來應話。不知道為什麼，我突然有種想要祝福她的衝動。下課鈴正好在那一刻鐺鐺鐺地響了起來，那個聲音就快要使我流淚，我在心裏想著：「葉小雨，願妳的人生一帆風順！無論做什麼都能心想事成！」

接著牽上佑佑的手轉身離開了。

來到舅舅家裏，他們果然在辦我的喪事，靈堂好多人進進出出，不過我一個都不認識。等了好幾個鐘頭，終於聽到他們在談論關於墓園的事。他們讓我和媽媽葬在一起。

我帶著佑佑來到墓園看媽媽的照片，石碑上，媽媽的笑容還是昨天的。

佑佑大概沒看過靈堂沒來過墓園，從剛才在我舅舅家開始直到這一刻，都自動乖乖地跟在我腳邊，就沒見他這麼安分過。

我在媽媽墓前待了很久，佑佑始終安靜地陪著我，偶而追著蚱蜢或蜻蜓跑，見蜜蜂來了又緊張地坐回我身邊，始終沒有吵著說要走。

若這就是真正的生活不知有多好，坐在媽媽的墓前我突然一陣感嘆。有藍天，有草地，有媽媽陪在身邊，弟弟則在眼睛看得到的地方自己開心地玩著⋯⋯

可惜我們都死了。

第七天一大早就被集合去禮堂聽講，浪費了我們好多時間，全部的鬼都很不高興，同組有個阿嬤還說早知道昨天就去巴黎了不應該先去什麼東京。我不曉得原來我們還可以跨越國境，但是我想想算了，搞不好把佑佑在國外給弄丟，就有我好看的了。

所以下午我和佑佑還是按照原定計畫去坐了趟台北的捷運，從西門町一路玩到淡水和動物園，等我們來到豆花店的時候天早就黑了。可不知道為什麼那間豆花店招牌還在店卻沒有營業，我還跑去隔壁花店望了望人家牆上的月曆和時鐘，分明不是星期一啊，而且這會兒才七點多，我不懂，記得以前都開到好晚的，而且星期一才休息的。

就這樣，我和佑佑坐在豆花店拉下來的鐵門前發呆，反正這會兒進去也沒用了，又不能大喇喇地開人家的燈，漆黑一片地要我怎麼找那張舊貼紙？

或許早就不是豆花店了吧，我想著。有一點遺憾。

一個男孩突然從我的眼前走過，很高，樣子也好看。我一下子就認出他！他絕對是我的小學同學錯不了，叫「無厘頭」的那個。

無厘頭從小模樣就好看，就那頭髮實在是莫名其妙無厘地厲害，像剛被一群鵝踩踏過的草坪似的那樣難看，參差不齊就算了好幾處還亂翹，雖然如此，還是有好幾個隔壁班的女孩子表示喜歡他，常來我們班上送小禮物給他。

我住到醫院七、八個月後，也就是學校下學期了，老師帶了班上同學寫給我的卡片來看我，那時耳朵剛能聽得見，老師離開後媽媽唸那張卡片給我聽，我聽著大家寫的都是什麼祝你早日康復之類的客套話，就無厘頭一個人還加寫了句「PS：林逸文買了新的電動，這禮拜天我們要去他家玩，好希望你也能來。」

媽媽剛唸完這句時我還不覺得有什麼，是媽媽接著突然唏哩嘩啦地哭了起來，我才想著這麼寫或許不妥當吧。

無厘頭的頭髮這會兒已經順眼多了，甚至有些斯文的感覺，髮流整齊滑滑順順地覆在頭上，我真忌妒他可以長成現在這副模樣。但我也沒有作怪整他就是了，現在的他，看起來就像個溫順懂事的好學生，白色T恤藍色牛仔褲的一點都不討人厭，甚至還有點帥。

「無厘頭！」我大聲喊他，我想著反正明天就得真正死去了，既然如此被罰被罵也都無所謂了吧。希望他能聽見我，可惜他沒有反應，只一逕往前走。

「喂！」我又喊他，用前所未有的肺活量——假如我有的話。

無厘頭突然停下腳步，回過頭朝我們的方向張望起來，一臉疑惑。

「同學！要一直帥下去喔，連我的份一起好好地、帥氣地活下去吧！」

就這樣，我沒有再說什麼了，這樣就夠了。他回頭的那一刻，我只有九歲。能夠這樣，已經很棒了，我心滿意足地微笑起來。看著無厘頭困惑地轉身繼續向前走。

「我們也走吧！」我牽起佑佑的手說。

禮堂裏，我和佑佑成了組員裡唯二不管生前還是死後，都沒有邁出國門過的鬼。我向夢婆要回意見徵詢表重新改寫過，另外也幫佑佑要來表格教他填。

「變成什麼都好，希望有伴而且可以出國。」我認真地寫道。最後那半年，只要護士阿姨一不在，我一個人靜靜地躺在病床上，其實很寂寞的。

「變成什麼都好，希望有伴而且可以出國。」佑佑的筆跡歪七扭八而且全部都用注音，但他寫的時候神情謹慎專注，像他真懂那張表格的意義。

我們依著夢婆唱名的次序先後排入隊伍裡，佑佑沒有和我一起，我們之間隔了近十幾個鬼。快要到出口處的時候，我忍不住回過頭看看他，他真是好小一個，隨時會被擠離隊伍那樣。

他也看著我，表情很是猶豫，接著突然離開隊伍一小步一小步地挪身向我，來到我面前大概三步左右的距離時，還回頭看了夢婆一眼，這回是擔心挨罵，但夢婆沒有說話彷彿默許。他排到我前面來。

「我們要去哪裡？」他挨近我問。

「我們要出國，佑佑要不要跟葛格一組？」沒有時間解釋了，我決定欺騙他，理好自己的情緒最後這麼說。

「要！」

出口處，看著排在我們前頭的那個鬼剎時間消失在腳下的雲團裡，佑佑很害怕，和我一樣害怕，因為我感覺自己的手中突然塞入他那圓圓短短的全大拇指手，他第一次也是最後一次主動牽上我，接著，四周霧茫茫一片，我再也看不清楚他的人，最後也看不見我自己。

……………………………

「遠從台北木柵動物園漂洋過海前往日本京都動物園的一對台灣梅花鹿，在日本園方的細心照料下，今天梅花鹿媽媽生了兩隻健康可愛的梅花鹿寶寶，由於是罕見的雙胞胎寶寶，加上日前工作人員在梅花鹿媽媽照超音波時發現，其中一隻寶寶的體型明顯比另一隻小上許多，所以園方一度擔心可能只有較大的那隻寶寶能夠順利存活下來。」

「不過，就在今天雙胞胎寶寶誕生了之後，園方表示，兩隻寶寶都相當健康，尤其體型較小的梅花鹿弟弟，出生之後的心肺功能表現始終很強，活動力甚至高過體型較大的哥哥，園方對雙胞胎梅花鹿寶寶的未來健康狀況表示樂觀。」

「您現在可以在畫面上看到，許多一直守候在動物園等待梅花鹿寶寶誕生的家長和小朋友們，當見到兩隻梅花鹿寶寶時，開心興奮的模樣。」

「更有趣的是，就在工作人員把寶寶放進柵欄裏，好讓守候的家長和小朋友們能一睹牠們可愛的模樣時，現場突然湧進一百多位『大』朋友，各自拿出自己的手機播放起生日快樂的手機鈴聲，而生日鈴聲一播完呢，這一百多人卻迅速作鳥獸散，讓正好在現場拍攝的媒體一陣愕然，這才恍然大悟原來是快閃族為了慶祝梅花鹿寶寶的誕生，特地群聚到動物園來出擊了。」

「您知道快閃族的英文怎麼說嗎？今天的字典新字要告訴您的，就是這個源自美國紐約，目前在台灣也吸引了許多網路朋友加入的有趣現象。」

「flash mob，就是快閃族的英文，字典上的解釋是，只為了做無意義的動作而聚集在一起的烏合之眾。」

「flash這個字本身就是迅速的意思，至於mob，當名詞使用的時候，便是指烏合之眾，若當成動詞來使用，則有聚眾滋事的意思。所以Flash mob這兩個字結合在一起，便有了『做某種動作後緊接著迅速離開』的意思，您了解了嗎？」

「梅花鹿寶寶真的是非常可愛，而快閃族的現象，您是不是也覺得十分有趣呢？我是侯佩岑，感謝您收看今天的『字典新字』！」

老公公

直到現在，他還是清楚記得兩年多前的那個平安夜，遇見老公公的事。

離午夜十二點只剩下一個鐘頭不到，和幾個光棍朋友一塊兒喝得醉醺醺的他，離開炸物攤後手裡緊緊捏著要給女兒的那張卡片。像不奮力抵抗整個人便會慢慢地給吸進地底下去那樣，他使勁地拖行左腳接著拖右腳，再又左腳之後再右腳，有一步沒一步地緩緩朝前妻家的方向走去。

卡片是當晚吃炸物前就已經買好的。或許是有一點料想到稍後自己恐怕又會一如既往：一開始覺得不過就喝個一兩杯罷了能壞了什麼事，何況炸物攤賣的最烈的還只是清酒，然而第三杯之後，便再也不是意志力的問題了，而是喝得越茫，那個晚上他才越感覺自己趨近成功。成功勝利以及開心快活不就是什麼煩惱事都沒有嗎？不就是醉了的那些時候嗎？所以，他舉起酒杯一飲而盡可不是因為意志薄弱，而是必須如此！越是喝到後頭，唯有一再傾盡酒杯，鞭促自己一口接著一口狂飲，才能牢牢抓住那清醒時不可能會有的勝利感受。

還是趁自己還清醒，先把正事給辦一辦吧。他想，彷彿確定自己稍後一定會醉。

於是往炸物攤走去的路上，當他經過一間文具店，那此刻不買今晚恐怕就買不成了的預感讓他折了回來。

站在文具店門口，他把口袋裡的錢掏出來攤在手上看，儘管有幾個銅板還在口袋裡，而手上那沾著污漬的幾張紙鈔也全皺在一起，但只需要看一眼就知道，全身上下大概就只剩多少錢了，

根本無須費心去細數，口袋剩下的那些也不需要翻出來確認，因為從來就不曾超過某個數目。

說來，他還真從來沒有為女兒買過任何一張卡片。在文具店裡被琳瑯滿目的卡片圖案和樣式給困了好一陣子後，他決定挑那張上頭印有棵大大聖誕樹的卡片給女兒，那棵聖誕樹底下堆滿了他從來也沒買回家過、以閃亮的金色銀色緞帶及圖案繽紛的禮盒加以精心包裝的禮物。

他忍不住想像女兒看到卡片會有的開心笑臉。

然而那其實不是他最中意的一張，只是一開始他相中的，價格竟要他犧牲一碗牛肉湯麵，他想也沒想，立刻將那卡片給擱回架上，重新再選過一遍。

有點悶的室內加上懶得脫的外套，他覺得有點暈。

結完帳走出文具店，他這才突又想到什麼，帶著心虛的情緒和臉色，他又從門外走回了店裡，拿起店家供試寫用的筆，先是在試寫紙上這枝筆、那枝筆地塗塗寫寫了一陣，**唉啊這怎麼是咖啡色的？唉啊這枝寫出來的字太細了，誰看得清楚！**試了五、六枝筆後終於才擇定。過程中，文具店老闆確實數度朝他的方向瞥過來幾眼，但不像嫌惡客人一身前夜殘留的淡淡酒氣，更像同情客人微濕的髮尾和一臉的畏縮。

就這樣站在文具店裡，他拿自動筆陳列櫃的玻璃當墊板給女兒寫起卡片。

「小雨：

因為這陣子爸爸實在太忙了，抽不出空回去看妳，等我處理完工作的事，一定會帶小雨去遊樂園的，在那之前小雨可得每天乖乖上學、大口吃飯，等妳長超過一百一十公分，我們到了遊樂園，妳想玩哪一樣設施就都不是問題了。

說不定小雨會跟爸爸一樣喜歡海盜船噢。

爸爸」

他把自己寫的東西反覆讀了兩遍，總覺得整段話聽來連自己都覺得語氣好疏遠，偏偏又說不上來是哪一句出了問題。而其實也想不到其它更好的內容來改寫，否則文具店裡連試用的立可帶都有供應，還各式各樣的。

就這樣吧。

他呆望著那連自己都嫌棄的凌亂筆跡一陣，將卡片小心地摺進封套裡。

已經沒有印象那天究竟是冷還是不冷，只記得越快要走到前妻家門口心裡就越是著急，但沉重的雙腳卻偏偏一步都走不快啊！

下過雨的積水路面整個晚上閃閃發光的，可惜終究不夠亮到能令他清醒。今晚，他果然還是交出他所剩不多的銅板和決心。忘卻煩惱、回味短瞬的勝利固然是好事，但他真的不能再喝了，他沒錢了！這無論如何必須是最後一杯了！他連房租都繳不出來了。

而自然，那不可能是他當晚的最後一杯的，解決問題的方式總會在關鍵時刻出現，例如賒帳，他不清楚今晚他賒的酒錢又得去工地推幾車水泥才能還得清。但反正炸物攤老闆清楚就好，也反正問題總是不難，工地的薪水永遠差強人意，每一次都能讓他捱得過去。

於是自然，今晚也不可能是他最後一次的賒帳。

一陣一陣泛著微光的路面開始令他不太舒服，這個晚上根本就沒有像樣過的步伐，此刻，在卡片任務的壓力就快要解除後終於更歪斜了。他停下來嘔吐，以為吐過之後腦子會比較清楚，便可以走快一些了。

卻根本沒有什麼東西被他吐出來，只是像他清醒時見過的其他醉鬼一樣蹲在路邊拼命做好像在吐的動作。

就像個傻瓜一樣。

因為什麼也沒有吐出來，整個人難受得要命，他挑了一戶看似屋內的燈都熄了，應該整戶都睡沉了的人家門口的植栽靠著坐下來。模糊的感覺自己似乎之前就曾經在這戶人家門口嘔吐過，也可能他記錯了，因為被他吐過的那些陌生人家門口不知怎麼的都長得一樣：光線柔和的門燈、被悉心照顧的盆栽、從屋子透出的濃厚睡意、門外舒適乾淨的街道、安靜涼爽的夜色……全都一模一樣，全都令他羨慕。

他頭痛欲裂地想著，忍不住閉上眼睛想減輕惱人的暈眩。

眼睛一閉睡意就來了，靠著陶製的盆栽他的意識進入模模糊糊的狀態，但只過了幾分鐘時間，罪惡感就搖醒了他。醒來的第一件事是看錶，但應該戴著錶的手腕上卻什麼也沒有，他楞了一下。

是啊，上個月為了再換一點酒錢把錶拿去當了！

坐在陌生人家的門口，他一面怨恨上帝待他刻薄，一面怨恨自己的罪惡感為什麼不夠強大到在他想當錶的時候能令他忍住酒癮。

那可是一支當他還風光做著一份令人稱羨的房屋銷售員工作時所買下的名錶，買的時候只數了一遍數字之後那好幾個零，他就拿出他的信用卡來，沒有再數第二遍。

可惜問題從來都不在上帝，也不在那支錶是否耗去他太多存款，而是出在他永遠都不了解，罪惡感只是喝不死人的上一杯酒，任何時候都不過幾盎司大而已，不是過去那幾年他所飲下的全部酒量那般巨大。

而，一旦你沒有察覺到這一點，看似風光的名酒美食應酬生涯便會原地成為制高點，他戴上他新買的名錶，開始朝下坡走，渾然未覺。

「這支錶戴在您手上就是特別好看啊！」名錶銷售員一面拿走他的信用卡一面對他說。

「這支錶戴在我手上就是特別好看啊！」每回他敬別人酒，或回敬別人敬的酒，看著自己高舉的左手總忍不住讚嘆。

這只是第一支錶，他還會更成功的！他想。

剛睡了多久呢？該不會天已經快亮了？他看著空蕩蕩的手腕，想詛咒誰又不知該詛咒誰，此刻，已經沒有錶可以看了，連便宜的都買不起。

似乎從他喝下人生的第一口應酬酒開始，他就不太記得冬季的天都是什麼時候亮的了。

扶著牆壁他站了起來，想吐的感覺還是有一點，他穩住腳，接著朝前妻家的方向快步跑了起來！

遠遠就看到那繫在前妻家門口信箱下，像往年一樣只是用粗毛線輕輕綁上去的聖誕襪。

趕上了！他趕上了！

小雨果然還是不知道，那些聖誕襪裡的糖果都是社區的經費買的，都是管理員大半夜投進襪子或信箱的。

小雨…可愛的小雨，還像小時候那樣，聖誕夜就是非得在門口繫上一隻襪子不可啊！

明明剛剛還在咒罵上帝，此刻他又慶幸上帝終究沒忘記憐憫他，至少還留了這一點幸運給他！午夜十二點小雨的聖誕襪，他趕上了！眼角正好瞥到剛分送完糖果的管理員背影。**看樣子剛剛只瞇了幾分鐘而已。**他一陣慶幸。

小雨這時如果還醒著，待會兒就會來收襪子了；假使已經睡了，那便是明天早上了吧。

然而小雨不管醒著或睡著他都不會有機會看到她一眼，放了卡片他就得離開，這附近哪裡都沒得藏身，他發過誓的，來日再度發達那天他要好模好樣的現身妻兒面前，而不是現在這樣三天沒洗澡的一身酒氣，流浪漢的酸臭味。

他看著信箱和聖誕襪，一時間不知道該將卡片遞進信箱好呢？還是塞進聖誕襪裡？想起晚上剛喝第一杯啤酒時，炸物攤遮雨棚零星傳來的滴答雨點聲。

還會再下雨嗎？

萬一雨又再下起來，那麼聖誕襪會連帶卡片一起沾上水氣的。

於是他投進信箱了。

就是在下一刻，他在毫無心理準備的情況下，一個轉身，就看到正朝自己大大的背袋裡撈尋什麼的……聖誕老公公！

「不是這個！」，老公公看著自己翻出來的東西，「唉呀也不是這個」，繼續打撈著，最後終於大鬆一口氣地說：「這才是小雨的啊！」

他呆呆地望著老公公將明顯比他所挑的卡片還要小上許多，只有書籤一般大小的紙卡，塞進聖誕襪裡。

「聖誕快樂呀！」老公公這才從聖誕襪轉過頭來對他說。

雖是大半夜的，老公公也放低了音量，但他的聲音聽來卻是那麼的精神奕奕。老公公接著將食指放在嘴唇上朝他使使眼神，彷彿要他別讓小雨發現聖誕老公公來了！

「你們家小雨很懂事噢，聖誕禮物連爸媽的份都一起要哩。」

他沒有說話，太震驚了一下子說不出話來。

「是遊樂園的票喔！」老公公對他擠擠眼說：「小雨想要帶爸爸媽媽一起去遊樂園呢！」。

「唉呀得走了，接下來是…」老公公又低下頭朝他的背袋裡探。

「聖誕快樂喔！」老公公將大大的背袋甩上肩，一腳跨上麋鹿車，接著像流星似的一下子就飛走了，留他茫然地呆站在原地。

小雨…

小雨…是什麼時候長大的呢？以為還是只會說「我想去遊樂園！」的年紀，什麼時候已經長

成是會想帶爸媽去遊樂園的年紀了呢？

我究竟多久沒有回來了呢？

雨討厭地在這一刻下了起來。滴~~滴~~答~~答~~滴~~滴~~答~~答~~滴~滴~答~答~滴滴答答滴滴答答滴滴答答……

會濕掉的啊，小雨的遊樂園的票！是我們——小雨、爸爸和媽媽——三個人的票啊，我們一家三口遊樂園的票啊！

但是家…這裡還稱得上是家嗎？我們的家早就被我輸掉了啊，房子也輸掉了車子也輸掉了，連手錶都已經當掉了，就為了那一點點酒錢，最後連小雨的學費也通通輸光了啊，現在連遊樂園的票都買不起。害怕討債的轉索老婆和女兒，連小雨現在待的這個社福處免費提供的簡陋房屋都不敢回來。

到底這樣已經過了多久了呢？兩年、三年還是更久了呢？

他將聖誕襪緊緊裹進大衣裡，一直呆站在家門口根本擋不了多少雨的杏樹下。

模糊地想起來，想要買得起遊樂園的票不就是他自己去年許下的聖誕願望嗎？

結果還是把幸運掙到的一點點錢全拿去買清酒和炸丸子吃掉了，一年過去了還是只給小雨買了卡片而已。人生要辦的正事只剩下揀好一張卡片而已，口袋裡如今又只剩下明天的泡麵錢了。

像個傻瓜一樣啊！

雨越下越密，越下越肯定，越下越像真的……

雨是真的聖誕襪是真的，信箱是真的杏樹是真的，小雨是真的媽媽是真的，管理員是真的、老公公是真的，遊樂園的票是真的，連陌生的文具店老闆和麋鹿紅通通的鼻子都是真的！

只有這個爸爸是假的！只有我一個人是假的！

就像個傻瓜一樣啊！

招魂別在月光下

「我怎麼…總聞到土和鐵鏽的味道？還有……」沿路上樣貌較為年輕的夢婆不斷喃喃自語。

珊珊心想，在這種地方聞到土和鐵鏽的味道根本不足為奇。

她們一行十幾個鬼，排成兩列，被兩名夢婆領著往樹林的深處走。過去或許可以，如今雜草橫生，車子顯然已開不進來的山路盡頭，眼下只有一幢廢棄的空屋、橫生的蘆葦以及滿地的泥沙，珊珊觀望四周一陣心裡想，**這一帶不是土和鐵鏽的味道那才奇怪。**

領隊的兩名夢婆終於讓隊伍停了下來，在空屋的庭院各自對自己所領的鬼指揮起來。說是庭院，不過就是屋前一處野草長得較為稀疏的空地罷了。

年長的夢婆正在將另一列隊伍帶往屋後，珊珊看著她們走遠，再看看與自己同一隊的夥伴，她環顧起四周，一時不解她們此行的目的究竟是什麼。

這裡看來像什麼事也做不了的地方，珊珊想，**更不用說天色眼見就要黑了！**

珊珊瞄起領隊的年輕夢婆，看著夢婆正雙手搭上珊珊隊伍中一名男鬼的雙肩，將他從隊伍裡拉了出來並對他指示道：「你就站這窗邊好了！」。夢婆手、腳的動作早於她自己頒布的命令，男鬼根本是已被她整個人按向廢棄老屋的外牆邊，這才聽清楚那就是他接下來該站的位置。

珊珊聽著夢婆的指示，看著夢婆的舉動，還是不明白夢婆到底在安排什麼。

被安置好的男鬼朝那窗戶瞥了一眼，心想：這哪裡還稱得上是窗戶？上頭一片完整的玻璃都沒有，玻璃全碎得七零八落地一塊塊掉在庭院的泥地上——他的腳邊。雖然沒有必要他還是稍微避開地上的碎玻璃。牆上木製的窗框早已腐朽變形，沿著框的外圍好些磚還已經脫落，曾是窗戶的地方如今徒留一個大洞，只靠洞外那幾根「他實在不懂這種荒涼的地方到底有什麼理由要裝」的鐵欄杆在撐場面。如果不是這些欄杆，男鬼想：這面牆還真像他生前服役時看過的舊炮台遺跡。

然而，既然夢婆的話語在這裡形同一切，假使夢婆指稱某樣東西是窗戶，那它必定就是窗戶不是什麼砲台！男鬼認命地站直身體，遵從的眼神望著夢婆，一聲不吭。

「然後……讓我想想……」年輕夢婆的身影一下子忙碌起來，先是將其餘的鬼帶往屋內，站在門口環視一陣後，又從門邊移到屋內的一根柱子旁，以一種想像著某個畫面似的神情自言自語地說道：「這裡再安排一個，不，兩個好了！」接著便回頭朝珊珊看了一眼，一眼之後眼神又調回柱子，琢磨起什麼來。

「那個長頭髮的！」夢婆的食指這一刻果然朝珊珊比劃過來：「妳！過來這裡！」。

珊珊感覺夢婆所指就是她，因為她前後左右淨是些少年和小孩子，和她差不多年紀的女孩雖有兩個，但就她一個是長頭髮的，珊珊雖心存疑惑，仍舉起食指迅速朝自己比了比，回應夢婆的呼喚。

「對，妳，過來！」夢婆這一會兒直視珊珊。

她快步移向夢婆指定的位置，在柱子旁站得直直的。

「妳就站在這兒！」夢婆雙眼對上珊珊，接著眼神帶著指示般，轉頭望向隊伍中的一名小男

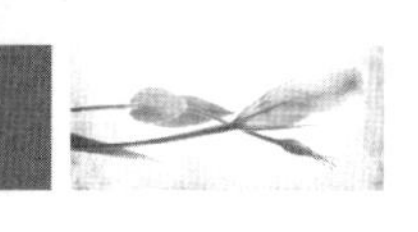

孩：「你也過來！」。

小男孩遲疑了一下才邁開小小的腳步，緊張地挨著珊珊站著。

夢婆現在後退了兩步，正在觀看珊珊和男孩站在一起的畫面，且似乎對自己的安排頗為滿意。

珊珊雖依舊不明白重點到底是她跟男孩呢？或重點根本是柱子？但基於某種直覺，關於她們此行的目的，珊珊開始朝某個方向猜了。

夢婆接著對所有在場的鬼開口：「記住了，等等我全部安排好之後，你們誰都不准隨意離開自己的位置。還有，一個氣也不准嘆，更不准被看見，你們的工作是來嚇人，不是來嚇死人！若要是誰今晚當真被你們嚇死了，後果自行負責！」以一種老師對理解力低的學生硬端出來的耐性口吻說道。

所以…事情果然就是她稍早揣測的那樣，珊珊心想，現在看來幾分鐘之後，她就得做好扮鬼嚇人的準備了！

這句話的後半段或許略有爭議，因為事實上，珊珊根本不必扮！她徹頭徹尾就已經是個鬼了——死了！沒呼吸了！心臟也不跳了！還步伐走快一點就像要飄起來似的！

然而對於此刻夢婆的交代珊珊依舊聽得一頭霧，根本不明白要做什麼或不做什麼，她們才能被看見或不被看見。珊珊不解地想：我們自然不會隨便就被看見，因為我們**已經無法**隨便被看見！我們**還能**被看見嗎？我們不是死了嗎？

「不被看見的話怎麼嚇人？」隊伍中一名高挑的少年小聲詢問道，一副就怕把夢婆給惹惱了的樣子。

「聲音！」夢婆轉向少年一臉的沒好氣：「聲音會被聽見的！」

「包括我現在正在問的這句話嗎？我是說，假使現在有人打我身邊走過，他就會聽見我現在正在問的問題？」

「當然不包括你現在正在問……」夢婆忽地惱怒起來：「為什麼我得重新再解釋一遍？會被聽見的只有無意義的發聲或嘆息。昨天我說明這些的時候，你是都幹什麼去了？」夢婆越說越不耐起來，本來就已經夠恐怖的臉色又變得更猙獰。

「他他拉氏！」夢婆突朝空屋的後門走去，邊走邊呼喚這個名字。

「他他拉氏！」夢婆此刻站在後門邊，眼神掠過另一列隊伍的幾名鬼持續朝屋後搜尋。

「他他拉氏！可以來幫我帶一下後輩嗎？」夢婆又喚道。

後輩？珊珊心想：**這說的難道是我們？**

夢婆又一聲他他拉氏，那聲音還沒結束，珊珊的視線就被直覺揪往右後方。

從屋外被喚來的他他拉氏，悠悠走向後門，是個年輕女孩！還一身的古裝。

女孩隨同夢婆一語不發地往屋內走，然而在更靠近柱子之前，那女孩突然遲疑了一陣，接著整個人就這麼僵在珊珊的右後方幾步處動也不動！至少珊珊感覺那一刻，那個女孩僵住了！

剛剛讓珊珊突有所感因之轉過頭的那股直覺，就是女孩的不曉得為什麼突然間不想靠近，而不是她的靠近。

珊珊回頭，想確認那份遲疑，卻正好對上女孩的眼睛。與女孩對視的第一眼令珊珊一陣畏

懼，那女孩的眼神就彷彿……她至此完全確定自己剛剛的停步是對的！表情像她對萝婆此刻的招喚感到一陣錯愕，甚至嫌惡！女孩定在原地看了珊珊那一眼後，低下頭的表情中有著珊珊不懂的被冒犯。

而即使沒有那一眼，珊珊自己也是才轉頭就不知道為什麼也在意起對方來。

現在，在對女孩的第二眼中——而對方依舊明顯不悅地低著頭——珊珊心裡的疑惑更多了：**這實在毫無道理！對方的個頭不高，了不起不超過一米六，模樣看來也年輕，並不是她往常會自發性敬畏幾分的體型和年紀。一定要說她哪裡特別，大概就是從她的肢體動作看來她似乎是有自覺的待在這荒涼的鬼地方，不像她們是莫名其妙突然間被帶來這兒的。**

而，不得不承認，以一個鬼來說，她算是好看的。

「妳要在這邊幫忙嗎？他他拉氏！」年紀較長的萝婆不知何時也走回了屋內，一見著古裝女孩的背影隨即開口：「正好我今天的任務還算簡單，妳就留在這一隊吧」。

被喚為他他拉氏的女孩回頭，雖沒特別說什麼，珊珊仍瞧出她肢體透露出的不快。

「聽好了，我再強調一次，今天誰也不准被看見。」兩名萝婆一陣私語後，年長萝婆眼神掃過屋內所有的鬼，確認大夥兒都已聽到她方才說的話，倏地便朝屋後走去了。

「他他拉氏，剩下的妳看著辦吧！記得再強調一次！」年輕萝婆說完便看向屋內隊伍中的兩名短髮女鬼：「妳們兩個隨我來！」語畢將一票鬼留了下來！只帶走她指定的那兩個。

珊珊打量著屋內餘下的成員，盡是一些貌似還不應該死的：眼睛又大又圓的可愛小女孩、兩名身材高挑卻纖細的少年、身旁的小男孩、以及生前還只是高三生的自己…沒有半個痀僂的死者。這一組盡是些顯而易見活得都不夠久的人，卻都是看一眼就會有印象的長相。

尤其是那兩個孩子，五官漂亮醒目，卻叫人懷疑他們真的懂該怎麼嚇人，**這麼小就死了，哪裡會有什麼嚇人的意識！**珊珊瞥了一眼身邊的孩子，不懂為什麼安排他們來這兒。

屋內全部的鬼都等著他他拉氏的進一步指示，然而那女孩卻遲未開口，從剛才就臉色難看的站在珊珊身後一動也不動。

「妳還好吧？幹嘛像見鬼了一樣？」方才提問的少年率先打破沉默，感覺像是活著的時候便是無法忍受場子冷下來的那一類型。

「你們…是啊…！」他他拉氏先是沉默半晌，像重新理好情緒接著才悠悠開口。她回應時一個字一個字說得很慢，卻說得極為自然，彷彿她一直以來就是以那樣的語速在說話的。

一屋子鬼笑了起來，連小女孩也聽得懂對話中的笑點所在。

「也是！」少年自嘲地笑起來，但他他拉氏則沒有進一步相應的笑容。彷彿她剛剛不是有意說笑，而是陳述事實。

「妳也是夢婆嗎？」少年問他他拉氏。

隨著少年的問題珊珊趁機轉頭打量起他他拉氏，那一身旗袍、頭冠和夢婆的服飾迴然不同。

「不是！」

「那麼…」少年頓了頓：「我是想問，我們該怎麼稱呼妳才好？」

「跟你們一樣⋯」他他拉氏悠悠回道。

「這麼說來就是⋯⋯」少年眼神轉了轉，腦子尋找合適的用詞：「前輩囉？」聲音中有自嘲的味道。

「算是吧。」

然而在氣氛看似和緩下來的這一刻，珊珊卻隱約感覺到，剛剛前輩看到她的第一眼反應像她真被她給嚇壞了！彷彿她認得她！

前輩要那名問個不停的少年站到門邊去，說是門，其實和窗一樣徒剩出入口而已，應該要有的門板已經整扇不知給誰拆走了。

「所以我們是來嚇人的？」少年好奇看著他他拉氏的頭冠，邊就定位邊追問。

「不是⋯單純的嚇人⋯」女孩一副不想搭理的樣子，聲音斷斷續續的，回頭看向其他成員，思索著下一個安排。

珊珊懷疑自己是否多心了，感覺前輩是不太想在她面前開口，才對少年有一搭沒一搭的。就像現在，前輩乍看像隨意望著成員中那名小女孩的臉，然而她毫無多餘動作的背影卻依然令珊珊感覺到她的謹戒。也不知道為什麼自己會這麼覺得。珊珊望著前輩的身影，這才意識到自己也莫名在意起她，已看了她好一會兒了。

「為了給尚且活著的人帶來希望吧。」他他拉氏突地悠悠回應。

這麼說就更難理解了，珊珊想。但她沒像少年一樣輕易提問，不知道為什麼，她不希望被這個前輩歸類到愚蠢的那一邊。

前輩的手搭上隊伍中的小女孩，將她牽向樓梯的位置，那樓梯通往二樓，珊珊望著那年久失修的樓梯，懷疑它們還經得起踩。

小女孩轉著圓圓的眼睛看起來極為害怕，她站在樓梯口頻頻轉身看向樓梯盡頭二樓的方向。珊珊想，前輩一定非常不了解孩子，那小女孩現在一副怕極了會有「誰或什麼」從二樓跑下來的樣子，根本還無法認清，此刻，自己就是那「誰或什麼」！

然而因為沒有誰繼續追問，他他拉氏還果真就沒再進一步解釋。

「因為我們在這裡，活著的人會相信這世上真有鬼魂存在，知道家裡供上神桌的東西會被當一回事，知道向祖先祈求的話語會被聽進耳裡，知道爐裡燒掉的香燭會有人在乎，神也許只有一個，無暇顧及所有活著的人，但鬼可是千千萬萬。少了鬼，世界會大亂的。我們看起來越美，愈像會向惡人索命的厲鬼，世界就會愈安定！」

珊珊發現聲音來源不是前輩，而是隊伍中另一名少年。珊珊轉頭望向這新的聲音，說少年還太勉強，約莫小學五、六年級稚氣未脫的臉龐，但五官異常好看。

「還有就是，讓活著的人——應該是說善良的那些——相信親人即使死了也不會死得太徹底，總有機會再度相遇的，能活得下去！」少年在大夥兒即將顯露佩服的神色之際趕緊補上一句：「這些是昨天夢婆解說的。」

原來如此！珊珊心想，她活著的時候可沒想過自己還具備什麼警世的潛力！

但不知怎麼的，這樣的安排帶給她微微的不快。**死了之後，竟還有後續的什麼！**珊珊不確定

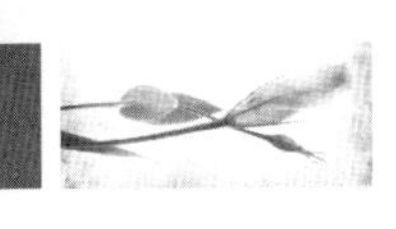

耗在這裡的時間對來世有沒有任何加分作用。拖泥帶水的事她向來就討厭！光想到這個，便令她內心的不快又要升溫，她不想要一直卡在這兒。

「你站那個角落好了！」前輩一直等到美少年說完，才指示他往後門邊角落的方向站，五官好看的少年不疾不徐地走過去，走路的樣子超乎他的年紀。

「前輩！」高挑少年從他他拉氏背後喊她：「前輩是專職嚇人？……不！我是說專職令世界更安定這件事的嗎？」少年問。

珊珊幾乎要讚嘆起他的樂觀和勇氣來了，這傢伙顯然把此行當成團康在參與了。

他他拉氏看著美少年在角落站好，接著才轉身回瞪了高挑少年一眼，但不像生氣的樣子，只是惱他問題太多。

「沒有誰是一直負責做這種事的，當然是……有理由，我才暫時待在這兒，既然待了下來，總得做點事。」

珊珊聽在耳裡心想，活著的時候她從來也沒有見過鬼，現在死了，卻得讓活著的人感受一下，想到這個她心中的不耐更是無法按下。她反正對扮鬼是沒有一點興趣，才不想跟前輩一樣一直杵在這種鬼地方而不去下一世。

前輩為什麼不前往來世呢？她不免好奇。

「若我們不想投胎，向夢婆反應後，就能像前輩一樣一直留在這兒嗎？」看來是不輕易善罷干休的高挑少年又追問，。

「你不會想要一直留在這兒的。」悠悠的聲音裡有無可奈何的味道。

「那也不一定，現在這份差事是不怎麼吸引人，但比起⋯⋯」少年思索起來，自己突然住嘴。

基於某個理由，珊珊能肯定少年絕不是輕鬆愉快死去的。

「前輩、前輩！」剛剛被夢婆帶出去安排站在庭院一隅的其中一名短髮女孩，用勉強能聽見的氣音從院子的方向呼喚他他拉氏：「我需要憋氣嗎，前輩？」

「妳已經斷氣了，沒有那個問題。」

「可是前輩，我的鼻子好像還在一呼一吸噎，真不用憋住嗎？」女孩再問。

「習慣動作罷了。」他他拉氏漠然答道，這回腳步隨聲音一起朝女孩飛飄似地移動過去。

珊珊望著他他拉氏走動的樣子好生佩服，**真專業！**明明同樣都用腳在走路，古典美的他他拉氏硬生生就是更像鬼一些。

一定是因為服裝的關係！

珊珊想。前輩那一身退色的寬襬旗袍加上她冷淡的氣質，光這一點就完全符合厲鬼的高標。而就算不是鬼，前輩光是沉默地站在那裏，就顯得一臉淒厲，不說話時明顯的不友善。

而前輩是真的很不友善，剛剛自己不過朝她瞥了一眼，奇怪前輩竟立刻眼帶敵意回看過來。而，不過就是一眼，那眼神卻逼得珊珊幾乎要相信前輩有資格對她這麼做。

一定是因為髮型的關係！

珊珊又想。她看著前輩身旁那名短髮女鬼，只瞄一眼就覺得實在很不稱頭，一點鬼的樣子都沒有就算了，兩頰還帶著幫倒忙的親切粉紅櫻色。不像前輩綴著垂珠的頭冠以及慘白的臉色，和飄這樣的動作真是十足搭襯。

一定是因為鞋子的關係！

珊珊看著前輩腳下那和衣服同樣是絲綢料子的墨綠色布鞋心想，要是巧兒——她生前的好朋友——也在這裡的話，前輩一定會是喜愛玩相機的巧兒想要拍攝的對象，巧兒尤其愛拍長相不是頂尖漂亮但個性突出的人物。想像前輩在巧兒照片上可能呈現的樣子……珊珊突覺肚子一陣悶，那種花錢的消遣為什麼永遠都與她無關？

她非要一個好一點的來世不可，足以消彌此生她對巧兒那些忌妒不滿的那種富裕的來世。

想到這些，不知怎麼的珊珊突嫌惡起前輩來，前輩就和巧兒一樣帶著一身出自有錢人家的氣息，討厭的是和巧兒相比，前輩還要更沉著一些，討厭的是前輩還看起來並不笨。對什麼事都有意見的巧兒偶而讓珊珊感覺其實並不聰明，反應有些慢，只不過因為家裡有錢，自小接觸的東西多了一點罷了。

夢婆在更遠的庭院入口處安置另一名短髮女孩，接著她回頭巡視、確認、交代、叮囑，彷彿這確實是一份不容輕忽的工作。珊珊瀏覽夢婆給大夥安排的那些**站崗**位置，無聊地感覺毫無重點。

珊珊的視線再度回到他他拉氏，心想要是自己入夜後在路上遇到這樣的女生，鐵定會嚇得魂飛魄散。但此刻，她不但一點也不害怕，還基於某種自己也說不上來的理由暗地裡在和他他拉氏較量⋯⋯

不知不覺珊珊嘆出一口氣⋯⋯**唉～～我「當然」不會害怕了，連這種具備所有厲鬼條件的女鬼我**

見了都不曉得要害怕是因為……因為我往生了嘛！

「唉～」珊珊又嘆道。

「誰？是誰？是誰在嘆氣？」從庭院入口巡視回來的夢婆，都還沒在窗邊男鬼面前站定，就帶著一臉怒意從庭院瞪向屋內。

「他他拉氏！我聽到了！到底是誰在嘆氣？不是說了要再向她們強調一遍嗎？要我說幾次？」夢婆惱火的聲音從屋外吼過來。

「啊，有人害前輩被唸了。」高挑少年以惹珊珊厭的氣音率性開口。

顯然這份工作比珊珊原先以為的更難一些，她開始不喜歡那少年用夥伴的眼神來看她，明知這種時候她應該不好意思地吐吐舌頭或面露尷尬，但她就是做不到。

過去——還沒死的那些時候，她不管學什麼都學得很快，哪裡輪得到這種魯莽的傢伙來訓她話，她不快地打量起他，猜想他可能大自己幾歲。

然而一股懷疑同時間揪了她一下，珊珊轉過頭，赫然發現前輩**果然**眼帶責備正瞪著自己看，莫名又更像厲鬼了。

「對不起！」珊珊這才不自然地開口向他他拉氏道歉。

他他拉氏卻略顯驚訝地頓了頓，彷彿不太相信這聲道歉的真實性。沉默一會兒後才悠悠開口：「大聲說話行，切莫嘆氣，記住了，我們的嘆息是會被生者聽見的，我們只能夠在夢婆許可時才可以嘆氣，在那之前，憋住妳的哀怨吧。」說到最後那一句，他他拉氏淒厲的神色強調了她

的惱怒。

入夜的空氣不時冒出幾聲不明昆蟲的翅聲，這空屋本來就在樹林的深處，殘破的磚造外牆像再耐不過幾回地震，陰森的效果更是被攀上牆的藤葛給加深了，珊珊望著四周，這才意識到自己和此地是如此融入。她懷疑自己此刻不滿的臉龐是否正如同前輩那般淒厲。

這裡其實有點像她生前住的三合院老家。當然沒這樣破損陳舊，沒這樣嚇人。她淡淡地想到以前住的房子，但只是一個閃過心神的畫面，沒特別再往生前的事想下去，不是不思念母親，而只是一種某個階段結束了的感覺。斑馬線上一道踩過的白線、走廊上一根行經的柱子，像那樣的感覺。眼前這幢屋子就和她一樣，都死了，沒什麼好說的。

陰沉的灰藍夜色漸升，斑駁牆面這一刻全然黯淡下去了，從窗緣爬進屋內的藤葛、空氣中不知哪來的鐵鏽味道、過於幽暗的室內、必定是誰留下來的一袋空塑膠瓶、沾著好似乾掉血跡般的污漬那被誰丟在角落的薄被……氣氛是如此恰到好處。珊珊看著這一切，忍不住玩味地想著：是的！厲鬼今夜就要現身！

「他他拉氏！妳們兩個站在一起的畫面太恐怖了，分開一點！」萝婆突地喊向他他拉氏：「妳站回屋內去！」

前輩被萝婆使喚回來，站來到屋內門框的另一側，和高挑少年彷彿兩尊門神似的各據一邊。珊珊可以察覺出前輩隱約的不情願，彷彿前輩更寧願和短髮女孩留在院子裡——儘可能的，離珊珊遠一點。

珊珊的視線在門邊的他他拉氏和庭院的短髮女孩間來回，突然間，她看見門外庭院泥地上一灘積水濁亮亮的，珊珊仰起頭……依稀可見一輪滿月隱身在雲霧後，珊珊看著夜雲如黑色島嶼般快速地在空中浮動。

今晚的雲飄動得好快噢！風不小呢今天！

視線從天空往下調，珊珊看著輕擺的枯藤彷彿爪子般的刮著窗口，察覺夜晚舒適的風正在拂過窗口的垂藤，直到這一刻，珊珊才真正意識到原來自己的皮膚對風已經一無所感了。

門邊的他他拉氏已刻意不看珊珊好一陣子了。整個晚上不是前輩看自己的樣子讓珊珊感覺對方不喜歡自己，而是前輩根本不想看自己的樣子。

但最初的尷尬也已經過去，珊珊想反正前輩也不會細瞧自己，她於是端詳起他他拉氏，發現前輩近看其實沒有那麼漂亮，膚質是極為光滑白皙沒錯，亡者眼下的烏青也比其他鬼來得淡些，若不是這麼近距離看，甚至會懷疑那可能是妝彩的效果。

珊珊不免嫉妒起來，為什麼總有些人死都死了依舊很好看呢？她自我安慰地想著：死了但是皮膚很好、死了但是雙頰櫻紅又如何呢？根本不具意義！

然而她又不得不承認，就算以巧兒不落俗套的審美標準來檢視，透露不俗優雅的他他拉氏，眼神還帶著幾絲聰慧的他他拉氏，必然也會高分過關。這些越看都越令珊珊惱怒，她又打量起她，心想，由前輩那一身裝束看來，她該死了有一陣子了，她從頭到腳身上穿戴的一切，顯而易見是早於珊珊時代的衣飾。

屋後，另一組人馬看似也已安排妥當，珊珊透過門板同樣被卸除的後門口，遠遠瞧著另一隊

身分不明的死者，幾個蒼老的看似死得合情合理，年紀過輕的則不免再次引發她好奇。

現在鐵定很緊張吧！珊珊直盯著其中一名她懷疑根本還未上小學的孩子看，但並未湧上多少同情，因為那是連她自己此刻都很需要的東西，已經沒有多餘的可以拿出來給誰了。

「前輩是…怎麼過世的呢？」高挑少年突地開口，但聲音中沒有之前的玩笑意味。

珊珊想，這問題在這裡，就和探聽同學家父母收入多少，是一樣無禮的吧，然而，她沒有鄙夷少年的不經心，因為她自己也好奇。

前輩是怎麼死的呢？

那站在最角落，五官好看的少年一聽見這詢問同樣轉過頭來，他望著他他拉氏的眼神中有超乎年紀的惋惜！任誰都難以抗拒這樣的眼神，彷彿帶著真正的關心！

「算是……」像他他拉氏真掌握到兩個大男孩好奇背後的關心似的，她突地思索起用詞來，「落水而死吧！」。

珊珊有些意外，訝異前輩竟會回答，然而前輩的聲音和之前不同，落水而死四個字有種理直氣壯的味道，雖然壓低了卻還是足夠珊珊聽清楚的音量，彷彿前輩就是期望珊珊也聽見。

「以為妳和我們一樣都是燒炭死的。」高挑少年語調意外地溫柔起來：「又想廝守在一起，又不想死得太難看……而，妳很漂亮，所以我以為…」

是吧，誰都無法抗拒發自內心的讚美，珊珊想，她看著前輩嘴角果然正漾起微微的笑意。

「我們？」他他拉氏同樣語調輕柔地回問。

「她！」高挑少年眼神努向庭院的短髮女孩。

那就難怪她一臉的櫻色了！珊珊跟著望向那個短髮少女。

落水而死啊，那麼說來是意外囉！像前輩那樣的清麗女孩，總不可能是因為捲入什麼麻煩事，而給人蓄意淹死的吧，更不可能像她是因為男人而死的…真好！單純因為戲水而死去！

珊珊暗自打量著他他拉氏，不免心生羨慕。想到害她丟了小命的阿澤，珊珊生前明明極度喜歡他，此刻則是痛恨死他了，**就是因為阿澤我才落得現在得在這裡扮鬼！還根本不必扮！**

「來了！」夢婆的聲音突從庭院入口大聲傳來。

她們等待了一整夜的活人終於來了，看樣子是吃撐了沒事幹的一群學生找來這個據聞鬧鬼的空屋，想是來試膽的吧！

一群年輕人慢慢朝空屋靠近，在庭院入口處站崗的那短髮女鬼無措地直望夢婆，不知道自己該要做什麼，但夢婆沒特別表示，短髮女孩於是就只能繼續站挺，讓學生毫無異狀地打她身邊走過，一行人已經來到庭院。

珊珊遠遠瞧著那群看樣子大自己不過幾歲的**死小孩**，想像她和其他隊員要是這一刻同時現身……珊珊感到好笑起來，那份好笑中還帶著得意！彷彿關於這群**死小孩**的勇氣，她才是擁有主導權的人。

珊珊注意起此刻緊張地躲在領隊身後的男生，他懷裡抱了張感覺攤開來似乎不小的紙張，有些厚度。在他之後的那幾個，則正在避開腳下絆人的芒草和不知怎麼來的碎玻璃酒瓶，一路發出：「怎麼那麼多碎玻璃？小心不要踩到碎玻璃！」的困惑和提醒。

沒多大的庭院、不過六、七人的隊伍卻越走越慢、越走越沒腳步聲、越走越憋慢氣息、越走越像鬼。

其中一名女孩一副比起見鬼，更怕腳下會竄出蛇來的樣子，緊抓著前一個同伴的衣角，眼睛則直盯腳下，她緊張的眼神讓珊珊也跟著暗自祈望這一帶要沒有蛇才好，珊珊現在知道了，就算是死了，討厭的東西依舊會討厭的！珊珊懷疑此刻若真有條蛇打她腳下竄過，她**不應該**會嚇到砰砰跳的心臟不知道會不會依然叫她的雙腳一蹬！

珊珊看著學生隊伍走得最慢的那個女孩，膚白卻一身黑衣，此刻，她站在庭院樹下垂藤的陰影中，不比珊珊不像鬼，女孩此刻正要踩過庭院另一名短髮女鬼的腳而渾然未覺。因為夢婆依舊毫無指示，這使得短髮女鬼比女孩還更緊張一些，她慢慢地縮回自己的腳，小心腳不被踩到的樣子就彷彿……萬一這一刻真被學生們察覺到這裡站了個鬼，只可能是因為那雙突出去的腳而不是別的！

珊珊一面看著最後那白皙似鬼的女孩，一面重新調整自己的站姿，明明自己才是貨真價實的鬼，卻覺得不管怎麼站都有些不自然。**所以她才不喜歡這份差事**，基於某個理由，珊珊不太能忍受必須努力才能獲得什麼。

憑什麼那個人就不用？憑什麼這個人就不用？珊珊想著這白皙女孩要是死了，站在她身邊必定輕易勝出，就和前輩一樣。

不應該起霧的天氣卻起霧了是一切的開始，一陣霧彷彿懂得辨識入口似的從大門吹進來，一路尾隨學生隊伍，強化了鬧鬼的氣氛。濃濃的白霧正透著亮光，令珊珊不由得透過窗口再次向夜空仰望，但才閃現就隱身起來的月亮又在夜雲黑幕後了。

資深的萝婆突地現身屋內，不理會學生們就在四周活動，她開始交代大夥要好好地隱身在霧裏頭，別那群學生才踏進來就立刻被察覺到。

「不用理會他們、也不需要嚇他們！他們感覺無聊了自然會離開。」資深萝婆說，稍微看了看年輕萝婆在大廳內的安排，不表意見，倒是要庭院入口那名短髮女鬼更往草叢深處站去，但那裡蘆葦高過人，令她的腳步遲疑，資深萝婆使使眼色，讓年輕萝婆乾脆陪著短髮女鬼一塊站在那兒。

「不用理會他們，那我們來幹嘛？」高挑少年看向珊珊，珊珊連聳肩的回應都懶得做。

隱身在霧裡是嗎？珊珊想。

珊珊看著前輩蒼白的臉沒入蒼白的霧氣中，覺得這完全是反效果，前輩只是更顯淒厲而已，想必自己也是，更不用說帶霧的溼氣阻止不了昆蟲的夜間活動，此刻，蟋蟀和蟾蜍的叫聲開始在四周惱人地出現，像有心埋伏在霧裡。這陣夾帶各式聲音的霧氣令學生只想快快進入屋內。

珊珊想像皎潔的月亮同樣也埋伏著，不過是埋伏在夜雲後，才令周圍晦暗不明。珊珊安靜地站直卻無法靜下心，感覺自己和那些活人一樣焦躁，她很想要深深吸一口氣，卻不知道呼出的氣

息得多輕才能不被聽進學生耳裡。

珊珊看著前輩動也不動地逆著夜光站在門邊，畫面是如此協調，看來前輩不但已經死了一陣子了，還似乎也心平靜氣地接受了這個事實。

要過多久我才能像她那樣呢？像她那樣即使面對一群想不到更空虛的事來做了的生氣勃勃的年輕人不會感到一絲嫉妒？

學生隊伍已然進入屋內，帶頭的環顧室內一周，視線依序瞥過小男孩、珊珊、小女孩、美少年，此刻正在轉身回顧身後，和他他拉氏以及高挑少年面面相覷——**假使他有一點慧根的話！**珊珊不怎麼高興地想：**這傢伙壓根誰也沒看到！**

就算只是站著什麼也不做，珊珊也不太能忍受感覺自己在白費功夫。

「就這裡吧！」帶頭的半個鬼也沒見著後，用他自己才聽得到的聲音做出指令，他在空屋的正中央處蹲了下來，其他人見狀也紛紛跟著蹲下。第二人即刻將那黃紙攤了開來，果然是好大一張，上頭還密密麻麻的滿是字，第三個男生則從手袋裡取出一對蠟燭⋯⋯

「碟仙碟仙⋯⋯」蠟燭才架好，剛剛那名似乎怕蛇的女生就開口了。

珊珊和高挑少年現在必須努力憋住才能不笑出聲來。

這裡哪有什麼碟仙，鬼倒是整整兩隊！她和高挑少年好笑地對視一眼，他他拉氏則面無表情，一臉的見怪不怪。

「還沒啦，要先開壇啦！」攤黃紙的男生憋低聲音連忙制止：「蠟燭是幹嘛還不點！」

「誰有打火機！」才將蠟燭架好的男生說道，徒勞地搜著自己身上全部的口袋，找他其實根本就沒有的東西。

「你是負責帶蠟燭的怎麼會沒帶打火機，沒打火機是要怎麼點蠟燭？」帶頭的男生一臉的火。

「你只說要蠟燭又沒說要打火機！」架蠟燭的男生理直氣壯地應。

「蠟燭跟打火機從來就是一起的好嗎，誰點蠟燭會不用打火機啊！」

「那你沒有打火機嗎？」架蠟燭的男生反問。

「我又不抽菸沒事帶打火機在身上幹嘛！」帶頭的男生不快地應道。

「我也不抽菸啊！」也跟著惱怒起來的聲音。

「等等，這件外套搞不好有！」第四個男生右手持著三炷香，左手正從外套右口袋裡不怎麼順手地摸了一個什麼東西出來：「噢，還真的有！」男生左手已經滑起打火輪。

「有不早講！」架蠟燭的男生不悅地說，彷彿這樣便能撇清他延誤開壇的責任。

打火輪滑第一次沒發出任何火星，珊珊等著，她有些期待，想知道蠟燭點上後，她們是否依舊**安全**。

打火輪滑第二次依舊沒發出火星，還有些卡卡的、不好使力的感覺。拿香的男生這會兒終於因為同伴的失去耐性也跟著不耐煩起來，他第三次大拇指「根本沒必要那麼用力地」奮力一滑⋯

火星依舊是半點也沒有，因為打火機被他這樣一滑直接滑到樓梯口去啦。

室內暗極了，一行人慌忙找起打火機來，只知道憑打火機落地的聲音，它應該是往樓梯方向滾去了。因為看不清楚，幾個男生一路用腳搜找著地板，一路找到樓梯口去，女生們則自動留在

原地，彷彿這些事、這種時候，就是男生的責任，與她們無關。

打火機滾到被安排站在樓梯口的小女孩她的腳後跟，幾個男生圍著樓梯口附近找，帶頭的還開始大力用腳踩踏起樓梯前的地板，就怕漏了哪一處，但他目光卻始終往上緊緊盯著二樓，提心吊膽地擔心鬼都躲在那兒。渾然不覺他就要踩到小女鬼的腳了。

踩到的話會怎麼樣呢？珊珊屏息等著，**一定不會怎麼樣，否則前輩早有所指示了！**

可惜孩子終究是孩子，尚未懂得藉由察言觀色來獲得暗示。

「別！」他他拉氏輕喚小女孩，彷彿她已意識到小女孩接下來會有的動作，她急切的腳步隨同聲音一起朝小女孩靠近！然而他他拉氏才要疾行過柱子，一旁的珊珊眼角恰好捕捉到在柱子的另一頭，架蠟燭的男生同時間也朝柱子走了回來。只要那男生一個轉身，和他他拉氏的迎面撞上就避免不了，珊珊看著兩邊的距離越來越近，幾乎要出聲警告他他拉氏！

幾乎而已。

因為夢婆難看的威脅臉色在最後一刻映入珊珊的腦際，攔住了珊珊的聲音。

可惜沒有攔住珊珊的動作，珊珊仍下意識地朝前輩伸長了手，想將她拉開……

而才從柱子這頭過來，他他拉氏便被同時靠近的珊珊和那男生給嚇了一大跳，她靈巧地一個側身躲開了珊珊手指尖能觸及的範圍。珊珊手沒搆到她，卻勾到她頭冠上的流蘇。

奇怪的是在那一眨眼的工夫裡，他他拉氏首先閃躲的對象並非那尚有氣息的男生，而是已經死去的珊珊！奇怪的是他他拉氏還清楚被觸怒了，怒意——以及一股明顯的害怕——正表現在她此刻瞪大盯住珊珊的雙眼上，像她真以為珊珊是有意要扯下她頭冠似的。

男生的小腿果然如珊珊一開始所料的，掃過了他他拉氏綢緞旗袍的下襬，但他毫無感覺。

珊珊不解前輩一下子那樣程度的惱怒，覺得自己不過是想要警告她，卻在她眼中看見清楚的嫌惡。而那不是單純的嫌惡，是同時夾帶討厭以及懼怕的嫌惡。

很短暫的一眼，在珊珊確認的同時就已經消失無蹤的一眼，依舊令珊珊清楚掌握到：前輩不但不喜歡她，還有些怕她！

在前輩那一閃而過的表情中，直覺還令珊珊明白了另外一件事：人生中所謂的不得已、情有可原必定都是有的！在每一個鬼、每一個眼神的背後始終就是這些！而現在，在前輩厭惡夾帶害怕的神情背後，必定有著珊珊所不知道的故事，縱然下一個眨眼前輩已保護性地換上了毫無情緒的神色，但珊珊就是已經領受到了。

明明領受到這一點，珊珊第一時間就是無法感覺抱歉。

她以為她是誰啊！就多了幾年當鬼的經驗便想對我擺譜！我是伸手想要幫她哩，她憑什麼那樣回瞪我！

他他拉氏剛才就要生氣起來的那副模樣令珊珊一陣緊繃，因為那一瞬間，珊珊感覺自己也要跟著火大了，偏偏這裡可不是她能輕易耍性子的地方。

珊珊覺得活著的時候任何人都沒資格這樣對她，何況是鬼！雖然人家本來就沒有理由非得對她熱絡不可，但珊珊就是不高興。珊珊想瞪回去，卻不知道死不夠久的鬼是否也能像前輩那般隨意發脾氣，很難不去考慮各種可能的後果，珊珊心裡嘀咕了一陣，表面上終究忍耐下來。

而，因為什麼都需要時間，即便是他他拉氏一個理由不明的惱怒眼神！經過了剛剛那一幕，那件他他拉氏最初打算阻止的事終究還是被耽誤了…

小女孩在腳被踩到之前將那打火機側踢了出來，大概因為後腳跟不好控制力道，看著不過輕輕一踢，還滿室應該作為阻力的陳年灰塵，那打火機卻天曉得怎麼會這樣地一路順暢無比滾動到女學生們站的位置附近才停了下來，就停在那手持香柱的男生腳邊，還是因為碰到他的鞋子才停住的。

「遲了！」他他拉氏莫可奈何盯住那男生看，等著他的反應。

「啊！」「啊！」「啊！」「啊！」尖叫聲此起彼落。

怎麼可能會有別的反應？珊珊想。

就如珊珊所預料的，學生果然紛紛往屋外衝，一堆對話中原先準備要拿來開壇的用品全被丟下不管。其中一人還正在將庭院某個已經碎了的玻璃瓶踩得更碎，現在珊珊知道那些個玻璃瓶是怎麼會碎成這樣了！

「嗚！」小女孩見一群人尖叫著衝出去也跟著嗚咽了起來，「嗚…嗚…」

一聲聲像岔了氣的嘆息，是忍不住了，也是被嚇到了！她不是刻意要哭給誰聽的，但她就是害怕。

小女孩的這幾聲哭泣更是將已經衝到庭院的學生再奮力推向出口，學生們尖叫著擠在庭院出口，顧不得四周一堆會割人的芒草、蘆葦，沒有誰展現紳士風度禮讓女生，也沒有誰故作矜持禮讓男生，紛紛爭著逃命。

「真可惜！」高挑少年故作失望狀：「以為可以會會碟仙哩！」

資深夢婆倏地現身屋內，只看一眼就了然於心，隨即安慰起小女孩，小女孩確定這會兒沒有誰會責備她後，雖然依舊低啜著，但已經止住眼淚了。

珊珊望著一群人不成隊形地衝遠，突然羨慕起那些學生來，他們連慘叫聲聽來都活生生的，她心想，雖然不知道關於這幢空屋之前的故事如何，但稍後那群徹底逃離這裡、沒事找事幹的學生八成會從起霧的可能性開始討論，好降低內心的恐懼感，他們可能會說：整個晚上霧濃得不可思議，月光都被遮蔽了，一踏進空屋後，什麼也看不清！打火機會自己走路！還有女鬼清楚在哭！

這棟空屋的鬼故事過了今晚又將被改寫一遍，珊珊看著那小女孩，心想不知那群學生會如何穿鑿附會形容她的哭聲。拐來要勒索，判斷錢是拿不到了，乾脆殺掉的孩子？

是她就會編一個更惡毒的。

資深夢婆看了一眼他他拉氏，接著便往屋後走去，一個眨眼，他他拉氏已接替資深夢婆來到小女孩跟前站定，她對女孩沒特別出聲安慰，只是輕撫女孩的頭，等著小女孩自己平靜下來。

珊珊看著背對自己的前輩，這才想起什麼來，沒必要但依舊壓低聲音解釋起來：「前輩，我剛剛沒有要抓妳的意思！」珊珊說。

「我只是…覺得他快撞上妳了！手就自然伸了出去！」珊珊又說。

他他拉氏默不作聲，也沒有回頭看珊珊的意思，但任憑誰都嗅得出來，珊珊的這些解釋，反

而激起前輩新的惱怒。

「拜託妳可是前輩哩！」珊珊說：「我想前輩這詞在這裡的意思是：妳死**比較久**，我怎麼可能沒事會伸手去抓死比較久的人，雖然這麼想並不禮貌，但這是事實。妳可是⋯**資深的鬼哩**，我的意思是，在死亡這條道路上，既然妳是前輩⋯」

他他拉氏突轉身一個白眼，並且當中沒有任何一絲開玩笑的意思，即使高挑少年和好看少年聽著珊珊的一番話已經在一旁竊笑起來了。

我哪裡說錯了？我們都往生了不是嗎？妳也往生了、我也往生了，總之就是⋯妳跟我，都死了！一起搭乘在「已經往生」的這艘船上，不是嗎？而妳還早我一步上船，就是這樣。

珊珊心中的疑慮和不滿同時升起。一面說一面氣自己就跟生前一樣，心裡越是忐忑，表情和動作卻反而越是鎮定，結果就變成，明明是自己被逼急了吐實，卻像是她故意在開前輩玩笑似的。

她沒有，真的！

她不想被這個前輩討厭！更確切地說，珊珊覺得誰都沒資格討厭她，就算她其實根本也不喜歡對方。

「唉⋯」珊珊懊惱地輕嘆。

「誰！」現在厲聲吼叫的是年輕夢婆，「剛剛是誰？」

這樣也不行？

珊珊突覺不滿，覺得自己不過氣音般小小輕嘆了一聲，竟也要被責怪。

往生者也有往生者可能會出的錯，誰想的到竟會有這種事呢？這全是他他拉氏的錯！

她憋回另一口氣，光火地想到自己正在憋回一個自己根本就沒有的東西。

高挑少年從鼻息笑出聲，令珊珊更是想要發火，而他他拉氏依舊沉默著。

剛剛難道是我一個人的錯嗎？來這裡的生人明知這裡可能鬧鬼，還要叫自己來這裡被嚇不是自找的嗎？即便我的嘆息真被聽見那又如何，那是他們自己的問題！

珊珊在意這一刻他他拉氏似乎占了上風的感覺，**她不過比自己早死了一陣子，根本沒有比較優越！**

活著的時候珊珊自會說，這種感覺就是人和人之間彼此的磁場互相吸引或排斥，和性別、親疏沒有關係，人就是會莫名特別在意某一些人，沒有理由。

然而此際珊珊已經死了，她不知道磁場的說法還說不說得通。**鬼哪有什麼磁場可言？**珊珊光火地想。她越來越不喜歡他他拉氏。

入夜開始便在四周輕柔吹拂的那陣風，此刻正輕撫過某一片潮濕的野草，珊珊驀然抬頭，月亮始終無法完全掙脫雲霧，晦暗庭院的草叢幽幽輕擺著。

「不過前輩，妳是真的嗎？」高挑少年突地開口：「我們讀過的那個？頤和軒那個？」

珊珊一時不解少年在問什麼，他他拉氏一貫她的靜默。

但這問題給了珊珊光明正大一瞥前輩側臉的機會，逆著門口進來的微弱夜光，讓前輩看起來很不一樣，是稍嫌瘦弱沒錯，卻比上一眼還有味道。

「妳本人很漂亮！」少年讚嘆。

然後她笑了，那個他他拉氏，她低下頭的微笑裡有倔強的味道。

啊，他他拉氏！

難不成是那個他他拉氏？

珊珊想起來了，心裡一驚。獲罪慈禧被淹死在頤和軒後邊井裡的他他拉氏。**珍妃！**

因為心裡浮現的新尊稱，現在珊珊無法不去緊盯他他拉氏的臉龐。感覺少年的用詞過於誇大了，她的五官是堪稱清秀沒錯但還稱不上漂亮，然而珊珊不能否認，沒有一本教科書提過，在柔和的夜色下，珍妃笑起來確實很吸引人，特別是前一刻她還一臉的嫌惡、不高興的時候。

珊珊讀過的關於珍妃的種種，都把重點擺在她死得有多慘。珊珊望著她自若的微笑，一時無法想像她死前經歷的恐懼。還越是想要忽視腦海中那些關於珍妃最後的死狀，就越是忍不住想看清楚她的五官，結果弄得自己很不自然，有些焦躁，珊珊覺得今晚時間過得還真慢。

學生離開之後已經過了多久了呢？感覺好像才一下子，又感覺好似站了幾個鐘頭有了。珊珊暗自思忖。**但這些重要嗎？有意義嗎？**

它們最好有！珊珊不怎麼高興地想，在這裡瞎站的這些時間最好有意義，否則⋯⋯

「注意囉！」夢婆的聲音又從遠處草叢傳了過來！

果然又來了一列隊伍，不同的是，不像上一群人那般緊張嬉鬧，穿著和年紀乍看也大了許多，一行人在庭院停步，雖手電筒照啊照地持續觀察四周，卻沒有顯露多少興趣，彷彿他們已經確定會令他們感興趣的東西是絕不可能出現在庭院裡的。

斑駁的夜光印在牆面上，枝影微微顫動，令那行人的影子難以辨識。陰森的氣息。

珊珊佩服起來，**這幾個感覺勇敢多了。**還每個都一臉嚴肅，全數腳步流暢地在避開腳下的玻璃，彷彿都不是第一次來了。沒有一個開口說話。

太安靜了，也安靜太久了！珊珊等著他們的下一步。

襯著身後一大片高高的蘆葦海，他們卻只是安靜地在庭院入口那兒站了一陣，眼神儘管搜尋著，彼此卻沒有特別交談，一支一支向遠處照去的手電筒，發出的一束束光彷彿幽暗的蘆葦海洋中閃亮的波光。逐漸擴展成圈的隊形就像被拋進黑夜大海裡的一輪救生圈，期望被攀上……

「如果你在這裡，就給我們一點暗示吧！」

終於有蟋蟀之外的聲音了。一開始領在最前頭沒多少頭髮的男人對著潮濕幽暗的草叢終於開口了，聲音充滿了耐性。

「不想回家嗎？不希望叔叔把傷害你的人給抓起來嗎？」他手中一個不大的塑膠袋，珊珊看不清楚裏頭裝的是什麼，有點好奇，但也沒那麼好奇。而其實根本不需要看清楚袋子裡頭的是什麼，她才聽到第三句就已經聽懂了。

是我們其中之一嗎，這個人正在呼喚的人？

如果他自稱叔叔，那麼他在找的便是孩子了⋯

珊珊打量起同伴，猜想有沒有可能是誰，這裡是有幾個孩子沒錯，但可能是哪一個呢？

「你應該不在剛剛來的路上，而是以這裡為起點的地方對吧？」男人對著一片晦暗自問自答。

「再半個月你的案子就不歸我們管了，移交之後或許機會會更渺茫，你不生氣嗎？」

所以……這裡是某個刑案的現場？珊珊想，只是刑案這兩個字就令這荒煙漫草之地一下子特別起來。

「我覺得在這裡的可能性不大，長官！」另一個男人開口：「車子根本不可能開進來！如果兇手也把車子停在我們停車的地方，再從車上拿推車下來推屍體，一路把屍體拖到這裡來，那麼遠的一段路是不可能不留下任何推車痕跡的。小朋友的屍體說輕也不輕，推車的重量一定會壓壞不少雜草，就算兇手在事後清理痕跡，清理也會有清理的跡象，但這幾次白天來搜索我們什麼都沒有發現。」

「但第一現場確定是不可能了！」另一個聲音插了進來：「而且前後兩個路口的監視器半夜都拍到那台車了！中間卻隔了快兩個小時，他一定停下來過！一定有什麼東西被留在這附近！」

「在這一帶丟棄血衣的可能性很高。」又一個新的聲音，手電筒對著草叢照了又照，同一束光重複掃過站在庭院短髮女鬼的臉，最後還直直投射在她臉上，她緊張地忍不住移動了好幾步，突然想到什麼又停住不敢動，一副快哭的樣子，年輕夢婆倏地從遠處蘆葦叢站來到她身旁令她終於鎮定，但那隊伍全部的人顯然是任何異狀都沒有察覺出來。

不，也許不是全部……珊珊發現其中一名相較之下身型明顯瘦小的男人，正眼神疑惑地盯著夢婆她們的方向。

「那就把血衣找出來吧！」拿著袋子的男人說。

「為什麼隊長非得晚上來找不可！」一個殿後的聲音咕噥道。

他前面的男人立刻回頭對他使了一個要他小聲一點的神色，也像在質疑殿後的男人之前怎麼不說現在才來抱怨。

由殿後男人此刻略顯委屈的神情看來，他只是沒料到晚上來這裡會這麼恐怖，而非反對這整個行動。

「因為……」走在他前頭的男人小聲地回應：「晚上來才知道兇手可能會怎麼做，現在時間是案發當晚第一台監視器拍到那台車之後一小時，假設兇手是先把媽媽載去我們後來找到她的地方丟，因為開始有車經過怕引起注意……於是又開了一小時來這裡處理小孩，那麼……」男人邊回應邊推敲著。

被喊長官的男人已經朝空屋前庭院的方向走。

「後面不用急著跟上，注意自己腳下！」被喊長官的男人出聲提醒，打斷了正在推敲什麼的男人的思索。

庭院前方，那被喚為長官、應該是隊長的男人，手電筒始終在自己腳下的草叢照著，每一步都極為謹慎小心。

「在這麼暗的情況下，一手拿著手電筒……」他揣摩起來兇手可能的動作，「另一手拎著小孩的屍袋，然後……因為袋子有點重，左腳…對，左腳，左腳可能得用點力拖著走，然後……現在四周全是高過人的蘆葦…」隊長持續想像，「不能讓車在路邊停太久，會被注意到……那麼我現在要把這拖起來已經開始吃力的屍袋繼續拖往……」隊長站來到空屋門口，他視線掃過空蕩的一樓，朝後門那兒看了一眼，一臉仍不認為屋後會是最好的選項，而他身後的隊伍已跟上他，都慢

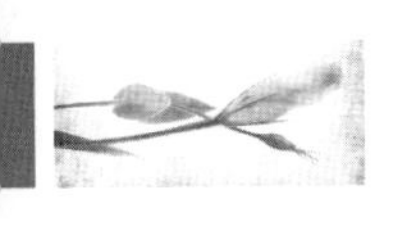

慢移動到門口來了。

現在珊珊終於可以看清楚隊長的樣貌了，普通的中年人長相，抬頭紋有點深，還看起來很累。

「一定不是那裡⋯如果我要把屍袋拖過去，地板的灰塵會一路被屍袋掃出一道痕跡⋯我就得花時間清除那個痕跡⋯⋯但這些都是好幾年的灰塵了⋯掃了哪一處都會被看出來⋯所以⋯」隊長不確定的聲音繼續推論著。五、六個手電筒同時朝屋內照著。

除了鬼，屋內什麼也沒有。

「等等！」瘦小的男人突然語帶緊張地說，他站在原地，左手食指放在嘴唇上示意全部人保持安靜！瘦小男人朝珊珊的方向望過去，眼神像他確實看得到珊珊的臉似的，雖然沒必要珊珊還是憋氣不動，接著他朝另一個方向望去，那裏站的是他他拉氏，他他拉氏則完全不為所動。

「哪裡不對勁嗎？」隊長問。

「我們⋯」瘦小男人突然壓低了聲音，「好像打擾了不應該打擾的人！」

隊長疑惑地側著頭，不明白瘦小男人的意思。

「介入二位深感抱歉，我們這就離開！」瘦小男人這不是對著長官解釋而是對著珊珊的方向說話。

這傢伙不是冒牌貨耶！是有點本事的！珊珊看得出來，瘦小男人已經察覺到這裡有鬼了！雖然聽不太懂他說介入的意思，但珊珊繼續沒必要地憋住氣，還突然有些緊張，不知該靜止不動還是慢慢站去更角落的地方。因為瘦小男人始終盯著她所在的方向。

彷彿向來就清楚瘦小男人的本事似的，隊長問：「不能待？確定嗎？是那個孩子嗎？」

瘦小男人迅速搖搖頭，手電筒還在手上，食指急著比上嘴唇示意隊長別開口，自己手電筒的光立刻照得瘦小男人半邊的臉跟鬼似的，接著他同一個食指朝出口比了又比，示意大夥離開，他手中劇烈晃動的光束此刻又投向庭院的短髮女鬼額上。

隊長一陣失望，他嘆了口氣，手電筒放了下來，猶疑著。

今晚，他真心希望有個鬼在這裡——一個小小的，可愛的孩子。他小心翼翼地、同情地、溫柔地期待了一整晚。現在，什麼都還沒有開始就得離開這兒，他不是不甘心，而是一陣不捨。

「不能待一下嗎？」隊長望向瘦小的男人，瘦小男人神情肯定地搖了頭，還自動率隊往庭院走。

「好吧……」隊長的聲音乾澀：「看來……老天爺有他的安排吧！」

年輕夢婆始終站在短髮女鬼旁，她伸長了脖子，視線略過門口的隊長，頻頻向空屋的後門觀望，期待資深夢婆這會兒能現身給她一些指示。她知道這些人和剛剛那幾個學生不同，**但要做些什麼嗎？**她還真是不曉得！

遮住夜色的雲霧似乎就要淡去了，珊珊突地察覺到，也等著。

這個晚上，沒有別的更值得期待的事了。

啊，終於！

亮得跟什麼一樣啊！

月亮稍後果然像夜幕的眼睛般完全現身！珊珊望著圓滿而炫目的月亮，伴隨著繁星不寂寞地懸在空中。珊珊著迷地看著，她就是想要再看一眼月上的陰影，因為不知道下回像這樣仰望月色，要等到多久以後。

同時抬頭注視月亮的還有年輕夢婆，她想或許該回原來的位置了，才將視線從屋後收回，卻注意到珊珊的臉，她好奇珊珊盯著看的東西，跟著抬頭。

夢婆瞧著那滿月，突然一副似乎要想起什麼來的樣子。

「啊，奶油的味道！一開始和鐵鏽、土一起聞到的，是奶油的味道！」

夢婆觀察著四周，眼神掃過空屋庭院那一行人，略過現在從屋子走出來，一臉可惜的隊長以及那些隊員。她的視線開始檢視起雜草、泥土、露水和碎玻璃……她想，在這些東西當中究竟是哪一樣，會令空氣有股隱隱約約的奶油味呢？

都不可能！

而令夢婆想不透的還有，在看到這又大又圓的滿月後，空氣中那股甜甜的感覺似乎又更為強烈了。

為什麼今晚的月色會令自己聯想到奶油的味道呢？她不明白，也想不起來！只能感嘆自己太小就死了！若至少活到七、八歲才離世，或許還會記得在世時，曾經在哪個時候抬頭賞了月，又和誰賞了月吧……可惜，事實就不是如此。

「唉…」這樣的感嘆令夢婆對著月色輕呼出一口氣，輕到身旁的短髮女孩也未曾察覺。

瘦小男人猛地轉過身來，望向夢婆的方向，男人盯著她所站的地面，注意到新的一陣風正拂過那一處的蘆葦，隨風轉向的蘆葦花彷彿輕擺的旗幟般為有心人指引出方向……

瘦小男人立刻關上手電筒，目光取代了燈泡光投向夢婆的雙腳，男人謹慎地觀察著那一處地面，像為了牢牢記住那個位置。

月光下，一行人的動作慢了下來，偵查隊員紛紛跟著瘦小男人關掉了手上的光束，此刻只剩一開始殿後的那個男人還一束光朝自己腳下胡亂照著。

站在門外的隊長，視線正在穿越庭院、穿越夢婆和兩名短髮女鬼，往她們身後更幽暗不可測、更廣大不可測的芒草海洋望去，芒草海洋上是一輪溫柔暖黃的明月。

果然只有上天才包容得了這麼多的遺憾，我實在辦不到，所以才一直努力到現在，但世事為何總是努力也沒有用呢？隊長想。

這是最後能感受的一刻了，他明白自己終究能力有限。**拋出了救生圈，對方卻沒有將他的小手緊緊攀上來，偏偏他能拋出的，就只有救生圈而已，能怎麼辦呢？**

珊珊同樣也望著月亮，她暫時將前世的遺憾拋到腦後去了，在天堂時，被雲霧迷惑的她總亂糟糟地想著前世，想阿澤多一點，想母親少一些，總感覺像母親那樣強韌的人，不管有沒有她，日子都過得下去。

「我們該走了！」瘦小的男人說，手電筒重新打開朝來時的路徑探去，不容反駁的語氣像來到這裡之前，隊伍就已經同意以他的判斷作為離開與否的依據。

「我們白天再過來一次。」瘦小男人聲音乾澀地補了一句。

「白天再過來一次？」隊長疑惑的聲音。

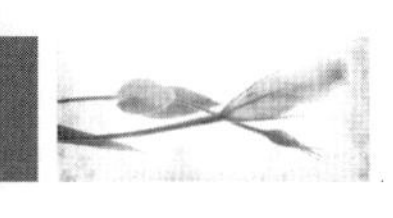

這回瘦小男人沒再回應，只篤定地點了點頭。

隊伍離開前其他鬼都不敢吭氣，只忐忑地看著隊伍走遠。這個晚上，這幾個鬼感覺自己似乎什麼事都沒做，又似乎做了很多事。

「你剛嘆氣了嗎？」這才從後門走來的資深夢婆朝年輕夢婆問道。年輕夢婆認罪似的點了點頭。

「有誰聽見嗎？」

「我沒有留意到，當時我正看著月……別的！」

「你就站在這個位置嘆氣嗎？」資深夢婆再問，年輕夢婆又一個頷首。

氣氛是彷彿連資深夢婆也莫可奈何了，像心疼一個孩子那樣的表情她看著年輕夢婆，接著眼神望向遠處，另一個短髮女鬼附近的草叢那裡，看了好一會兒才說：「或許就是這樣了！」

珊珊懷疑她看錯了，資深夢婆竟望著那草叢深處幽幽嘆了口氣。

太深奧難解了！珊珊想，她聽不明白！也不太想明白。

珊珊心裡早已自有結論：所謂鬼是……在這樣的場景，她四周的每一個人，都不可能讓她完全喜歡、讓她沒有疑慮的，每一個鬼，都帶著自身死亡的經驗暫時被困在這兒，而那些經驗是她問都不會想要問的，因為問了，便要回答自己的。在這等著重新投胎入世的最後場域，她已經確定是不可能交到**真心**的朋友的。各自帶著委屈，而且不知怎麼地還會主動尊重別人的委屈，一點也不想打探——當然那個高挑少年例外。

「你先帶他們回去吧，我們等的人還沒來，可能要天快亮才能走了！」資深夢婆對年輕夢婆說。

接近日出時分，清晨的那個片刻，他他拉氏的臉龐在珊珊眼中突然顯得異常溫暖。

也許是因為站了一夜，珊珊累了，那一刻她莫名對周圍的一切稍放下敵意，對他他拉氏心生一股短暫的憐憫。**前輩究竟…在這裡待了多久了呢？死了…多久了呢？**整個晚上前輩都看來不會輕易被擊倒的樣子，也不輕易被理解。但這一刻，在前輩緊閉的眼皮下，珊珊可以清楚感覺到前輩對四周的放鬆，但或許只是因為，**她也累了吧！**

鬼也會累嗎？

誰知道，也許連夢婆都無法回答珊珊這個疑惑。正逐一點名的夢婆始終給珊珊一種有點笨的感覺，乍看是一板一眼，但感覺夢婆的一板一眼就是來自不夠靈活、懂的東西不夠多所以無法變通，珊珊想，或許這就是篩選夢婆的原則吧。所以她才不是夢婆，她太聰明了。

他他拉氏望向草叢深處的神情逐漸看起來不太一樣，珊珊瞄了一陣，感覺珍妃的臉色似乎變得更為白皙、醒目了…

珊珊往四周看了看，**啊，天亮了**，原來是。

前輩從被幽禁的景祺閣到頤和軒的那一路上，應該都害怕不已吧。邊走回產業道路珊珊悠悠想到這些，**當她越來越接近那口井時，聽著身旁太監崔玉貴的聲音，心裡在想什麼呢？**

其實我死的還比較慘哪，只是說來慶幸的是，我在都還沒來得及感到恐懼的那一瞬間就死了，根本沒有時間讓我預料到我可能會死，我就死了！不像她！

珊珊越想越同情他他拉氏。

這樣說來我比她好多了，死前滿腦子只有喜歡的人，沒有經歷半點害怕就死去。這樣的境遇還是強過他他拉氏吧！

珊珊默默地走在隊伍裡，心情愉快地確認自己的幸運，感覺沒有誰悖逆了她，那從內心角落愈升愈高的一股優越，讓她越走心情越是平靜……

來世…一定會勝過這一世的！珊珊完全確定！

Thought Maker

隔壁太太這個禮拜第三度來串門子，還順便轉送我，人家送給她女兒的那些，怕是半年也吃不完的月餅。餅還沒擱下，隔壁太太就滔滔不絕地講起昨晚電視新聞報導的，說法國熱死人的事情。

「聽說死了一萬多人哪！妳相信嗎？」隔壁太太說。

「沒想到熱也能熱死那麼多人。」我說。

「本來還計畫今年跟我女兒一塊兒去法國玩的，真是幸好我女兒工作忙，最後抽不出時間去！」隔壁太太說。

隔壁太太離開之後我把那盒月餅打開來看，才發現是雪餅，保利龍盒裡的雪餅一個個都還冰涼涼的，我隔著真空包裝的塑膠袋一個餅按過一個餅，都還硬實得很，可見是才剛收到即刻就拿來轉送我們家了。

隔壁太太就是這點討人喜歡，上門來串門子一定帶伴手禮，而且伴手禮都給得大方，不會等到那些個吃的快過期了這才拿來送人。

想想那也是自然，隔壁太太有個出名的不得了的模特兒女兒「吳欣」嘛！別說逢年過節了，就算是平日我看也有一堆人慕名而來送禮。

記得上個月「吳欣」接受一個電視節目的訪問。

「飲食上是不是有特別著重的部分，所以身材才能夠維持得這麼好呢？」主持人問。

「嗯⋯（電視上吳欣側著頭想了很久），沒有，不過我平常特別愛吃水果就是了，尤其是櫻桃，適量補充維他命C，我想不管是對皮膚或是健康都有好處。」吳欣說。

結果隔壁太太過沒幾天就送來一大箱櫻桃，真是好大一箱，還包裝紙箱全是英文字的進口貨，我看要是自己花錢買，少說也得好幾千塊吧！整箱的酒紅色櫻桃一顆顆果肉飽滿果皮又充滿光澤，想來又是剛收到，回頭就拿來轉送給我了。

「不好意思又得麻煩你們幫我們吃掉這些了。」隔壁太太送禮時總一臉抱歉、態度客氣地說。

隔壁太太只會在每個星期一或其他日子的上午十一點以前按我家門鈴，因為她清楚那以外的時間我都在樓下的豆花店，不在家裡。

樓下那間豆花店是父親給我的嫁妝，父親經營那豆花店養我們一家四口不說，還靠著賣豆花的錢買下了那原先只是承租而已的店面，另外還買了一棟房子登記在我哥名下。我結婚的時候，父親說沒什麼好送我當嫁妝的，就這個豆花店吧！我樂死了，值錢的才不是那小小的豆花舖子，而是那位在一樓的金店面，算算可比哥的那間房子還要值錢哪。

結婚之後我把外頭的工作給辭了，從父親那兒將豆花店接手過來經營，日子過得可比婚前還要輕鬆，你說都有這值錢的金店面了，生活還有什麼好愁的？我於是可有可無的心態天天賣著豆花。

十年前我和先生合力買下這位在豆花店旁，後來才蓋起來的社區裡，六樓一戶三十幾坪大的新居，也就是我們現在住著的房子。

在那之前我和先生以及兒子總繞著豆花店承租房子住，買了新房子後最高興的人就是我了，因為現在我只要搭電梯下樓，邁出社區大門往右手邊走一分鐘不到，就能走到我的豆花店了。星期一是豆花店固定關門休息的時間，而周末，我另外請了幾個假日工讀生來店裡頭幫忙，如此一來我才能和我那公務員老公每個週末開車四處走走。

隔壁太太一家是四年前搬來的，剛來的時候沒特別和哪戶人家熟絡，我只聽同樣也住六樓的張太太、陳太太提過，說新搬來的隔壁太太姓吳，還說她身世可憐，老公和兒子都瘋掉了，只有一個女兒還是正常。

「我就說嘛，吳太太怎麼每次出門，開門關門的動作都啪的一聲好快，原來是怕給人家瞧見她老公和兒子。」張太太一邊學吳太太關門的樣子一邊說。

「她老公和兒子也住這？」我問：「不是說瘋了嗎？怎麼沒住醫院？」

「是瘋了呀，但好像吃藥還能控制的樣子，所以就居家療養了。」陳太太說。

所以剛開始我其實是很同情隔壁吳太太的。我先生雖然只是個平凡得不能再平凡的公務員，薪水賺得也沒有比別人家的老公多，但至少收入和生活都還算穩定，至於我那兒子就更不用說了，幾年前從醫學院畢業，現在已經是台大醫院的腦科醫師了。只要想到隔壁吳太太，我就為自己眼前所擁有的生活感到一陣慶幸，別說自己老公、兒子的成就如何，至少他們父子倆的精神狀態可都正常得很。

當然啦，吳太太搬來以前，要為自己的家人沒一個是瘋子這種事慶幸，我可是想也沒想過的。

兩年前在電梯間第一次碰見吳欣的時候我嚇了好大一跳。

不是那個剛拿下衣著最具品味獎——忘了是哪個雜誌頒給她的——現在紅得要命的模特兒吳欣嗎？她怎麼會出現在這裡？

我按了六樓的按鈕，而她則沒有要按其他樓層的意思。

這麼巧也去六樓？

我只想著不知道她是來找誰的，完全沒想過她或許跟我一樣不過就是要回家而已。

出了電梯她早我一步停下來，拿鑰匙開了吳太太家的門，進了吳太太她家。

儘管吳太太確實漂亮，都這把年紀了——該五十多歲了吧——依然相貌出眾，以前我還想過她絕對是我們這社區最漂亮的太太了。可吳家那扇門背後畢竟住了一老一少兩個精神有異狀的男人，年輕貌美——而且精神又正常——的吳欣是吳太太女兒這件事，接下來那陣子我們幾個太太都只是談論而不敢肯定。

吳太太第一次上門拜訪是我在電梯裡見到吳欣之後兩個月的事。

「妳好，我是住妳隔壁的鄰居，不好意思打擾了，因為這幾天我家收到一些禮盒，都是吃的，可是我們家不過四個人，怎麼吃也吃不完，不介意的話還請你們收下。」隔壁太太提著一個大大的紙袋站在我家門外、聲調客氣地說。

她離開後我拆那禮盒來看，是就算要送人我也買不下手的昂貴乾魚翅，而且吳太太還一送就送了我兩盒。張太太、陳太太也都收到了，張太太收到四物雞精，陳太太的則是鮑魚罐頭。

陳太太說吳欣準是吳太太的女兒錯不了，說電視講的吳欣前幾天工作過度體力不支昏倒被送進醫院，定是這會兒仰慕者紛紛送養身食品來了。

陳太太這話分析地甚有道理，我也記得那新聞，大概是因為年輕的關係吧，被記者搶拍到的吳欣臉色蒼白躺在床上的樣子可還是美得很。

收人家魚翅禮盒的隔天下午，我從豆花店拎了四杯綜合豆花走回社區按吳太太家門鈴，吳太太開了門之後隨手把身後的門掩上，整個人站到門外來，我沒有被讓進屋裡，而且什麼也來不及看到，她們家客廳佈置成什麼樣子事後我完全沒一點印象。

我說：「我們家是開豆花店的，家裏什麼沒有就這豆花最多了，我想天氣這麼熱，給你們送幾碗冰豆花來。」

「謝謝！謝謝！我最愛吃豆花了，我女兒也最喜歡吃豆花了，真是謝謝妳！」吳太太高興的樣子好像她和女兒真的相當愛吃豆花。

「吳太太，你女兒是不是就那個模特兒吳欣啊？」我硬著頭皮問。

「是啊，不過她這會兒不在家，我會把豆花冰著讓她回來再吃。」

「原來真的是！之前我在電梯裡遇過妳女兒幾次，不過都不好意思問。如果妳們真喜歡吃豆花，那以後想吃的時候隨時跟我說一聲，我們家豆花店就在這社區警衛室右手邊，很近的。」

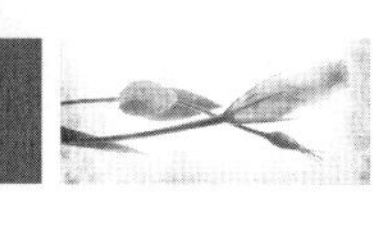

吳太太瞪大眼睛說原來那是妳的店，說她買過好幾次豆花不過都是叫外送就是了，而且一次買就是十杯——那是我豆花店外送的最低消費門檻——然後冰在冰箱吃上個兩天。買了一年今天才知道那店是隔壁鄰居開的。

外送這種事我都讓工讀生去處理了，我也真是的，賣了吳太太幾百碗豆花，這會兒才知道大名鼎鼎的模特兒吳欣工作結束後回到家，吃的宵夜都是我家的豆花。吳欣夏天宵夜吃冰涼的綠豆豆花，冬天就改吃微波過的紅豆豆花。

知道這件事之後，我開始每隔幾天就給吳太太送豆花，天熱時送綠豆豆花，天氣轉涼了就改送薑汁的，不冷不熱的陰天則送綜合口味。總之豆花開啟了我們兩家的情誼，吳太太開始會跟我聊一點吳欣工作上奇奇怪怪的事，我則拿我醫生兒子工作上遇到的更奇奇怪怪的事作為交換。

一天夜裡凌晨三點我家門鈴大響，先生和我一塊兒應門，只見吳太太和吳欣站在門口，吳太太穿著睡衣頭髮凌亂，吳欣卻是妝容完好甚至可以說是濃妝豔抹，不知道是剛回到家還是正打算要出門。

「楊太太，對不起這麼晚了還打擾你們，是我兒子啦，他好像有點不太對勁，我是想能不能麻煩妳兒子看看我兒子他。」

我把醫生兒子叫起床要他去吳家看看，睡眼惺忪的兒子一見是模特兒吳欣本人立刻精神抖擻地跟著她們回家去了。一個小時後兒子回來說，沒事了，說吳欣她弟這會兒已經在睡了。

「我也要去睡了好睏！」兒子打著哈欠進房。

那以後吳欣偶爾會上門拜訪，甚至比吳太太來串門子的頻率還高，不過她們每次來一定隨手送禮，吃的最多，用的比方說微波爐、隨身按摩機這種東西也有，吳欣代言的產品琳瑯滿目，其中也有家電用品，對了還有金飾，吳欣送了我一條金鍊子，還笑嘻嘻問我能不能用它換一年份的豆花。

總之吳太太她們和我越來越熟絡。但儘管如此，她老公、兒子我還是一次也沒見過。不過有一件事教我很得意，就是我那醫生兒子和吳欣好像、似乎、也許、可能、說不定真的開始交往了。吳欣被八卦雜誌拍到好幾張和我兒子一塊用餐的照片，雖然手牽手的照片是一張也沒有，但週刊雜誌都揣測我兒子就是吳欣的男友。

我忍不住幻想自己有朝一日真成為星媽，幻想吳欣作了我媳婦，幻想吳欣放假的時候兒子或許還在醫院忙，我和我吳欣媳婦就自顧自的手牽手出門逛街或喝下午茶。

總之過去這一年多來，吳欣見到我總是喚我楊媽媽，而我就學吳太太親切喚她的小名欣欣。

上個星期一下午，欣欣推了一大箱果汁來，說是最近接拍的那個芒果汁廣告，廠商送來的。我招呼她進客廳喝綠豆湯，她沒在沙發上坐下倒先站到冷氣機的出風口那兒，讓冷風直直灌進她領口，可見那箱果汁有多重，她家我家不過幾步路就讓她推出一身汗來了。

茶几上一本方才我正翻著的時尚雜誌擱在那兒。

「楊媽媽那是八月號的嗎？」站在風口下的欣欣問我。

「對啊！」

欣欣在沙發上坐了下來開始翻雜誌，光是封面她就看了好久，她仔細盯著的不是別人正是她自己，欣欣就是這一期的封面人物，我也是衝著這點才買下那本雜誌的。

她看自己的照片那認真安靜的樣子就像畫家檢視自己的畫還有哪裡可以改進一樣。其實欣欣本人和雜誌上看來幾無兩樣，這也是當然，她今年不過二十出頭，化不化妝都一樣漂亮沒有一點點老態。我走進廚房給她舀了碗綠豆湯。她端過綠豆湯擱在茶几上後依然繼續翻看內頁她自己的幾幅照片，我則把那箱果汁一瓶一瓶放入冰箱裏，還因為有點放不下，拿了好幾鍋紅豆、綠豆出來。

我不時從廚房望向客廳欣欣那邊，**唉，要真是我女兒就好了**，就算沒一點把她看成搖錢樹的意思，我一定也會深深地以擁有這樣一個簡直是漂亮的不像話的女兒為榮的。

「今天不用工作？」我問。

「七點有一個活動，現在還早，楊媽媽我可以在妳這裡坐一下嗎？今天我爸話有點多，吵得我都沒辦法好好休息。」欣欣說。

「當然好啊，妳不留下來陪我我還覺得無聊呢，不過你爸還好吧？」

「還不是那個樣子有什麼好不好的。」欣欣皺著眉頭說。

「唉～妳跟妳媽也真是辛苦，妳爸和妳弟都生病了——我不好意思說瘋了——日子能夠過到現在這樣真是很不容易。」

「唉～～」欣欣嘆了好長的一口氣接著說：「我是無所謂啦，倒是我媽，她真的很辛苦，我爸我弟都這樣，剛開始她連出門買個菜都心神不寧，哪裡都不敢去太久，只能成天待在家看電視對著我爸他們，唉，都是我的錯，是我把我媽給害慘的。」

「妳爸、妳弟這樣也不是妳願意的啊，怎麼能說是妳的錯？何況妳是因為工作才沒有辦法多陪妳媽，妳媽常說妳很孝順，賺那麼多錢全部拿回家，還說幸好有妳在否則她根本不知道生活要怎麼過下去。」我安慰欣欣。

「楊媽媽妳不知道，這一切真的都是我造成的。」欣欣的表情一陣懊悔，嘆了好長的一口氣後才說：「我爸、我弟會發瘋都是因為我，因為是我把他們搞瘋的。」欣欣又一陣嘆息。

「從小我就有一種特殊的本事，可以用意志力讓我希望發生的事情果然成真，只要我靜下心來集中精神專注去想的話，比方說…讓湯匙變彎這種事。」

「真的嗎？」我瞪大眼睛。我在電視上看過好幾次那種表演，明知是魔術的障眼法，但每次看每次依然感覺不可思議。

「嗯，不是開玩笑的，從我唸幼稚園開始就是這樣了，記得點心時間一到老師會發給我們湯匙，只要我專心一致不斷對著湯匙默唸變彎、變彎、變彎…，我的湯匙最後就果然扭曲變彎。」

「真的假的？」我不太相信。

「是真的，只要我一心去想湯匙彎掉的那個畫面，坐我隔壁平頭扁鼻的男生都會把我的湯匙拿走用力折彎再放回我桌上，然後對我說這樣比較快。」

「嚇我一跳還以為妳真會變魔術哩，原來是跟楊媽媽開玩笑的！」

「就說了不是在開玩笑啊，我要的只是讓那些湯匙扭曲，可沒說一定要以哪種方法讓它變彎哪，重要的不是過程而是結果，我的目的終究達到了啊！」欣欣的表情帶著一絲無奈，彷彿是真

心的。

「楊媽媽妳知道嗎？從小我就老幻想自己是有著金色頭髮、綠色眼睛，像芭比娃娃那般的外國人長相，而且還最希望就是希臘人的模樣。我做過好幾次…自己穿著白色長洋裝，漂漂亮亮地站在懸崖上一座神殿高聳的廊柱底下，似乎有心事地，眺望視線遠方的藍色海面，海平線上，夕陽幾乎要隱沒了，帶著海水味道的暖風一再將我金色的髮絲揚起，我的肚子一陣鼓動，我低下頭，安撫自己腹中的小東西，同時發現自己正赤著雙腳…那樣的夢。夢中的我簡直像神話故事裡的主角一樣，蓄勢待發準備展開某個計畫…」

「總是同一個夢！到後來連自己也搞不清楚，究竟是因為那些夢才讓我對希臘充滿了憧憬呢，還是自己對希臘從小就有的莫名喜愛所以才老是夢見？我一直想不透。」

「但不管怎麼樣，希望自己就是生在希臘、長在希臘的這個心願，我從來沒有跟任何人說過，甚至沒在自己的日記裡提過。」欣欣說到此神情突然一轉。

「我爸出現異狀的那一天，他在書房整理他的書整理到一半，突然像演戲似的開始說些奇怪的話，還跟著大吼大叫，滿櫃子的書被他一本一本地扔到地上，誰都攔不住。」

「我們不得不找來鄰居幫忙合力將他送去了醫院，人到了急診室，他卻又不吼了，搶過我媽手中的病患資料單，自己找了椅子坐下，在資料單的背面開始畫起在我們看來是神殿風景素描的圖畫，一邊畫，我爸一邊用我們都聽不懂的語言，急切地說明什麼，等他發現根本無法和我們、和醫師溝通後，他才又開口說起英文，面色灰敗地對我們說，他不應該繼續待在這兒，一定是什麼地方出錯了，他才會出現在這裡，他希望我們能立刻將他送回去！回去他畫出來的那個懸崖、那個神殿！他的任務要是沒有完成，『透蒂斯』腹中的孩子一旦順利出生（註解一），整座城鎮日後會被那孩子給毀滅的。」

「我們都聽不懂他在說什麼，他一下子又說回那奇怪的語言。一位住院醫師見狀說：『聽起來怎麼好像希臘文？』那醫師剛從希臘度完蜜月回來，他覺得我爸說話的咬字越聽越像希臘語。」

「全家沒有誰知道我爸究竟是哪個時候學會了希臘語。我們才要說不可能，住院醫生拿起我爸畫的那張圖看了又看，肯定地表示素描畫上的那幾個字，絕對是希臘文字錯不了。之後幾天，我爸被醫院這個科、那個科推進推出地做遍了各種檢查，『妄想型精神分裂！』最後主治醫生這麼說：『Paranoid scizoph~~』什麼的我忘了，總之就是精神疾病的一種，說我爸被迫害的妄想、神秘奇怪的行為、堅信自己身負重要任務⋯等等，這些病徵全數都符合。請我們將他帶回家再觀察一陣子。」

「診斷結果是說得出病名的精神疾病，我媽反而鬆了一口氣。輕鬆不起來的倒是我，我很清楚我爸根本沒有患任何精神疾病，我會這麼以為不是因為，他在一夜之間突然開口就是很溜的希臘文，中文反而都聽不懂了的關係！而是我爸畫的那一幅素描⋯那是我夢中的神殿！」

「當我看見一個長髮白洋裝的女孩在他筆下現身，被畫進他素描裡的神殿廊下時，我就知道了！他不是精神分裂！他根本沒有瘋！」

「幻想出並不存在的人或事才叫做精神分裂吧，我爸不是，他甚至也不是生了什麼奇怪的

註解一：透蒂斯 Thetis，阿基里斯之母。阿基里斯為荷馬史詩特洛伊戰爭中的要角。

病，他只是…因為我的緣故，最終變成一個希臘人了！」

「倘若我的父親是希臘人，那我豈不或多或少也和希臘人沾上邊了？他沒有瘋！他只是受我的意志力擺佈，成為一個希臘人了！」

欣欣始終直盯著她面前那碗綠豆湯，語畢繼續盯著看了許久，才終於拿起來啜了一小口湯。我一時之間不知道該怎麼反應，我的手心微微濕潤，或許是緊張也或許是沾上冰箱杯盤的水氣的關係。屋子裡尷尬的安靜持續了好一陣子。

「那……」我試著擠出問題想打破沉默：「那你爸是在什麼情況下才突然失控的？我是說，總有誘發的原因吧！他這樣子已經多久了呢？」也不知道問這些會不會不太禮貌。

「記得那一天他背對我站在書櫃前，我才要走上前問他說幹嘛不開燈？覺得書房的光線太暗了，我看到他食指才沿著整排書的書脊劃過去，就自言自語地一直重複：『這些不可能是我的書！』，接著越說越大聲，幾近吼叫的程度，最後瘋狂喊叫，完全停不下來，開始把書用力擲在地上，扔到全身力氣都耗盡了，才癱坐在地板上。那大概……是七、八年前的事了吧。」

我開始懷疑欣欣可能是在排練某部戲的劇情，猜她稍後會在離開我家之前，笑著問我說：「楊媽媽，妳覺得我剛剛演的怎麼樣？」

「有特殊的本事也不錯，什麼都能心想事成就不用那麼辛苦了。」開始朝她是在排戲的方向想之後，我終於又能輕鬆地說話了。

「楊媽媽還是覺得我在開玩笑，對吧！我都還沒說我弟的事。」欣欣依舊有些悲傷的表情。

「對了，妳弟！我好像從來沒看過他，他還好嗎？」我問，以一種關心未來親家家屬的心情。

「也沒什麼好不好的，我弟變成現在這樣，我覺得責任其實不完全在我。我猜，他也有一點意志力方面的特殊本事，就像我一樣！只是他從小就老愛跟我過不去，偏偏我媽又都要我讓他，每次我和我弟一吵架我就想，這討厭的小鬼最好瘋掉算了，跟我爸一樣乾脆瘋掉算了，這樣我就不會討厭他了，說不定還會開始同情他！」

「不過我始終都隨便想想從來沒有認真，誰知後來有一次我又有類似的念頭時，偏偏他小提琴的鑑定考試考得糟透了，我猜他一定自己也想過，要是跟爸一樣瘋掉就好了，這輩子就再也不用拉什麼小提琴了，不用成為媽媽的希望寄託、老師的成就指望！結果檢定結果公佈的隔天他就瘋掉了，大吼大叫對著電腦螢幕說這不可能是我的成績，接著瘋狂喊叫，停不下來！」

「遺憾的是，過去，我都沒有想得很清楚，總只想著真希望這傢伙瘋掉算了，沒特別想過希望他瘋成什麼樣子。我弟自己也沒有想得很清楚，只知道叫自己發瘋，沒仔細想過要成為哪一類的瘋子，這下可好了，我弟最後就只是瘋掉而已，沒有特別變成什麼樣的瘋子，沒像我爸那樣瘋得還算有個性地變成一個外國人。都沒有，我弟就只是瘋了，單純地腦袋不清楚，成為一個沒什麼個性的瘋子，好可惜。和我爸相比，我老覺得有點對不起他。」欣欣一臉黯然。

冷氣可能開得太強了，我覺得渾身冷了起來，腳底也冰冰的，我的掌心在冒冷汗。

怎麼我以前只顧著想，要是漂亮又有名氣，對我又客氣禮貌地要命的名模吳欣做我的媳婦、成為我的女兒就太好了呢？怎麼沒想過家裡都有兩個瘋掉的男人了，吳欣身上會沒一點可能帶著不太正常的遺傳因子嗎？

現在好了，真正瘋得最厲害的那個正坐在我家沙發上一口一口慢慢啜著綠豆湯。

這世上哪有什麼特異能力，所有的魔術都是障眼法！吳欣剛剛說的那些若不是在演戲，她就是不太對勁！

「可惜我弟沒早一點發覺自己的本事，他應該專心想他的小提琴鑑定成績要高到什麼程度，而不是想什麼發瘋的事。也好遺憾我的能力有限，沒有辦法逆轉情勢，沒辦法將我爸、我弟給變回原來的樣子，只能任由他們兩個就這樣一直瘋著，每次想到這個，我真的很難過。」吳欣接連嘆氣。

晚上兒子回來我把白天吳欣說的那些嚇出我一身冷汗的話轉述給兒子聽，兒子認真想了一陣說，欣欣那樣的想法其實解釋得通的，說有些人在至親遭逢巨大變故但自己卻幫不上一點忙時，確實極有可能將一切的責任往自己身上攬，把所有的事都想成是自己造成的錯，是因為自己具有恐怖可怕陰森的能力才使得周圍的人接連陷入困境，畢竟欣欣她爸爸發瘋那年她才十三、四歲，兩年之後她弟又瘋了，她自然會幻想都是她的錯，因為她什麼也做不了，只能在一旁看著它發生，看著媽媽受苦。

兒子這麼解釋給我聽，而我向來接受醫生的權威和專業判斷，自然立刻被我兒子說的那些給說服了，不但當下就從腦子裡撤掉欣欣不太對勁的念頭，心裡還對欣欣生出一股嶄新的同情。是啊，十三、四歲不是才國一國二的年紀嗎？根本還是孩子而已啊！

「好累！我先洗澡再出來吃飯！」兒子說。我這才想到要問兒子剛進門時一起拖進來的那好大一箱的東西是什麼。

「望遠鏡！」兒子簡短的回應就進房了，紙箱也一起拖了進去。

晚餐餐桌上兒子說，這幾天會有流星雨，他買來天文用望遠鏡，說沒有流星可以看時還能拿來賞鳥，還說已經邀請欣欣一起看流星雨了。望遠鏡我自然是不懂，只知道它肉眼看就很貴。話說回來吳欣身邊總不乏追求者，兒子的這些投資也是應該的，這些付出我絕對支持。

既然兒子都表明欣欣的精神沒問題，我自然是繼續幻想有朝一日欣欣能成為我媳婦，我跟前跟後沒問兒子那望遠鏡究竟多少錢，只問他打算帶欣欣去哪裡看流星雨。

欣欣和我寶貝兒子出遊賞星的照片見報後的周一，我在家裏喝茶翻雜誌，欣欣推來一箱水梨說，她粉絲搞錯了，她愛吃的是酪梨不是水梨。

欣欣沒像上回那樣進來喝綠豆湯，反而說她今天也休息，問我可有空陪她喝下午茶去，她手上好幾張五星級飯店的下午茶招待卷。

我高興死了立刻答應下來，還換上我最昂貴的一套衣服，**我這未來婆婆怎麼可以丟欣欣的臉呢！**我們社區守衛室對面總日夜埋伏一堆狗仔，就是等著拍欣欣亮麗出門或邋遢出糗的樣子，我一邊換裝一邊想像自己和欣欣一同上八卦雜誌封面的模樣。

欣欣說她中午醒來她媽早不知又上哪轉送粉絲給的禮物去了，而她實在不愛跟圈內朋友一起喝下午茶，「根本沒辦法好好吃東西嘛，一直有人來要簽名，真的很困擾，跟長輩用餐的話情況就會好多了，粉絲會以為我和什麼大人物在談正事，不會一直來要簽名拍照。」

「難道藝人就不能好好吃頓飯嗎？為什麼粉絲都不會想，我可能一整天就忙到只剩那個空檔可以吃東西了？假如我們真拒絕合照，他們還會上網抱怨我們耍大牌。」

飯店裡，欣欣吃的不多但果汁倒是喝了不少。

「唉～不說這些了。」欣欣一個深長的嘆息：「楊媽媽妳知道嗎？我覺得將來當我婆婆的人一定很幸福，倒不是說我特別會做家事，而是我總幻想以後結了婚，先生或許加班在忙，那我呢，就和我婆婆兩個人手挽著手去逛街買衣服、喝下午茶。楊媽媽妳大概不知道吧，自從我爸發瘋之後，我媽就變得很不愛跟外人打交道，她老覺得別人都瞧不起我們、可憐我們。以前有親戚想來看我爸、我弟，我媽還會二話不說就趕人家走，遇上賣菜的主動多送她幾把菜，她就把那些菜甩在人家菜攤上不高興地說我們還不需要施捨！人家對我們好，她總說那是他們可憐我們，真是神經病！搞得自己都沒朋友。」

「別這樣說妳媽，可能妳都在外頭工作所以不曉得吧，妳媽她呀，才愛串門子呢，妳看我們這棟大樓多少鄰居收了妳媽送的東西？妳媽啊，對鄰居很熱絡的！隔壁的張太太妳認識吧，她說沒見過像妳媽那樣對鄰居那麼好的人呢！確實跟妳們家剛搬來時妳媽給人的印象不太一樣，但那時是因為彼此都不熟，熟了就知道，妳媽是那種話不少個性又大方的人。妳自己剛不是也說，妳早上睡醒時，妳媽又不知上哪送東西去了，不是嗎？她朋友可多了！楊媽媽這種生活圈狹隘的家庭主婦才叫做沒朋友！」我說。

「那是因為我後來實在是受不了了，我爸就已經只講鬼才聽得懂的希臘話了，我弟又成天胡言亂語，我媽要再靜悄悄都不說話我看我遲早也會跟著發神經病，所以我拼命想，我媽一定要愛跟我說話才行，一定要愛成天在人耳邊吱吱喳喳個不停才行，我是用我的特殊本事好不容易才將我媽變成現在妳們認識的那個樣子，她才不是天生熱絡哩。我媽活潑起來以前，家裡的氣氛都讓我巴不得自己早早嫁人，這樣我就有全新的家人了。我總是幻想，一定會拿我婆婆當新媽媽看的，我的新媽媽自然也拿我當女兒看，我幻想我和我新媽媽的感情說不定比和我先生的感情還要好，我先生如果加班或出差，我和我婆婆就不管他，自顧自的婆媳倆人手挽著手出門逛街或喝下午茶，哈哈。」欣欣越說越得意。

「其實我今天約楊媽媽出來是有一件事想要拜託妳。」欣欣說。

「什麼事妳盡管說啊。」

「是這樣的，有一陣子我看我媽好可憐，這麼漂亮的媽媽卻只能成天待在家對著我爸、我弟，我開始期望，有個好看又體貼的男人愛上我媽，然後把我媽帶走，我媽就被那男人從差勁透了的生活解救出去，不用再過這種一點被愛的感覺都沒有的日子了。」

「但我只想了一陣子之後就忘了這件事，前幾天我突然想起來，越想越覺得後悔，萬一我媽真被什麼男人帶走，我一定狠不下心來把我爸和我弟送精神病院的，這樣一來我根本就沒辦法好好走伸展台了，變成我得要照顧他們，我知道我很自私，但我還是希望我媽能好好地留在家裏，

別真的跟什麼男人跑了。可是楊媽媽妳也知道，我工作時間長，根本不可能二十四小時觀察我媽的一舉一動，我現在是公眾人物又不能隨便找徵信社跟蹤我媽，我真的好想知道我媽到底有沒有在外頭偷偷談戀愛，楊媽媽，我是想…能不能透過妳幫我請徵信社呢？總感覺我媽這陣子容光煥發的，每天都又精神又漂亮，好像戀愛中的女人。可是我問她，她又說沒有，卻越來越頻繁把工作中的我給叫回家，說是看護臨時請假，而她又趕不回家什麼的。我現在只想確定我媽的交友狀況，可以幫我這個忙嗎？楊媽媽？」

我的胃有點不太舒服，一定是蛋糕吃太多的關係。

我一陣心虛，不知道我兒子會不會也這樣對我，找什麼徵信社來跟蹤我，因為他發現他媽愛上她公務員老公以外的男人了。

要不是那天豆花店的生意太好，負責外送的工讀生忙不過來，我也不會認識那個好看又體貼的男人。那個男人這陣子總說要帶我走，說我過的生活真是差勁透了，白天煮了一整天紅豆、綠豆還嫌不夠，晚上還要趕回家煮晚餐，然後老公一點感激的意思都沒有，只會在把魚刺從嘴裏挑出來的時候說，這種魚，刺那麼多，下次不要買了，一句謝謝也沒說過。兒子又成天忙到不見人影。生活只剩下冰箱開開關關，拿綠豆湯放紅豆湯。

他覺得他就不一樣了，他知道炒菜鍋重，也知道洗碗精傷手。如果我跟他走，就不用再過這種一點被愛的感覺都沒有的日子了。

「楊媽媽，好不好，幫我這個忙嘛！」欣欣懇求的語氣，我這才回過神來。

客廳裏，欣欣坐在茶几前看徵信社偷拍的那些她媽媽的照片。已經是第三個禮拜了，什麼可疑男人的鬼影子一個也沒拍到，吳太太整天跟社區大學那群媽媽做蝶谷巴特做個不停。

欣欣雖鬆了口氣卻不免有些失望，自言自語說：「是不是我的能力不如以前了？」

「這樣不好嗎？妳可以安心工作了！」我說。

「可以安心工作當然很好啊，但真要是我的本事退步了，那我的真命天子豈不是今年就不會出現了？我之前總期許我的真命天子可以在我二十二歲生日以前出現，但再兩個月我就滿二十二歲了，目前為止，我覺得非在一起不可的人一個也沒有啊！」欣欣說。

看來我兒子要追到欣欣，還得加把勁了。想想也是，欣欣的追求者那麼多，其中一定不乏企業家二三代，那些人年薪隨便算算都好幾千萬，比起來醫生那一點點年收入欣欣哪看得上眼，根本還沒有她的收入多呢！

「欣欣啊，妳喜歡哪種類型的男生呢？」我問。

「嗯，外型當然要看起來順眼，聰明一點，體貼，又孝順長輩⋯⋯」欣欣講到這裡停頓很久，「其實小的時候，我就跟別的女孩子不太一樣，其他女孩子都崇拜明星偶像，只有我崇拜的是天文學家，什麼哥白尼啊、梅西爾啊，那些人早不知死了幾百年了，卻是我幻想談戀愛的對象，自己都覺得自己好奇怪。」

我搖搖頭表示不了解。

「都是天文學家的名字，那不重要，我要說的是，小的時候我曾經幻想過被某個天文學家迷戀，只要是他發現的星星，每一顆都用我的名字命名，就彷彿他把那顆星星送給我一樣！即使沒有摘下來，也是屬於我的！童年的想法自然是天真有趣，現在可不會那麼想了，現在的我只希望，能夠遇見一個非常非常愛我的人，愛到捨不得我離開他半步，愛到心裡巴不得把我跟他拴在一起，不管認識多久、在一起多久，永遠都像初識時那樣愛我，一直到老，擁有這樣的愛情我就心滿意足了。」

自從給徵信社的帳款結清了之後，已經好幾天沒見到欣欣了。就在今天早上，我被電視的跑馬燈新聞給嚇了一大跳，說吳欣的經紀人表示，吳欣疑似遭到歹徒綁架，目前下落不明！我失神地拼命按遙控器，終於轉到一個正在報導這件事的新聞台，記者正在採訪吳欣的經紀人，經紀人透過麥克風表示，歹徒到目前為止都沒有聯絡她或吳欣家人要求交付贖款，還說吳欣已經失聯好幾天了，之前擔心綁匪撕票不敢報警也不敢走漏一點風聲，只是綁匪一直沒消沒息的讓人更是擔心他們要的不是錢，決定今天讓事件曝光，請民眾一旦發現可疑人物立刻聯絡警方。

新聞畫面裡吳欣的經紀人，眼睛紅紅的說今天是吳欣的生日，她上周就訂了蛋糕只等著吳欣回來切。

我按了一早上吳太太家門鈴都沒人應門，連看護也不在的樣子，一定是帶著老公兒子躲媒體去了，我站在吳太太家門外聽見她們家電話響個不停。

下午，幾個警察上門，我以為他們是來問吳太太行蹤的，誰知警察一開口就說：「楊某某是不是住在這？」我說：「是，什麼事嗎？他是我兒子。」

警察說：「你兒子涉嫌綁架那個模特兒吳欣，他現在人在哪裏，我們有話要問他。」

我兒子涉嫌綁架吳欣？開什麼玩笑？

好幾個警察進我兒子房間東翻西找，我說他昨天去醫院值班了人還沒回來，警察說醫院那邊他們已經去問過了，我兒子從上禮拜開始就請假了！

我說：「不可能！他明明每晚都有回來，早上醒來還跟我說他要去醫院了。」

「有記者拍到妳兒子載走她！」一個警察說。

我正要反駁我兒子載走吳欣很合理，我們兩家是認識的！

「這是哪裡的鑰匙？」一名警察從我兒子的桌子底下搜出三把鑰匙拿給我看同時問我，我腦袋空白地說：「我不知道！」

警察說那三把鑰匙都用膠帶黏在桌子面板底下很裡面，已經接近牆壁的地方，我看見另一名警員繼續彎下腰伸直手臂摸著書桌面板的背面，找還有沒有其他的東西。

他們在浪費時間，我兒子根本是無辜的！

一個警察的手機響了起來，他講完電話跟在場的員警還有我說：「找到吳欣了，抓到綁匪了！」

警車上，我突然想起來下午跟男人約好要碰面的事，我們今天計畫去石門水庫吃活魚三吃的，他的車現在一定停在那個老地方等我了，怎麼辦，剛才匆匆忙忙跟這些警察上車，連手機都忘了帶。要不要跟警察借手機打電話給他呢？

警車開到一個很漂亮的社區，帶我到一戶裝潢得很漂亮的人家，已經有好幾個警察等在那裡，但我沒看見我兒子也沒見到吳欣。

「嫌犯已經先送回去偵訊了！」我聽見一個警察說。我不明白他們到底是在說誰。還有我到底為什麼要來這裡？

「那個模特兒呢？」跟我一起來的一個員警問。

「送去醫院檢查了，手腳都被繩子綁到淤血！」一名員警說。

我站在那個家的客廳，還搞不清楚是怎麼一回事，剛才在我兒子房間搜出鑰匙的那個警察走過來對我說：「那三把鑰匙是這間房子的備份鑰匙，剛才都試過了，大的那兩把是開大門的，小的那一把是書房的，你兒子買房子難道妳不知道嗎？還是這間房子根本是妳買給妳兒子的？」

我兒子…我還沒有見到我兒子，我要親自問問他。對了，我也還沒打電話給男人跟他約改天，改天再去吃活魚三吃。

五、六個警察在看起來最小的那個房間裏翻箱倒櫃，接著一個員警走出來拿了本筆記本給我看，問那是不是我兒子的字跡。

「我好愛好愛妳，愛到捨不得妳離開我半步，愛到巴不得把妳跟我拴在一起，我會永遠都這麼愛妳，一直到妳老的時候…」

我看著紙上的那些字句，**這是…是…是很像我兒子的字沒錯！他寫的東西為什麼會出現在這**

裡？這真的是我兒子買的房子嗎？兒子的爸呢？誰聯絡他了嗎？都這個時候了他還上什麼班，不對，我應該先打電話給男人，他還在等我，兒子的爸來了我就不能打那通電話了！

警察從小房間裏大喊出聲，不斷問我這是不是你兒子的衣服，那是不是你兒子的書本，這幾雙是妳兒子的鞋子嗎？

我聽到他們在討論或許還有其他綁匪一類的話，還說不能讓媽媽有機會跟兒子串供，先叫他媽媽過來確認這些東西。

我被一名員警催促走向那書房，還沒進到房間就看到好大一面書櫃，上頭滿滿的書⋯⋯

「伯利恆之星的秘密」、「宇宙的量度」、「探索黑洞」、「人馬座的奧米茄星雲」、「黃道十三宮」、「尋找外星文明」、「觀測變星」、「宇宙的可能歸宿」、「超新星爆炸」、「哈伯太空望遠鏡導星目錄」、「恆星的演化」、「活躍星系」、「星際介質」、「太陽的活動」⋯⋯

這些⋯⋯這些是什麼亂七八糟的書啊！這不可能是我兒子的房間！這絕對不可能是我兒子的房間，這不可能是我兒子買的房子！不可能！不可能！不可能！不可能！不可能！不可能！不可能！不可能！

「啊！啊！啊！啊！啊！啊！啊！啊！啊！啊！啊！啊！啊！」

我瘋狂尖叫，停不下來！

千千萬萬個我

媽媽帶著報復的恨意和爸爸結了婚，原本計畫結婚隔天就要去結紮的，誰知道結了婚的人要做這項手術竟得要配偶同意。媽媽在一怒之下遂在網路上找起血型符合她預期的男人，聊過幾次後就約出來碰面甚至過夜，一回、兩回、三回……直到她發現自己終於懷上我了，這才心滿意足地停止那愚蠢的舉動。

而我說那舉動愚蠢，是因為事情被揭發開來後，不但是我被勒死了，媽媽自己也被殘忍地用亂刀砍到沒氣。

殺死我們的不是別人，正是我的爸爸。不，血緣關係追溯起來他其實不能再被稱作是我的父親了。總之他養我養到我已經四歲足，才在某天意外發現原來我並非他親生的孩子。非但不是親生，還是媽媽在和他結婚後才另外結識別的男人而有了我。無法接受事實的爸爸知道真相後，隔天就把媽媽和我都殺了。

關於我們的死亡，其實媽媽受的苦比較多。我還小，勒一下下很快就斷氣了。我的靈魂飄起來後我看著爸爸繼續多餘地拿枕頭悶住我的臉，他不知道我已經死了。而我呢，就算已經被他殺死了，我還是不知道他拿著枕頭壓住我的臉到底是在幹嘛。然後我看他靠著我小小的身體哭，整個人捲曲在我的身旁，他的頭緊緊貼著我一邊臉頰，左手撫著我的胸口右手輕抓著我的手臂像哄一個柔軟的娃娃一樣，不斷啜泣。和往常哄我入睡一樣輕柔地擁著我的爸爸，讓我也好想緊緊回抱他，如同每晚睡前我必定要進行的儀式。

「爸爸我要睡了喔！」我說，抱著我的棉被從房間走到客廳，等爸爸關上電視，「進行擁抱儀式的時間到了喔！」

「又要進行擁抱儀式了喔？」我回頭看向在我身後叨唸著的媽媽，她故作真是受不了我的苦笑表情，看起來好幸福的樣子。

「沒有抱抱睡不著啊！」我說。

然而我就是越飛越高，無法阻止自己的離開。從那一刻起，我心裡總懷著一股抱不夠的感覺，再也睡不著。

意思就是……死的時候我還沒有學會恨。滿腦子只有對**原來不是我真的**爸爸的疑問。

不只是恨，很多事情，不，幾乎是全部的事情，我根本沒有一樣是真的已經學會了：性別的意義啦、同情、體諒、尊重、寬懷……這些應該隨著一個小孩子逐漸長大而能夠在他身上找到的好的資質，我根本一樣都來不及搞清楚就被迫離開人世了。

這讓我一飄抵天堂，便立刻被換上夢婆的服裝。衣服才換好，我的外貌就被變成媽媽的樣子，手腳像大人一樣長，視野也因為身高的驟變而突然變得很不一樣。關於夢婆需要知道的所有常識和訓練，也在下一刻隨即展開。

一定有什麼理由讓我必須以這樣的外貌在天堂待著，但我連那理由都還沒想清楚該不該追究，便開始忙碌起來。並不是不曉得該向誰追問，而是那問題本身在那當下其實並沒有那麼困擾我。我的腦子稚嫩到不足以將那樣的改變視為一個狀況，或者說，我的人生還不夠長到足夠我發展出質疑一切的下意識。

我只是一邊想著媽媽，一邊偷偷哭，一邊依然安分地完成所有被交代的事。哭的部分也只是一下子，我發現天堂好多**人**，我不喜歡在一堆不認識的人面前流淚流個不停。

媽媽一定不在其中，否則早就來抱住我了。很快我就確定了這件事。

我很快就確定的還有這個：我的同事們，我是指其他的夢婆，都是跟我差不多年紀就回到天堂的孩子，我們彼此驚訝地交換都稱得上殘忍的離世過程，死因一個比一個令人難受，然而奇怪的是，離世時的我們都懷抱著一身的愛，或者說，死時最強烈的印象，都是迫切想要衝向殺死我們的加害者，想要緊緊擁抱住他，或者她。

雖然驚訝我其實不怎麼意外，因為沒多久我就明白上頭為什麼要做這樣的安排，為什麼要由我們這樣的小孩來擔負夢婆的工作。因為這工作實在有太多**人**需要照料了，每天都有新的鬼進來，然而面對所有的鬼我們必須一視同仁，沒有性別也沒有長幼的區分。而我們之前的人生根本不夠長到能讓我們發展出什麼堅不可摧的道德羈絆，可以說我們連同情這兩個字都還不曉得該怎麼寫就被推到台上去，鬼魂們心中懷抱的各式各樣對來生的期待，都無法構成我們夢婆的壓力。

說真的，我不太喜歡上台，我發現每當我站在台上，只要意識到**啊，大家正注視著我！**就會不由得一再重新站直身體。其他夢婆似乎也和我一樣，站在台上時都只曉得要在意自己的身體究竟是站直了沒有，應該向底下的鬼仔細轉達的那些，反而一件一件想到什麼說什麼地一點都不確實。

很有默契的是，我和同事們——無論是資深或是資淺——針對這個狀況，都相信連這樣東忘西忘的不確實傳達，其實也是上頭某種刻意的安排。

我幾乎可以肯定地這麼說：我們能夠站在這裡，是因為我們可以單純的傳遞，忽視人們的反應。

雖然如此，在所有鬼都注視著我的那些當下，每回我一開口，都感覺我的聲音在我自己聽來都有點做作。

幸好我學得還算快，不管是傳遞事情時該有的語氣、表情，或是傳遞的內容，我還很快就消化出一套，在我察覺自己表達得不夠清楚時，要端出什麼樣的嘴臉才能讓我底下帶的那些鬼乖乖閉上嘴，別來跟我囉嗦的辦法。

並不是我要刻意顯得難相處，只是在我還不知道要不要喜歡這樣的**新**自己時，工作就已經一項接著一項來，很雜，也很煩。如果天堂的每個規則都讓我感覺新鮮，或許我還不會這麼煩躁，偏偏這裡的每件事，不知道為什麼都不怎麼讓我驚訝，也許是我天生對經歷沒遇過的事不太容易

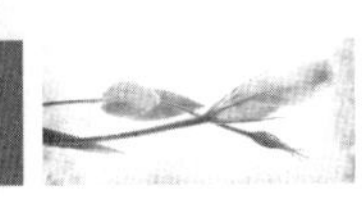

會顯現激動吧。而我的同事們似乎也都像我這樣。

說來我們已經算走運的了，隔壁再隔壁再隔壁的大廳，似乎是一列列的動物，想到我不必處理動物對來世的期待──假如牠們有的話──我就很慶幸。

就連爸爸殺我的時候我也只驚訝了一陣，還沒搞懂他在做什麼，還沒來得及要對他產生恨意，我就死掉了。

想起爸爸，我的感覺至今依然只有愛，或者說，我不知道我是無法開口說出那些我其實應該要怨恨的事呢？還是我根本就不記得了？

總之每當我回顧我短暫的人生，我並不感覺自己特別討厭過去，而這不討厭的感覺在我回憶和爸爸有關的畫面時，總是特別強烈。

人生雖然很短暫，但是我過得還不錯！我心裡老做出這樣的結論。

至於外貌被變成媽媽的樣子，我也做出了一個模糊的推測：每個人都會對自己的媽媽抱怨連連，但心底卻是尊敬、愛著媽媽的。我相信我底下的鬼就是這樣看待我的，他們覺得我這個夢婆訂下的規矩還真多真囉嗦的同時，也尊敬、害怕、並且不真的討厭我，甚至覺得我有一點可憐，都來到天堂了還得忙得團團轉。

老實說，我不確定我們的工作算不算辛苦，因為我「技術上說來」並沒有真的辛苦過，自然無從比較。而幾乎我所有的同事感受都一樣，雖然被瑣事兜著像陀螺一樣轉個不停，也常常煩得想通通不管了，然而我們很少在心裡滴咕對上頭的不滿，反正事情就是一件接著一件來，那就一件一件做吧……

我接下這工作到今天已經過了多久了呢？我想不起來了，也覺得不重要了，鬼就是一個接著一個被領到我們面前來…**源源不絕啊……**休息時我的腦子常閃過這個詞。**源源不絕的鬼魂在這裡，源源不絕的鬼魂們的期待在這裡……**接著我會在心裡反問自己：**源源不絕這詞能這樣用嗎？**而隨著這問題被想到第五、第六遍，一個工作日就再次結束了。

也不是所有離世經驗不平順的小孩都會被賦予夢婆的職責，上個月我底下來了一個被生父一把火燒死的小男孩，我本來以為他會被留下來成為我們的一員的，結果他最後投胎去了，我還默許他和另一個大男孩一起往雲端底下跳，他們緊緊牽著彼此的手的那一幕，始終印在我的腦海。我有點羨慕，為他的不再孤單，因為投胎也是要排隊的、要照順序來的，然而那天我不知道哪來的勇氣默許那個孩子插隊，不但默許他插隊還默許他成群結隊！

抑制不住想豁出去的任性吧，那一天！畢竟我也只是個孩子啊！

我大概在這份工作的第二個月就已經發現，**不允許擅自結伴**這個重新入世的規定原來可以只是參考用，我們其實是能做某種程度的通融的。

當然啦，這類的通融也是有限度的，別怪我們沒有警告，你要是在天堂和一群鬼的交情特別好，好到一大群鬼硬是要手牽手一塊兒往雲底下跳的話，下輩子是烏魚子的可能性其實很高的，人生哪，都是要自己負責的啊。

為什麼是烏魚呢？這就問到重點了，天堂等著投胎的鬼縱然很多，但也不至於吵鬧得太離譜

是因為「要是把話在天堂給說完，來世就不會再相見了，即使真再見面，什麼也說不上的」。這是上帝為了避免天堂過於吵鬧而定下的轉世規則第一條，也是我們工作手則上，我們必須讓鬼群了解的第一件事。

所以誰要是在天堂結交到一群好朋友，在天堂嘰喳個不停惹上帝火大，最後甚至還要結伴下去，那…就等著當烏魚子或軋腳陸龜吧，看似一堆兄弟姊妹，但根本沒機會聊上什麼。

我想，就這個規則看來，上帝顯然是很怕吵的。

幸好可想而知，只要經我們清楚說明過：「要是把話在天堂說完，來世就不會再…」這一個事實後，大部分的鬼都會立刻讓自己變成啞巴，連氣都不敢吭太大聲。這自然省去我們很多麻煩，我真的蠻受不了新鬼剛進來還搞不清楚狀況時，一大群鬼吵得要死的那個狀況。

雖然如此，偶而還是會出現一兩個很麻煩、死掉的科學家那一類的鬼，他們的問題很多，自己都沒呼吸在那裡走來走去了，依然堅稱我們是屬於某種超自然科學，某種應該被規範到粒子穿透學之類的事物，不但會摸摸我們身上夢婆制服的布料，還會因為那布料的稀鬆平常而露出微微驚訝的表情。

剛開始我很不擅長應付這一類的鬼——聰明的鬼，因為聰明所以問題很多。我剛擔任夢婆的前幾個月，不明白為什麼每個科學家都愛來找我們問體重計的事。

「請問這裡有體重計嗎？」

你覺得這裡會有體重計嗎？

「這裡每個鬼的體重都是21.3g嗎？」（註解一）

你覺得我會知道這種事嗎？

但沒多久我就發現應付那些死掉的科學家根本不是問題，我只需要回答有或沒有他問的那樣東西就能把他們打發，應付那些死掉的哲學家才真是討厭。

「請問這裡的體重計是以何種形式存在的呢？」這樣的問題跟「請問這裡有體重計嗎？」一比，擾人的程度根本多了好幾十倍，我連對方到底在問什麼都聽不懂。

「煩死人了，別拿那種問題來吵我。」我說。

「請問您剛才說煩死人了，是說煩死・人了？還是說煩・死人・了呢？」聰明的哲學家問。

我懶得理他。

說真的，當雲霧在你四周飄來移去，身處這樣的高度你卻沒半點缺氧的痛苦只說明了一件事：你沒氣了，懂嗎？剩下的都是瑣碎不值深究的問題了。即使真弄懂了什麼，也沒辦法再改變什麼了。我實在是受不了這些什麼什麼家的，理智和邏輯或許在他們活著的時候是最重要的事，但看看這裡，哪一樣是邏輯說得通的？並不是我要讓他們失望的啊。

不過，像這樣應付過幾回後，我更是能理解為什麼上頭要將這麻煩的工作交給我們這種連幼

註解一：二十世紀初醫師Duncan MacDougall讓瀕死的人躺在一個秤上，測得他們瀕死那一刻體重的變化，經過幾項實驗後，Duncan MacDougall最後對外宣稱他測得靈魂的重量是21.3公克。

稚園都沒有畢業的小朋友了。

最後被囿限於此的這段時間，陪著他們的不是一個將一切都看在眼裡、什麼都懂、問題答得出來也在乎、答不出來也在乎的對象，不是什麼都了然於心的，相反的，是什麼都不懂、對來世無法給出任何暗示，無法承受地比他們更多，也無法活在某種陰影下的我們。

有時被問上奇怪的事，我難免忌妒那些鬼，那表示至少他們還活到有機會去想靈魂的重量這種事！

雖然我知道他們同樣羨慕我，不需要天堂人世來來去去的，而是就在天堂裡暫時安頓下來。

然而每當忙碌告一個段落，好像有件不應該忘記的事偏偏我就是想不起來，那樣的感覺，就會浮上心頭。而且不管我接下來往哪個方向想，**不像會有可愛孩子被自己爸爸殺掉的平常夜晚，然而我就是死了啊！**最後心中的疑惑總是來到這裡。

幸好大部分的鬼都不會在我腦子亂糟糟的時候惹麻煩，我每領進一批新人，第一時間就會告訴他們投胎守則的第一條，我喜歡大家安安靜靜的，無論他們在這裡遇見老朋友或交到新朋友，總之他們就是會……我猜比他們在人世間時話還要少上很多吧。我喜歡安靜的天堂，我認為安靜的天堂跟雲比較相配。

「還有，第二點，在天堂不要隨便哭，悲傷的眼淚將會被牢記到來世。」

通常只要說明過這兩項，就不會有太大的問題，可惜事情總是有出錯的時候——我是說我！

昨天我不小心把他他拉氏和葉赫那拉氏（註解二）給兜在一塊兒了，歷史不用說我自然是沒讀過，所以我壓根不可能會曉得這兩個人的事，那個同事口中「他他拉氏」「他他拉氏」喊來喊去的清麗女生，我以為只是因為長相幽怨得太適合拿來嚇唬生人，所以才一直被留在這裡沒讓投胎去。上帝允許她在這裡等一個人，只是沒說她得等多久。我資深的同事也只知道，一旦她等的人至少嘗試一次豁出去為自己出一口氣，並且承擔那代價，倆人就見得著了！」

而我又怎麼可能會想到，我領進來的那個因為車禍死掉的女學生，上一世和他他拉氏的過節竟會是那樣深。

「她必須長久地忍耐下去，必須一直為了想觸及戀人而亡，橫越無止盡的時光，永恆地與任何愛都無關，直到上帝覺得夠了為止。」之前訓練我的資深夢婆以一種不帶任何觀感的表情敘述葉赫那拉氏必須承受的，她說完對我的神色一改，有些自責，說她應該要提醒我留意這兩個人必須要錯開的。

如今兩人被我莫名兜在一塊兒一整個晚上，那個叫他他拉氏的難免不開心吧。她不開心一天，葉赫那拉氏是不是就得再辛苦一世？我們都不知道，也都不敢問。

就算她再也不能忍受也必須繼續忍受如同一粒塵埃般永恆地飄移在孤寂為柱的廊道上，並且

註解二：據清史稿后妃饌記載，慈禧太后爲「葉赫那拉氏，安徽徽寧池太廣道惠徵女」。

自己永遠都不會意識到，她數過的每一根柱子都不是終點而是起點。

我知道了！奇怪的是卻無法給出任何同情，也完全不想要知道更多。

「那上帝什麼時候會覺得夠了呢？」想必有人好奇。

我不知道！當下我懂得的只有：原來如此啊！所以才是我們！

想知道更多的人做不來我們這份工作的，我明白了！

我只為負責留意「永恆地與愛無涉」的那位同事捏一把冷汗，當這些人覺得受夠了而上帝覺得他們根本不了解什麼是受夠的時候，得有人試著減少他們對上帝的謾罵，好維持上帝耳根的清靜。我慶幸那不是我！

天堂必須夠安靜上帝才聽得見世人的祈禱。而這不是說死掉的人的禱告就不重要，只是先後順序的問題。世人心中總是有著各式各樣的渴望，不像天堂的鬼。天堂的鬼們對渴望這回事，根本自己也不急了！

只要對來世懷抱著渴望——無論是什麼——即便只有一點點，就能立刻離開這徘徊之地。偏偏大部分的鬼突來到這裡都會一陣茫然，都說不上來想立刻投入什麼樣的來世，多數的鬼都只想要回去。對重新入世始終提不起勁的那些人，便會被留在這裡久一點。

說到渴望，我底下帶的一對情侶檔鬼惹出了一點麻煩，他們一開始只是小小的鬧意見，最後卻演變成止不住的一來一往的爭執戰火，但麻煩之處並不在此而是……

「隨著他對我說的越多，我越從心底悲傷起來……**為什麼要一直跟我吵，把話在這裡說完，**

來世就不會再相見了！這就是你想要的嗎？不對，你根本已經決定了！因為話已經收不回去了！

我當時這麼想，就賭氣地像過去的每一次那樣，學他也做同樣的事情，開始對他說個不停，我也要像你一樣，**決定**我們再也不要相遇！……」女孩哭著對我解釋。

「我只是吵到後來，開始害怕下輩子就算見面了，卻只是一面之緣，什麼話都說不上了，那樣我一定會後悔的，才會想乾脆趁還在天堂時全部說開來算了。」男孩看著我解釋，同樣一臉的急。

「因為我的賭氣，來世再也不會見面了啦……」女孩急得哭了起來，但突然想到什麼立刻眨掉自己的眼淚。

雲團不知道何時開始朝我們聚集，遮得小情侶成為其他人眼中模糊的兩個身影。

「怎麼辦啦！」女孩又想哭又不敢哭，男孩難受地手指輕觸女孩被雲霧遮裹的臉頰，那裡有一滴淚。

我還真是不知道該怎麼辦！

無法挽回的事實擺在眼前，隱約預見了來世的悲劇，這一段在天堂爭執的後勁，不可能不改變一點他們未來的命運。然而那些奇怪的規定我不過負責轉達，它們從來不是我訂定的啊！

一個資深的夢婆，我的一個前輩走過來想了解他們的狀況。

「妳有向她們解釋過為什麼在這裡不能哭的理由嗎？」前輩質詢我。

「第一天就說了。」這件事我從來不會出錯。

「所以顯然不是我們夢婆的問題。」前輩轉而望向那對情侶。

「不能幫我們想想辦法嗎？」男孩哀求著問。

看著女孩臉頰剛剛被男孩擦掉淚滴的地方，此刻又滾落新的一滴，前輩什麼也沒說，拿走我的筆記低頭在上面的某一頁不知寫了什麼。

「就這樣吧！」前輩說：「最多也只能這樣了。」

我們每個夢婆隨身都帶著一本記事本，說是記事本，隨意捲在手中遠看就像幾張測驗券一樣，記錄我們領進來的每個鬼，投胎前在這裡大致的表現，其中最重要的是她或他對來世是否明顯抗拒，其餘的都是瑣碎。待某個鬼投向雲霧的那一刻，關於他、她的那些記錄也會瞬時從紙上消失。所以本子雖被我們一寫再寫，但永遠單薄的很，能輕易捲在手中。

「我們只能告訴妳們規則，剩下的永遠是妳們自己的選擇，而妳們還能夠有所選擇就應該要感恩了，不知道夢婆可是一個沒得選擇的工作嗎？妳們的處境已經令我們不曉得有多羨幕了，你們死了就是死了輕鬆的很，我們卻還要這裡那裡忙進忙出你們沒看見嗎？所以別再討價還價了，只會失去更多。」前輩回應的內容很冷漠，但我隱隱感覺到前輩已在那記事本上為他們打開了一扇窗，我也說不上來為什麼會有這樣的直覺，可能是…是我自己在心裡對這對小情侶敞開了某一面吧。前輩其實，根本面無表情。

「總之這裡誰也沒有問題，妳要哭就繼續哭吧，後果我們已經告訴妳了，而你呢…」前輩突然看向我，「繼續做好你該做的事就好。」說完便回去她照料的那群鬼那裡。

還沒有學會同情就換上夢婆的制衣，我愈來愈明白連這部分都是規則的原因。

前輩一定很**想**同情這對可愛的情侶，也**理應**同情他們，可是前輩當下的表情卻完全沒有那樣的意思。我開始有一點不喜歡天堂了。

然後女孩果然放聲大哭，豁出去了那樣，反正和心愛的人再也見不到面了啦，還管那些規則是要幹什麼呢那樣子的哭法。

天堂一下子安靜下來，四周其他鬼開始盡可能站得離他們遠一點，其實根本沒有多少空間了，其他鬼依舊為小情侶努力挪一點出來，我不知道那該說是因為同情而生的體貼呢？還是其他人依然對來世懷抱著美好的願景，不願意攪入這個小麻煩？總之在那一刻，他們彷彿團結起來，男的鬼、女的鬼、老的鬼、小的鬼全數安靜下來，知道女孩男孩的命運，同情他們，也同情自己。

幾乎是立即的，男孩的手動作輕柔地將女孩摟向自己。現在，最後一個或許稍可挽回的機會也被放棄了。

「擁抱是不被允……」我急著開口想把這第三項規定再提醒一次，為他們感到擔心。

可是我突然間不想說完它，因為我發現隨著我的開口，男孩只是抱女孩抱得更緊。

那一刻，天堂就是這一個擁抱。

經過這個突發狀況的解說，我想在場的鬼都明白了：規則果然就是規則沒有錯。沒有誰想再多說一句什麼，每個鬼都在忍耐自己的眼淚。我看著他們被忍在眼眶裡的淚水，既同情又敬佩的帶淚眼神這裡那裡到處都是，如同星星招呼似地一閃一閃。

我一直不知道該對來世懷抱什麼熱切的渴望，可是看看他們，看看這些鬼，連雲朵的陰影都能觸動他們、令他們落淚，他們對過去、對未來都強烈渴望，不像我，連流淚的理由都沒有！

「至少讓我記住妳眼睛不腫的樣子吧！」率先平靜下來的是男孩，他伸手輕輕撫順女孩後腦的頭髮說著。

天堂在下一刻陷入全然的體貼，安靜而溫柔，安靜而閃閃發光，男孩的這個動作不知怎麼地觸動了我心裡某個模糊的印象⋯

然後⋯

天哪我想起來了！我想起我離開人世前的最後那一夜！

我怎麼從來沒有質疑過呢？

從來沒有懷疑過為什麼自己明明被殘忍地殺掉，卻還是懷抱著喜愛家人的感覺、喜愛周遭一切的感覺？

只因為那是⋯⋯那是一個全然適合離開人世的當下啊！

媽媽晚餐後烤了餅乾，弄得滿屋子甜甜的奶油味，爸爸左手抱著我，右手拿著一塊餅乾餵我，自己則一口也沒吃，我將爸爸手中的餅乾才拿了過來，爸爸已經抱著我站到窗邊。

啊，月亮！

我看著繁星點點的夜空那一輪滿月，咬了一口餅乾，看著爸爸的側臉，感覺屋子裡有兩個人愛我。我好愛這個世界。

那一個晚上……我想起來了！

後來我沒有睡到第二天。

我在爸爸的懷裡懷抱著幸福無比的愉快念頭，還來不及轉換到別的感受，下一個眨眼就離開了一切，黑暗中，我沒有咒罵也沒有抱怨，只單純地、拼命地哭著。一種全新的痛苦。以前從來沒有過的痛苦。

死了之後，感覺某雙溫柔的手不斷輕輕撫著我的後腦勺，令我一面飄起來一面滿腦子想回去自己身體裡好回應那雙手。

剛才那樣的痛苦我釋懷了！我想對爸爸說。

模糊的記憶令我一直以為會那樣溫柔碰觸我的只可能是媽媽，忘了那不可思議的輕柔撫觸其實來自爸爸。

我可以輕飄飄地飛起來，不是因為我在死亡的那一刻被奪走了感覺，而是在那一刻我拋棄了身上所有的感覺，決定不被理解也沒關係，決定不被看見自己的獨特之處也沒關係，只要留在原處就好，如此自然又如此不自然地在心裡埋下那樣的感觸，**我什麼都可以原諒，只要讓我留下來**

就好！滿屋子媽媽的血和死亡的氣息我也可以原諒，只要讓我留下來就好！我真的愛著這個世界！我不想走！

就是在那一刻，那感觸令我從此與眾不同。

哪裡也不想去，是因為爸爸啊！

我的右眼角突然有種被滴落的東西沿著臉頰滾落的感覺，而那不是我的眼淚，那是爸爸最後的眼淚。他的眼淚不斷滴進我的眼眶中，順著我的眼角一再流下……一滴接著一滴……**啊！我都想起來了！**

想起來的那一刻，我的脖子隨著沒來由的預感朝某個方向轉動，感覺某個彷彿不懷好意的眼神正緊盯著我，在那些相形之下對我是如此充滿敬意的鬼們的眼神，那注視顯得特別尖銳，我沒有事先做好準備便朝那尖銳望去，我的喉嚨立刻因為驚訝而緊縮！那尖銳幾乎是立刻刺痛了我的眼睛，以及我的心！

爸爸！

他就那樣立在我的視線裡，帶著我記憶中的眼淚盯著我看。不，是盯著媽媽看。

爸爸！

在天堂陷入全然柔軟的這一刻，爸爸看見我了！

不，他看見我卻不知道是我，他以為他正看著媽媽……

我比我所幻想過的任何相遇畫面都還要激動，而且那份激動是因為驚喜！我好高興在這裡看見他！我不介意他殺過我，我不介意他殺死我，我不介意活不過五歲，不介意什麼都還沒有學會、沒有領略！

是爸爸啊！

不管看幾眼都不像會把我殺掉的樣子，我先是不知所措，接著一陣莫名的愧疚湧上……跟他沒有一點血緣關係的我卻花掉他好多錢，還有愛！他一定很恨我吧！

那個看著我現在這張臉就覺得「不報復她不行」的男人如今就站在前方，即使我已經站在我理當毫無所懼的天堂，我還是有一點害怕，也有一點感傷，孤立無援的感受尤其清楚，發現我沒有勇氣立刻衝上前，好希望有誰能跟我一起。

因為太久沒見感覺有一點點陌生，也不知道該不該因為他把我殺掉了而擺出生氣或冷漠的臉，我只知道我一直在等這一刻，打從知道根本沒有地獄之後，每一天，我都想著會不會什麼時候在這裡遇見媽媽或者爸爸。

媽媽，尤其是媽媽，至今我閉上眼，仍能想起她總是輕柔哄我的聲音，即便身置天堂，我也不曾聽過比起那更能令我發自內心想要微笑起來的聲音了，我常常不由自主地暗自尋找爸媽的臉，**我變成媽媽的樣子了，那麼媽媽呢？**會不會已經是我認不出的模樣了呢？我經常想到這些。

我開口喊爸爸，卻發現沒有聲音自我的嘴裡發出，我又試了一次，依然是張著嘴卻沒有半點聲音，只是激動地挺直身體一臉驚慌地站在原地。

爸爸的表情和我一樣驚慌，我知道他認出我來了！認出媽媽了！

他突然哭了出來，盯著我的眼睛彷彿在說：**原來她沒有傷害我到令我永世厭惡的程度啊！**

我卻哭不出來，**原來他沒有傷害我到令我永世厭惡的程度啊！**因為確定了這個。

爸爸雖然哭了，卻沒有要朝我走來的意思，只是繼續站在原地，還稍微轉過頭，他的轉頭讓我腦間喊他的聲音變得更強大，可是我的喉嚨卻像被死命掐住一樣，不但發不出聲音還開始感到痛苦。

爸爸的神情卻在下一刻奇怪地出現新的疑惑，一眨眼轉為驚喜，而在那一眨眼之間，他的腳躊躇了一下，彷彿他想起什麼來……

他就要往我的方向走來了！

我好高興，但四周太安靜了，安靜到我突然覺得不該出聲喊他，於是我站在原地眼神鎖著爸爸，懷抱著四歲的心和膽量。

我的眼神一定很激動，我的心根本無法等到他走近確認我。我已經向他衝過去了，我已經緊緊抱著他了——在我的想像裡！

我把第一時間他對我的驚慌誤解為畏懼，他正看著被他親手殺死的對象所以不敢正視我，但很快我就明白不是那麼一回事，他是正在朝我這邊走來沒錯，然而這個動作一開始也被我誤解了！

我突然意識過來他根本不是朝**我**走過來，而只是朝**我這個方向**——朝我身後的某個鬼提起腳步！因為爸爸的眼神已經略過我往我後頭看去，爸爸此刻發光的雙眼不是因為我。

爸爸神情激動地看著我身後的某個人，激動地像對爸爸的靈魂而言，她的意義是更深刻的，比起我還要更深刻的，比起媽媽還要更深刻的，像他的第一個願望！

我回頭，看見他他拉氏臉上兩行刺目的淚！她滿臉是淚卻看起來好開心！他們的目光在同一刻補捉住對方！完全略過我！

一個眼神我就懂了！

完全懂了！

爸爸帶著他的驚喜朝他他拉氏跑過去，而她像根本還沒準備好要向他說的話，他卻已經在她面前站定那樣令她立刻對過去一切釋懷，眼淚還在她臉上她微笑望著全身顫抖的爸爸，而他的顫抖同樣也不是因為我。我知道，屬於他們的亙古記憶穿越了彼此的慘澹歲月。這一刻，就是爸爸每一世的第一個願望。

這樣近距離看著爸爸，我才發現他變得有點不大一樣了，頭髮少了，眼角看來也倦的，一點也不年輕了，不是我印象中還年輕的爸爸，此刻，好高興地站在別人面前，完全忽視我。

我在這裡啊！

「……」爸爸沒說話。

「……」他他拉氏沒說話。

只有眼神在他們之間。我看出來了，對她來說他沒有傷害她到令她永世厭惡的程度。

「她是…？」他他拉氏忽悠望向我。

「我這一世的…妻子。」爸爸回答她，卻沒看我一眼。

我因為爸爸的聲音而激動，**他的聲音還是年輕的，依舊是我記憶中的！**

而她微微一笑，既不尷尬也不生氣，彷彿爸爸的聲音也同樣觸動著她，甚至和我相比還要更深刻，彷彿光是聽見他的聲音就夠了，說什麼都已經不重要，聽著他這一世經歷過某些人，真心為他感到開心。

原來他竟沒有傷害她到令她厭惡的程度啊！她不是都被拖去井裡淹死了，怎麼可能沒有恨？我不信！

四周忽濃忽淡的雲遮得其他鬼**活像**背景人物，那一瞬間，天堂彷彿只有我們，不，是只有她們！只有他他拉氏和爸爸。

「對不起…」爸爸的笑容逐漸收起。

「為什麼…」

「想到妳經歷的，我難辭其咎…」

我聽不下去了！一句都聽不下去了！那麼媽媽算什麼呢？那麼現在身著媽媽外相的我算什麼呢？

我是耗掉你好多錢，還有愛，但這樣就可以把我殺掉嗎？這就是你學會的為自己出一口氣的方式嗎？

我的頭好痛，已經不是能由我來決定要不要原諒他的情況了！一眨眼我就成為無關緊要的一個對象了！連準備好的些微不滿都還沒有派上用場。即使他殘忍地殺害我，如今他看著我，顯露的尷尬和慚愧根本還沒長過他殺我的時間，我對他的意義就變成云云眾鬼之一了。

這太荒謬了！我不敢相信！

我好痛苦，好不舒服，我因為終於在這裡看見爸爸而激動地緊繃起來的臉頰都還沒有鬆懈下來，爸爸就已經決定再次對我放手！

太過分了！

眾鬼看著我的眼神令我錯愕地竟全帶著同情，彷彿他們即使不確定他對我的意義，也感受到此刻我的孤立無援。**被這樣注視著一定很不自在吧！**那樣想法的眼神開始一道一道朝我投射過來。

我看著滿滿一天堂的鬼，這一刻我如此痛苦地站在這裡，卻沒有誰激動地衝上前擁抱我，沒有誰激動地衝上前回應我這一刻的激動，沒有誰認出我，沒有誰奔向我哭著說終於找到你了！都沒有！

我被爸爸的忽略徹底擊倒，更悲慘的是，沒有誰來安慰我，**本來可以安慰我的人，也一併被**

你殺掉了！他才是那個應該要面露愧疚站在那裏動也不動的人才對啊，不應該是我！憑什麼是我！

我終於真的知道我為什麼在這裡了，不是因為我能承受更多惡，而是因為沒有誰想要我，所以我才在這裡徘徊流連，是因為不被期待！所以我才，不，是媽媽！是媽媽一直不被期待。媽媽為什麼這麼可憐！我躲在媽媽的身體裡哭著擁抱媽媽。眼淚卻無法躲在身體裡一顆一顆全掉了出來。

手上的記事本變得好重，重得我無法承受，重得從我手間掉落砰地一聲撞到地面！雖然那撞擊聲比預期還要小，只是像誰悶哼了一聲那樣，但在安靜的天堂，它還是好清楚好刺耳。

男孩微微離開女孩，一臉抱歉和愧疚地看著我，他見我沒有立刻去拾起筆記，以為是他擁抱女孩的舉動令我沉痛，以為我的筆記掉落是上頭警告般的動作。

他離開女孩，彎下身小心翼翼地將那筆記拾好捧起來給我，雙眼寫滿了內疚，表情彷似在說：**真糟糕！同樣是他造成的眼淚他卻無法對我像對女孩一樣為我拭去**，他張嘴對我做了像對不起的嘴型，我卻沒聽見任何聲音，也許是因為這一刻我什麼聲音也聽不進去了，也許是因為他真的沒有說出口，我不知道，我不想管這些了，我滿腦子只有對媽媽的同情和對爸爸的憎恨。

我一直沒有伸出手去接男孩拾好的筆記，這令他一直看著我，緊張地觀察我臉上的神情。我看著他，感覺一滴眼淚已在眼眶邊緣，我拼命忍住它，也對男孩搖搖頭，我想說：不是你，並不是你，我的眼淚並不是因為你！

我感覺自己好像張嘴說了這些，但卻沒有聲音自我的喉嚨發出，男孩一直緊張地在等我說清楚我要說的，慌張的表情看著我！或許他是害怕受罰，或許他是擔心自己的行為將會令我受罰，我不知道，我無法去想這些，我滿腦子只想憋住眼眶這一大滴眼淚！

不值得！我不要哭！根本就不值得！我要讓它一直在那裡！不准掉下去！他不值得擁有妳的眼淚！他不配！

男孩手上的筆記還捧向我，他一直盯著我的眼睛，看著我右眼那即將滴下的眼淚，臉上的無措更明顯了。我眨了幾次眼睛，才感覺淚水被擠回眼球了。

「給我吧！」當初幫我換上萝婆制服的前輩不知何時已來到我身邊，她緩緩從男孩手中取走了那本我知道自己再也無力接手的筆記。前輩微笑看我的樣子彷佛她在和我說再見，我從那個眼神中知道我可以離開了，而且就是這一刻、就是現在！

「再見！」我轉頭對那男孩說，其實我本來想說的是抱歉，**抱歉！我難過不是因為你的關係，很抱歉嚇到你了！**結果脫口而出的卻是一句再見！

「再…見？」男孩眼神寫滿疑惑地喃喃低語，不像是附和我的道別，而像只是困惑地重覆我剛才說的話。

但我無視他話尾的問號，當作他也在呼應我的道別。

我們會再見面嗎？我才不在意，來世的我們會因為現在這一句再見，結果反而一面都碰不上嗎？我根本不在乎。

再見！你！

還有妳！

還有那邊那個，現在正盯著我看的那個！再見！通通再見！

說完後就好一點了，我本來悶悶的胸口。

一直轉身朝四周左右道再見的我來世將會錯過什麼呢？

我明知道但我就是故意，我要這些只有一面之緣的人徹底與我無關，我再也不要一個有一堆莫名其妙過客出現的來世，我只接受乾淨俐落的、斬釘截鐵的那種東西！我想我已經夠慘的上輩子值得一個乾乾淨淨的、只有絕對的來世。

我邁開的腳步越來越堅定，一個再見道過一個，有些真的說出口，有些則輕到聽不見。

再見！

再見！

我擠到排整齊的隊伍前面插隊，另一個前輩看著我，理解的微笑已在她臉上——在她意識過來我的行徑，彷彿她已經驗過太多這種事。

「來吧！」前輩說！

不感覺是站在懸崖邊，像赤足踏在柔軟的沙地上，雲霧如海水般一波一波。

我睜著眼睛一腳踏入雲海中，一路看著雲朵如島嶼在藍色的蒼穹中一座座昇起，知道自己在墜落。越來越低，越來越低……

忘記他吧！忘記爸爸！他殺了我那麼多次還憑什麼讓我在意！

才想完，大塊的雲朵突然自四周消失，只剩薄散的霧似的雲相，一縷縷填滿我回憶的縫隙，腦海中爸爸的臉彷彿蒙上了一層霧。

我開始感覺輕鬆起來。

會忘記嗎？真的都能忘記嗎？

我往下飛，離某個宿命越來越近，離某個人生越來越近，離某個人越來越近——一個絕對不願錯放過我的人。

空氣很冰，畫面很糊，薄霧輕柔地一路篩掉我的記憶……

視線遠處，和我隔一段距離同樣也在往下俯衝的那個人，或許將和我有關，或許無關，我不想知道，至少現在不想。

這輩子沒有被交代清楚的這著我，投入另一個同樣不會被交代清楚的下個我？

不！我無法再忍受這樣的事！

投入一個此刻尚未展開，等待我加入便充滿考驗的宿命，不！我也無法再忍受這樣的事。

現在，被初昇的太陽逐漸漫染成金黃色的我，這一刻無比清晰的腦袋終於只裝著一件事：

我要被擁抱、被找到！我要……

活在別人的第一個願望中！

…………………………………………………

記者將麥克風推向李敏浩：「觀眾都知道只要是和流浪貓有關的活動，你都會盡可能出席，是因為從小就喜歡貓嗎？以前有養過貓嗎？」

「其實從來沒有，小時候沒養過，現在也沒有。」台上的李敏浩微笑說著。

「是因為雖然喜歡貓，但是工作時間不允許嗎？」

「其實我有一點怕貓。」李敏浩頓了頓，「我參與和貓有關的活動，是因為我期待哪一天能在那樣的場合中，出現命運一般的相遇…」

「命運一般的相遇？跟貓嗎？」

「一切要從一個雷雨的夜晚開始說起……我才撐起傘，一隻弱小的虎斑貓突然躍到我的傘下，在我腳前仰頭哭著看著我，我看牠第二眼才發現，那一開始我以為是牠眼淚的東西，原來是牠與生俱來的斑紋。當時牠望著我的樣子，彷彿牠在對我說：我終於…找到你了！」

「卡！」導演從螢幕抬起頭喊道。

李敏浩不解地望向埋身攝影機後的導演。

「你剛剛的演出沒有問題，只是我突然想修改這一段。要不要討論討論？」導演客氣地說道：「這段能不能再改一下，流浪貓的議題我記得台灣有部影片叫『十二夜』就炒過一次了，我個人認為這個話題已經退燒了。」

「那是流浪狗，不是流浪貓。」李敏浩逐漸收起笑容。

「都一樣啦。」

「貓跟狗哪裡一樣？」李敏浩完全收起笑容。

「重點不是貓跟狗，重點是這話題已經不新鮮了。」

「既然重點不是貓跟狗，那何必改？」李敏浩在心裡撇嘴。

「不是嘛，反正你就改改嘛，這是你第三次身兼主角和編劇，如果能給觀眾多一點新鮮的東西，會讓觀眾更驚豔，這樣不好嗎？你就多想幾個橋段讓我拍，我們最後再來決定用哪一個，反正拍的也都是你編的東西啊，你就現場改一下嘛。」

李敏浩助理機伶地走上前：「導演不好意思，我們再一個小時就一定要離開，我們還有一個廣告等在後面，廣告公司那邊一直打來抱怨說一小時前就應該開始梳化了。」

「我們馬上改馬上拍，道具、場景都不用動，就是對話改一下而已。一小時後我一定放人。」

「改就改吧。」從聲音叫人判斷不出來是氣餒還是不快的李敏浩說道。

「一切要從一個雷雨的夜晚開始說起，為了避雨我奔進騎樓，那個讓我一眼就注意到、被雨

淋得頭髮都濕了的女孩正在騎樓下和男友大吵，當時她正哭著大吼：『到底為什麼讓我等那麼久？你到底為什麼現在才出現？』

那一刻，我無法不去看她，因為她手上抱著一隻同樣淋得一身濕的貓。但這一看，她臉上……明明是與我無關的眼淚，卻像我得對它們負責一樣！一個太太在這時也擠進騎樓，她收傘時弄出來的雨水逼得我不得不往女孩身旁的空位站去，但靠近她我才發現，剛剛我誤以為是她眼淚的居然是一個白色的斑點，因為顯眼地長在她右邊的眼睛下，以至於一時之間我以為她哭了。」

「我看著她卻讓她立刻生氣地回瞪我到底為什麼看她，眼神交會的那一瞬間，我的視線完全無法移開，甚至我的腳步也無法移動⋯」李敏浩緊閉眼睛，食指壓著太陽穴，像在試著緩解頭痛似的慢慢說道，「這樣應該可以了吧，導演？」

「是還不錯，雷雨的夜晚可以保留，但淚斑女孩你不覺得已經在你的作品裡出現過太多次了嗎？上上檔戲你讓女主角天生帶著淚斑，上一檔你讓有淚斑的變成是女配角，最近你拍的微電影，有淚斑的是主角的狗，我們能不能暫時別再淚斑了？太多淚斑有點不自然。」

「如果我就是堅持要呢？」男神的眼睛還沒有張開，手也還揉著清楚痛起來的太陽穴，「就讓它變成我作品的特色不行嗎？我所有的靈感全部來自淚斑，因為我總是夢到、想到⋯」

「夢到？想到的淚斑？」導演疑惑地自問自答起來：「…這主意倒是不錯，不出現在任何臉孔上的淚斑，就是來自一個模糊的夢境…一個模糊的淚斑…埃，這個好，我可以拉一個模糊的景…然後…」

男神睜開眼睛，不耐地看了眼導演，覺得這個人也真是夠了，竟可以蠢到完全劃錯重點。

算了，我也不想被這樣的人理解，以後休想再叫我跟這傢伙合作了。

「導演那我的台詞要怎麼改？」飾演記者的臨演小心翼翼地問道。

「你就麥克風拿向他，然後問他：那淚斑可能來自你的誰呢？這樣就好，剩下的李敏浩會自己接。」對臨演的語氣明顯不耐的導演轉身望向男主角，「沒問題吧，李敏浩？」

當然沒問題，蠢的又不是我。男神沒說話只點了點頭。

「真的要改嗎？」助理湊上男神耳邊小聲地問：「我覺得淚斑很好啊！」

「本來就是編出來的故事，不管怎麼改都不可能自然的。」男神壓低聲音咒罵著，「笨蛋！」

「他讓女主角畫眼線去睡覺噎，還嫌你的橋段不夠自然！又不是要拍紀錄片，講什麼自然！」助理附和地說：「我看就算你跟他說的是**真的**，他恐怕還是會要你再改自然一點，最後通通又變成假的。什麼自然！」

真的……李敏浩暗暗思忖起來，**真的…未嘗不可…**

真的事情說出來，觀眾恐怕還是當我在演戲吧。

好啊！那就來試試！男神表情一改，捉狹地一笑。

記者將麥克風推向李敏浩：「不少觀眾都注意到，在你所有演出的作品裡，都能找到淚斑這個圖案，不管是在主角還是配角身上，可以告訴我們原因是什麼嗎？」

「一切要從一個雷雨的夜晚開始說起，那一天我本來就晚睡，但根本還沒有睡熟就被砰地一聲吵醒，睡前我翻過後便擱在床頭的劇本，大概是被枕頭掃到了吧，掉到地上砰地一聲響讓我從睡夢中驚醒，但眼睛睜開前，我捕捉到自己腦海中夢境的最後殘影，就是一疊劇本一樣的紙張！一疊⋯在夢中似乎相當重要的薄薄的記事紙，它掉到地上了！我的手伸了出去⋯然後⋯是一滴大大的眼淚就要滾落！我好想阻止！夢中的我兩個都好想要阻止！希望本子不要掉、眼淚不要滴⋯我就是在那一刻驚醒的。

醒來後，我沒立刻將劇本撿起來重新擱回床頭，黑暗中我盯著它，試著回憶剛剛的夢境，依稀記得夢裡的我好像很緊張，卻想不起來是因為紙呢還是因為眼淚，夢中那個本子掉在地上時那悶悶的響聲，彷彿地上正好鋪了很厚的地毯。雖然如此，因為四周太安靜了，它一掉還是立刻引起所有人的注意，所有人看著我⋯

能想起來的只有這些，我恍惚睜開眼望向窗簾，一道雷光正好在窗外閃了一下，令窗外樹影竟在我的窗簾上映出眼睛的影像，可是等我再看第二眼時，窗簾已經黯淡下去了，上頭什麼眼睛的陰影都沒有。但就從那天起，我總是夢見和那個夢有關的事，不是書本快要掉到地上去的夢，就是淚滴一樣的圖案掛在某隻眼睛下的夢，或是我想阻止那滴淚滴下來，卻全部的人都盯著我看的夢⋯很奇怪吧！直到現在，我還是想不出那個夢象徵的意義。」

「你想那淚斑可能來自你身邊的誰呢？會不會其實是因為你曾經看過某個淚斑，印象太深刻了跑到潛意識裡，才讓你開始做有眼淚的夢？而不是顛倒過來，因為先做了有淚滴的夢，才在現實生活裡在意起淚斑？」偷偷幫自己加好多台詞的記者臨演將麥克風舉向自己。

「還真是沒有。」男神聲音中的遺憾不像演出來的，「但，老實說，那之後每一年生日我總是許願，希望上天遲早讓我遇見！」

「卡！這段編得太完美了！收工！」導演興奮地大喊。

痛

半夜裡她肚子痛。

疼痛的感覺剛開始還算微弱，僅是一陣一陣的，像有人規律地用食指、大拇指緊緊捏住她身體裏下腹部某個臟器，捏住然後放開，再捏住複又放開…被捏得酸酸的腸胃臟器喚醒了她，於是她醒來，看見房間依然暗黑一片，她繼續躺在床上開始認真感受疼痛的位置所在。

應該是胃，她想，因為她有一種想要上廁所的感覺，不過隨即她就發現根本不是，被指頭捏痛的地方原來是子宮，那每個月固定要被捏上一次的部位。

真煩，又來了，她想。這會兒就算她再怎麼不願意離開床鋪都不行了，否則床單會被她弄髒。

假使痛的位置是其他地方的話，胃啦腸啦或甚至是腎臟，她說不定可以不用下床，因為眼睛睜開來之後她依然睏倦，對著漆黑的房間她甚至想著乾脆忍一下下吧，睡意自會逐漸趨走疼痛的感覺。

就是子宮不行！討厭！她想。現在她非得離開床鋪到廁所去一趟不可了，在底褲裏安置上一片夜用衛生棉，算了，就起來幾分鐘吧，然後在徹底清醒前趕緊躺回來睡。再繼續賴下去，床單要真被自己弄髒，可就不是幾分鐘而已的麻煩。

討厭！她想。

她摸黑起身先打開廁所的燈，在就著廁所照到房裡稍嫌暗的光線，找衣櫃下方抽屜裡的衛生棉，日用二十五公分，不是這包，日用二十八公分，也不是這一包，最後終於找到她此刻需要的。所有的動作都已盡量輕緩，然而拉扯塑膠袋包裝的聲音依舊吵擾了睡在床上的男人。

男人翻了一個身複又睡去，她看他翻完那個身之後沒有動靜，便用小偷那樣躡手躡腳的步伐走進廁所。進廁所前她看了梳妝台上的鬧鐘一眼，凌晨四點零幾分，還好，待會兒她還可以再回到床上，再繼續睡上三個鐘頭。這樣的睡眠時間切割她還可以接受，於是她一面感覺欣慰一面試著不發出一點聲音地關上廁所門。她其實才不怕吵醒男人，她怕的是男人從深沉的睡眠一旦變成淺眠後，那一路無法控制的鼾聲將會吵得她接下來到上班前都妄想睡了。

不幸的是，她才貼好那一片夜用型煩人的東西時，胃卻跟著不舒服了起來。雖然每個月她的子宮總聯合她的胃一塊兒整她，也雖然其實她已經習慣了，但她就是惱火它們為何非得挑這樣的時間！半夜四點鐘噎！可惡！離開床鋪越久，她的腦袋只會越來越清醒，等等恐怕又得躺上一陣子才能入睡，這樣一來根本再睡不到三個鐘頭，她坐在馬桶上不知道該對誰發脾氣。

四點二十五分，她確認著梳妝台的鐘，自己的睡眠被自己的子宮耽誤了整整二十分鐘，她有點不高興，只想趕緊上床躺下。她放慢動作躺回床鋪一角，刻意和男人隔開一些，暗自祈禱他別被自己吵醒了才好。

這才剛躺下，即刻感覺到有股液體自她的雙腿間流出，流往她方才妥貼置放在底褲裏的吸收棉上，現在，她為她自己剛才那十幾二十分鐘的時間消耗感到欣慰，她拉了拉褲子，再次確定吸收棉緊緊貼合自己的皮膚表面。

十分鐘過去了，她沒有睡著，因為她的子宮某處突然開始了猛烈的縮痛，**怎麼會這麼痛呢？**

她疑惑，同時雙手撫著下腹部，那一開始只像被食指、大拇指捏住似的酸楚不過才一會兒功夫就已擴展成被某隻手緊緊拳握住似的，她想像自己的子宮這刻儼然一個被捏爛的番茄，才會有這些紅色汁液斷續地流出來。

男人睡得很香，而她根本就痛得睡不著。她再次冒著吵醒男人的危險，決定再度下床，邊撫著痛得要命的肚子邊小心翼翼地不讓自己的動作製造出過大過多的聲響。才又打開廁所燈，男人便一陣呼聲大作，她順著男人打呼的節奏挪動自己的腳步，她行進之間的聲響，她每一個腳步落地的聲音，都沒入男人的呼聲裏，男人製造出來最大的那陣酣呼聲，幫助她順利地開了房門，彷彿被保送上壘。

她站來到客廳，用左手摸著自己的肚子，在夜燈下從雜物櫃裏取出醫藥盒，她需要止痛藥，而且是加強錠。吞了幾口熱水和止痛藥後，她和她被捏爛的子宮一塊兒躺臥到沙發上。

怎麼會這麼痛呢？她不明白。她看了一眼牆上的掛鐘，四點四十分了，怕是還得再等上十來分鐘甚至更久藥效才會發作，她覺得自己真是不幸，睡眠被耽擱了不說，等到疼痛退去，她還是得像什麼事也沒發生過似的趕到公司去，九點開始有一個會要開，快清晨五點的她卻癱在沙發上鬧肚子痛，就算她知道這世界上有四成五的人身體裏都帶著子宮，而有子宮的這些人裏頭又有四成左右的比例每個月都得默默忍受例行性的肚子痛，但她依然有種不平的感受。

那縮痛的感覺越發劇烈，一陣強過一陣。

糟了！不會是因為「那樣」的關係吧？她突然想到某一件事。

一個禮拜前她吃了一顆藥，她不清楚那顆藥的學名，只知道比較輕鬆的說法，那顆藥丸的別名又稱作事後避孕藥。

男人一星期前拉著她上床興沖沖地做愛，「讓我進去，我要射在裡面」，男人說。她覺得男人簡直反常，因為沒有一次男人不是謹慎小心就唯恐她會懷上的。

「可是懷孕了怎麼辦？」她問。

「懷孕了就結婚啊！」男人的臉在她的兩腿之間，神情認真而溫柔地看著她。

「我們的小孩一定聰明又可愛」，男人繼續說著，「好不好，我們生一個，我想要有一個小孩。」

這樣算求婚嗎？她看著自己腿間的男人的臉，第一次感覺這樣的距離好遠。

男人開始動作，她卻沒有辦法專心，只一再想著男人的那句「懷孕了我們就結婚」⋯

這是她聽過最爛的求婚詞，沒有一個新娘會滿心期待自己是大著肚子上結婚禮堂的。懷了小孩踏上紅毯對某些人來說或許是喜上加喜，但可不包括她，也覺得男人真是自私，根本不懂她要的到底是什麼，她佯裝興奮順著男人的動作咿嗚出聲，男人高潮的時候，她正思索著那句「懷孕了我們就結婚」的延伸意義是不是指「假使沒有懷孕，那麼結婚的事就再等一等吧」，男人得到最大快感的時候啊啊叫著的她心裡湧上最多的感覺是哀傷。

男人癱倒在一旁，她盡量讓自己的語調聽來溫柔，盡量壓下方才那些閃過腦海的疑惑，輕聲地開口：「你想要結婚啦？」

才說完，悲哀的感覺卻又更強烈了，這麼清楚這麼明白的想要結婚四字，在她的理想她的夢

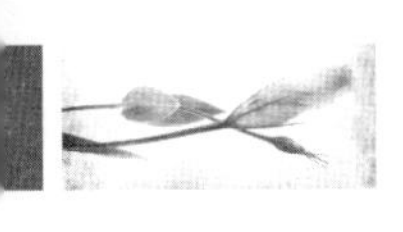

裏從來都應該是由男人主動提起才是。

「我年紀差不多啦，而且，我也很希望有人照顧我的家人。」男人說。

她開始覺得男人的結婚理由簡直是一個爛過一個，她完全沒聽到任何關於自己被男人渴望的部分。

她聽著心裏酸酸的，因為她從男人的語氣裡發現他說的都是真心話！事實上確實也是，男人今年都已經三十七了。

男人語氣疲倦地緩緩說起上個禮拜他回東部老家看望癱躺在醫院裏病塌上的父親的事，說他父親的身體狀況終於逐日好轉，這次回去甚至還好精神地問著男人究竟打算何時結婚，「不是已經跟婷廷交往八九年了嗎？」，父親問得如此直接了當，男人轉述。

「幾年前，我覺得我爸的身體還是鹹稀飯的味道，只是老人家的味道，這次我在醫院裏陪了我爸兩天，我才發現他身上已經是藥水的味道了，他真的老了！」男人說。

果不其然，她默不作聲地思忖，男人說的那句「我也很希望有人照顧我的家人」指的正是男人的父親。其實男人的父親並非染患什麼要不得的大病，就是老了，不過是老了，算算今年都八十幾了。男人是他父親年紀很大時才生下的孩子，老來得子而且一脈單傳，一個兄弟姊妹都沒有，正和男人的父親一樣。

「你也知道，我媽過世以後我爸在老家就沒有什麼親戚陪他，親戚都住得遠，如果我們結婚，生幾個小孩，再把我爸接來住，我想我們家會很熱鬧的，我同事說常常跟孫子相處的老人，身體都比較健康。」男人說。

她想起自己的母親，今年不過六十，本來就只剩一隻耳朵聽得到，這幾年更因為一隻眼睛看不到了，另一隻也開始視線模糊，而每個月得進出醫院好幾次。

把你家的藥水味老人接來，那我媽呢？我也是獨生女兒啊。只是一點藥水味道而已便要大驚小怪，我母親一隻耳朵一隻眼睛都已經作廢了，那一點點藥水味根本不值得同情！

她和男人同居在外已經好多年了，只要回家母親見了她總小心翼翼地問她有沒有結婚的打算，每逢這個問題又扔了過來，她總故作一副趾高氣昂的樣子說：和她一樣有著一份令人稱羨的工作的女生，都不急著結婚的，只有工作不上不下的女人才會急著躲進婚姻的安逸裡。

母親又問是不是男人沒有結婚的想法，她驕傲的表情說男人早求過婚了，而且不只一次，是她想再享受幾年單身的自由自在。

只有她自己才知道，「嫁給我吧」這樣的話她壓根一次都沒有聽過，連類似的都沒有，她只是想看到母親放心的表情。

然而，當她看見母親乾脆關掉電視打開收音機時，她就得急忙從客廳走回自己的房間，因為她總是，總是忍不住想哭，母親的雙眼又看不到東西了！她怎麼能夠讓不知道還能看這世界多久的母親為自己操這麼多心？怎麼能呢？

母親不過是想在全瞎了之前看到她披上婚紗的樣子於是才一再問著。她怎麼可能不知道，她又不笨。

她想過離開男人，不只一次。第一次閃過這個念頭，是她發現男人背著她和其他女人約會。遠遠地咖啡廳玻璃窗裏，男人和那陌生女人笑得好開心。惱怒、傷心、更多是不敢置信的她望著那一幕給男人打了電話。玻璃窗裡，男人先離開座位才接她的電話，電話接通時她硬裝自然地問著：「要看電影嗎？今晚？我正好路過電影院，應該可以買到票。」。

「可是我還在加班，我現在在吃晚餐，吃完晚餐我又得趕回公司繼續工作了。」男人說。男人在那咖啡廳裡加班了多久她就站在原地等了多久。

十點二十，她最後一次看錶。男人晚餐之後是咖啡，咖啡之後是宵夜…她餓著肚子看著、等著，直到男人和那陌生女子離席，她才終於站到他倆的跟前，男人臉色青白女人則一臉困惑。

客廳裏，男人在她的追問之下終於才說出他認為知己朋友和女朋友是能夠也應該同時並存的，「總不能要男人一交了女朋友，立刻將女性朋友全列為拒絕往來戶吧？」男人說，說得義正嚴詞。

然而，她早已從陌生女子當時惱怒說的那句「你不是說你沒有女朋友」裡咀嚼出驚嘆號，她看穿她的男人，她又不笨。

但她終究原諒了他，因為他是道歉道得如此誠懇。何況，那陌生女子的條件確實清楚優越過她，而男人依舊選擇了她，可見他是愛她的，她想。

第二次閃過離開男人的念頭，是在她看了男人離座留下的手機裡，那好幾通語氣曖昧的訊息。

「我們分手吧！」她說。

「不要離開我！」男人哭著說。

她以為男人的眼淚便是真愛的展現，於是她繼續留在原地，繼續留在她和男人租賃而居的一房一廳。

下班以後男人來電吵雜或哆嗦的背景聲音，是她這幾年來最認真傾聽的事情，男人離席無意落下手機的偶然時刻，是她這幾年來最珍惜把握的當下。

男人背著她又開始和其他女人約會，她一面後悔著當初早該離開男人的，一面卻也已經無法做出任何頭也不回的決定，她老了，為著這幾年下來對男人緊迫盯人所帶給自己的疲憊不堪，她老了，比同年齡的任何女人看來都要老上好幾歲，而那是去年的事情，發生在她三十五歲那一年的事。

停在西藥房外的車子裏，「你去買好不好？」她問男人。

「可是我怕我去買會買錯，我不太了解妳說的那種藥。」男人回應。

難道我就了解嗎？她想，「我知道的不會比你多，一樣是事後避孕藥那五個字而已。」她說。

男人見她垮下來的臉，這才勉強改口說好啦我去。

車子裏，沒想到都三十好幾了，居然還得吃這種東西，好久以前她在報紙上讀到過這種藥，還記得標題說的是九月墮胎潮，說好多剛開學的高中、大學生跑進藥房買這種藥，當時她還慶幸自己早過了懵懂的年紀。

「假如真的懷孕，我也會先拿掉再結婚，我媽總盼著我嫁人，若到最後是因為這樣的原因進禮堂，只是徒增她的失落吧。」前一晚，她對著那精力耗盡的男人說，就在男人呱啦呱啦講完他

躺在醫院裏藥水味的老爸那事情之後。

於是現在她才在這裡，坐著男人開的車繞了些路才找到這家應該不可能碰見任何熟面孔的小小藥局。

她瞥了藥房一眼，不知道是不是因為透過車窗、透過藥局玻璃，光線兩次折射的關係，她覺得正向藥局老闆買藥的男人的臉尷尬的真是難看，她不記得她男人的臉什麼時候這麼醜陋過。

「那我們就結婚之後再生，明天我會陪妳去買妳說的那什麼事後避孕藥，等我們結婚，接我爸來大家住在一起，婚後妳不想工作沒關係，妳可以留在家裡陪我爸照顧小孩。」她在車上一面等著，一面思忖起昨晚男人睡著之前是如何溫柔地撫著她的髮，神情是如何的一廂情願。

她在車上等了又等，等了又等……不懂男人不過就買個藥怎麼要那麼久，她的三十六年卻一下子就過了？

時間一下子就過了，時間總一下子就過了。感覺才吃過止痛藥，才回憶著幾天前的事情沒多久，天就快亮了。彷彿只要是她的時間，就耗得特別快。她站了起來，離開沙發拉開窗簾看著幽藍的天際。

就結婚吧，她想，**結就結啊！**然而她作出的最重要的決定並不是這個。她決定要結紮！

「結」就結啊！

結紮的決定和結婚的決定同時成型！

對，就這麼決定了！結完婚的第二天她就要去結紮！

肚子…肚子好像已經不痛了，甚至感覺還有些輕鬆，一股舒坦的感受從子宮的某一處逐漸蔓延開來，剛剛經過了她的腸胃，現在擴散到她的心了，感覺好多年都沒有這麼開心了。

幾隻雀鳥忽悠從她的眼前飛過，她抬頭，想著這即便不是上帝的暗示，也是個好預兆，感覺自己彷彿也長出翅膀，正在飛、正在追上雀鳥、正在迎接清晨，再也沒有心事了。

天色越發亮白，雲後射出的光彩正預告著這個上午的好天氣，她不由得微笑起來，溫柔地、平靜地看著窗外的一切，同時感受大地的生機。

男神不是對手

這是我最期待的周三上午，相較於其他我看診的下午時段，掛周三上午的患者總明顯少了許多。意思是，星期三每每讓我感到輕鬆不少。

作為一名精神科醫師，體力方面的負荷和其他專科醫師相比，說來已經稱得上輕鬆的了；在開刀房一站就是幾個鐘頭的外科醫師、死盯著牙根進行環鑽術的牙醫……他們需要的體力、專注力絕對更多。

「累的是心！」

其他精神科醫師往往會接著說這句話，因為問診時我們得一再聽入各式各樣一般人想都想不到的黑暗面，而無論是患者身上所散發出來的氣息，或他們說話時的語調，幾乎都少有是開心的，更別提躁症嚴重的那些病患，和他們相處起來往往也令我們感到揣揣不安。

然而我卻不會這麼說。不會說這份工作令我的心感到疲憊。

因為傾聽這件事，沒想到由我這個並不算孤僻的人，做來倒是得心應手。某個原因令我腦子忙碌不堪時，人反而平靜。

聽是我在問診時相當重要的一項工作，也是最困難的，它決定了我要開什麼處方給患者，在不歡迎重複處方抗鬱藥物的國內用藥管制下，這一點更形重要：我如何能夠在患者描述過病徵後即刻開出最對症——並且唯一——的藥物給對方呢？

唯有謹慎聆聽而已。

但聽人說話真有那麼難嗎？總有人好奇。

別說沒什麼問題的大部分人愛死了滔滔不絕地講自己的事，懷疑自己可能罹患精神方面疾病的、或在家人朋友建議下前來就診的、再或是之前就已經確診需要精神科用藥治療的人，在進入診間後，多半會鉅細靡遺地詳述自己的生活細節，患者自己也怕吃錯藥啊，不仔細說明清楚怎麼行呢？結果就是那些對家人也不願多談的大小秘密，到了我們這裡總會自動說個不停。我常常得有頭有尾地分析一些沒頭沒尾的事。

比方說，曾有一名患者認為她離世的奶奶還住在家裡，奶奶每晚為了確認瓦斯究竟有沒有關好，夜裡會一再走到廚房轉瓦斯鈕好幾次。

我初步診斷是元素性幻聽，開了些Aripiprazole，但幻聽是症狀不是病，所以開藥之餘，我建議她下回半夜再聽到奶奶在關瓦斯，要她對奶奶說：停！我已經關好了。

兩周後那名患者復診時告訴我，藥到第三天她就忘了吃了，因對奶奶開口喊停，奶奶好像就果真回房去睡，沒再起來關瓦斯了，她於是索性停藥，還說可能是奶奶覺得寂寞吧，所以才不時跑回來。

也許是一個人住的妳覺得寂寞吧！

當然我建檔作業最後輸入的是「獨居」這個狀態，而不是我的臆測。

總之都是這一類的**秘密**，讓人不知該不該進一步追蹤。事實上，多數時候都是患者疑情感上欠缺支持，才會出現某些病症。那名半夜被奶奶的鬼魂所擾的患者，後來就再也沒出現過了，可

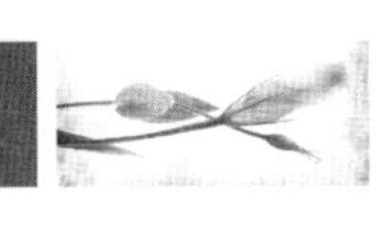

是我無法幫助任何不再主動前來求診、而症狀不算嚴重的病患，當他們決定不再來門診，他們也走出我的職業生涯。

而自然，有些時候患者開口說心事是因為我問了，於是患者不得不回答，而有些時候則是**因為他們自己認為自己有用藥需求**，早已在腦子裡想像服藥之後某些症狀改善的畫面，這類患者說來還不少，有些掛號前還在網路上做過功課、已經在心裡開好藥才來的；也有急著列舉生活上各種病徵好獲得我的支持，但不見得是真想改善自己的症狀，而只是想讓「醫師說我有鬱症（或躁症）」這句話為他們的某些舉動脫罪，是為了讓自己更好過，而不是想讓別人更好過才來的。

自然也有完全相反的患者，來門診純粹是為了想由我口中聽見：沒有，你沒有生病！你只是個性比較容易感到煩躁而已；沒有，你沒有憂鬱！你只是睡不好，人提不起勁罷了。

各式各樣的。

總之患者就是說，仔細地說、坦白地說，而我這邊就是聽，謹慎地聽、有耐心地聽，而這一聽往往就是一上午或一下午。

今天是星期三，目前為止我的心情還不錯，心爬的黑暗深淵還不夠多到會令我疲倦。

現在我利用某個患者遲到，護士小姐站到外頭去確認的空檔，看了一眼窗外的景象。從昨夜就開始的大雨下到現在還沒停，而且看樣子會一路繼續下到晚上去。我閉上眼睛休息了一陣，聽到護士小姐第三次呼喚林舞晴，我一面準備將眼睛重新睜開來，一邊心裡想著**舞晴？哪個舞？也許是這個伍？**

而聽來似乎是才剛從我診間離開的那名患者走回來問護士小姐藥物的服用方式，又為我掙了一點休息時間⋯⋯

眼睛睜開來我面對同一片窗景，但剛剛我盯著看的那一處天色，卻像是為我打氣似的突然間亮了一陣，雨勢一下子變小了，烏雲如顯示某種徵兆般地正從邊緣處逸散，令我內心一陣輕快，那種似乎將發生某種好事的預感倏地降臨⋯⋯

但也是同一刻，我又為這樣的預感失落起來。

很久以前，真的是很久、很久以前，我曾經非常喜歡過一個女孩子，喜歡到即使已經過了這麼久了，要是誰這一刻向我問起**她**的長相，我還是能夠毫不遲疑地形容出**她**漂亮的模樣，說出我記憶中**她**長髮隨著單車騎行而飄揚的樣子，是如何一個有著彷彿早晨般清爽氣息的女孩。

而**她**也真的比較適合早晨，因為下午、傍晚的她，會微微透露出累積了一整天下來憤世嫉俗的固執氣息，雖然那也是**她**的某一種樣子，我還是喜歡清晨中**她**騎著單車，那清麗可愛的模樣多一點。

我不知道**她**知不知道，高三有將近半年的時間，我常常提早十五分鐘起床，只為了上學前那段下坡路，能騎著腳踏車隔一段距離跟在**她**身後，感覺我們處在同一陣微風中。

其實說**她**漂亮並不完全貼切，因為仔細回想起來，每個我喜歡過的女孩，並非各個都五官漂亮，而是我心裡某個東西被那些女孩子打動的當下，「天哪，她真是好美！」的讚嘆立刻湧上我心，於是最後她們都以某個片刻毫無疑問的美麗，鮮明地存在我的記憶中。

而在那其中，我還是對**她**的印象最深刻，然而提起**她**，感覺永遠都很複雜。

我始終無法忘記那個下午，高三的我拿著我家煮飯阿姨剛烤好的酥餅，邊嗅著熱熱的餅香，邊用眼睛挑選烤得特別漂亮的某幾塊想送去給**她**，好謝謝**她**過去這一段時間以來**她**便當盒裡被我挾走的薑。

我才在廚房打包它們，心裡覺得這見面的藉口真是既討喜又具說服力，但人都還沒走出廚房，我卻又莫名突然變得不太有把握了。

拿著謹慎包裝好的餅乾，我回到房間猶豫了好一陣，先是收拾了一下根本不知道為什麼突然要收的書櫃，接著打了幾通電話約了些同學出來打一場根本不知道為什麼要打的球。在球場上跑出一身汗後我還是心浮氣燥，回家沖了澡，無聊地坐在客廳將電視轉了又轉，轉了又轉，直到覺得要是再繼續這樣拖下去，這一天就會這樣過去了，就像昨天、前天，還有大前天一樣，那光是想到就會讓自己激動起來的念頭，最終又不了了之地癱躺在腦袋。

真要繼續拖下去嗎？

我看著窗外被夕陽烘烤成粉紅色棉花般的雲朵，一種今日似乎會有好結果的預感倏地降臨，那讓我終於下定決心出門，我小心地再次確認那些餅乾都沒有碎後，懷著好預兆的心情走去玄關穿鞋，然而那通可怕的通知電話就在那一刻響起，令我從此敵視自己的預感。

我記得接連幾週，只要我在半夜突然醒來，想到第二天不再需要提早起床繞路去堵她我就不住落淚，無法停止地一直想她，一邊又得忍耐不讓哭聲擴大到被家人聽見。每天天亮前的黎明時分，我的身體明明很累，腦子裡的畫面卻一幕又一幕的，我醒著，卻完全不想離開那個委靡的狀態，自己也知道自己有多委靡，但只要想到一旦我的身體有所動作，就會徹底與上一個模糊的夢境告別，我就會愈來愈記不清楚她，我不願意。

本來有機會，現在卻完全不可能發生了。腦子總是想到這些。

但每天這樣累積的疲倦，教我很快就認清她已經離世的事實。

於是緊接而來另一種截然不同的感覺——她最後還活在人世的那一刻，心裡只想著我——這個想法逐漸在我心裡壯大起來。

這令我大學那段時間，變成我只要想到她，想到這個人，我的心就會莫名更有自信，會隱約感覺我曾經擁有過許多東西，甚至擁有太多，多到不堪負荷。

然而也只是心。

因為只要那些關於她的畫面一離開腦海，只要我一停止回溯她，我的外表、我走路的樣子就會立刻回到那副不太有把握、連自己的直覺都不太相信的高三生模樣，知道自己根本什麼都沒有扎實地擁有過。

於是慢慢地，我學會抗拒讓自己的腦子太輕鬆，我發現當我同時想很多事，並且將回憶隱約夾雜其中時，最讓我感覺想要有所作為。

可惜積極還是只維持了幾年的時間，醫學院畢業之後我漸漸變得不再對什麼感到特別渴望，或迫切想要擁有。

我考取了外科執照，卻選擇待在精神科就是證據。感情生活也是零零落落的，明明前一刻才對某個學妹或同事心生好感，還沒有看完一部電影，卻已經對那些關於我們之間從陌生到熟悉的種種想像感到厭煩，每一段戀情都不了了之。

我自己大概知道箇中原因，可是卻一點也不想要改變，可能是自己隱約想要用這樣的方式，彰顯回憶在我心中的價值吧。明知不必要，卻忍不住想保有這殘酷經歷所導致的對我的些微改變。

從來沒想過要擺脫那一切，奇怪的是也從來沒想過要死，只一勁感到不知何去何從，不管在哪裡都有種像在別人家浴室洗澡的感覺，無所適從。好像四周有撐傘嫌麻煩的毛毛雨，它輕飄飄地降在四周，讓我站在哪裡都不對。

當這樣的感覺來襲時我便在心裡默禱，上帝能派個誰來收走我的雨具——派不上用場卻一直帶在身邊的東西，我無法作主自己割捨。

彷彿是我自己**還決定**讓**她**在我的心中具有意義，是我自己**還決定**成為遇過「初戀對象莫名離世」這樣經驗的人，而其實是不是還眷戀著**她**？自己根本也不知道。

當我在向朋友訴說那些吉光片羽時、當我說出年輕時是如何如何喜歡對方，甚至想起來就難受啊這樣的話時，沒有一句是帶著浮誇的矯情。

我是真的很喜歡**她**，甚至之後再也沒有遇過一靠近對方我就對生氣盎然的早晨特有所感的女生，期望清早就能見到對方。

雖然陸陸續續欣賞過其他女孩，但我沒有一天活在將**她**徹底遺忘的世界，然而那或許已經不是眷戀，而是完整的我就必定帶著這份遺憾的記憶。

她的影像從來不是模糊的，任何時候我閉上眼睛，清楚感覺自己還喜歡那些畫面的全部：快要熱起來的下坡路、緊貼手腕皮膚的日光、虎口間要握不握的剎車、**她**故意裝作不知道，微微回頭眼角捕捉到的我…每一段與**她**有關的記憶我都好喜歡，都記得好清楚。

尤其是…好幾個午睡時間我趴在書桌上盯著窗外發愣，眼角掃過座位在窗邊的**她**，發現**她**原來也沒睡著，反而課本擱在腿上試著壓低紙聲地一頁一頁翻著…**對喔下午要考英文**，我猛然氣餒地想起來，**而且下午要考的英文我一頁都還沒看！**雖然煩燥地想著這個，我卻也沒將課本拿出來翻，只邊打著哈欠邊將頭枕上另一隻手臂，繼續無聊地盯著窗外。

窗外圓滑積雪般的大雲朵，厚實得像再多一點就會整朵掉下來，乾淨的藍色天空彷彿海水環抱孤島似的環抱著那雲朵，而時間在我猜測**她**可能讀到哪一頁了？在肥雲、哈欠、瞇眼、怎麼樣都瞄不清楚的**她**課本頁數間，就這樣過去了⋯⋯

還不知不覺就累積太多，每天一點一點慢慢累積，那些只有雲、只有**她**在雲底下偷翻著課本的時間，占據我的回憶太多。

這讓往後我的視線走進春天的雲朵，走進冬天的雲朵、走進陰天的雲朵⋯⋯不管我的心隨視線走進哪個時候的雲朵，我都走進同一朵雲——下緣隱約夾帶紙頁翻動聲的那一朵。

記得剛升上大學時，在朋友眼中，我似乎因為**她**的離開，整個人越來越懶散了，可是他們不知道其實我有點喜歡這樣，喜歡很多事情都不去區分得太清楚，喜歡平靜的日子一天接著一天，喜歡即使季節的流轉也無法造成我內心激動，喜歡即使是麻煩的雨天和討厭的酷暑都無法影響我。我總是一個人慢慢地在座位上翻書，同學看我看書都嫌我翻得太慢、翻得太寶貝，好像我多怕把書弄髒、弄掉似的，不知道其實是我好愛那個聲音。翻一頁，我就走進雲裡，再翻一頁，又是埋進雲裡一次。

常常根本沒在看書上的字，慶幸我腦袋還不差，還算聰明，終究也順利畢業。

我不覺得自己有心事，只感覺我好像一直一個人默默地爬上一座山，傍晚了，周圍同學幾句閒扯聲中迎來緊湊的晚餐時間，我又一個人默默地走下山般，這一爬就是好幾年。總是沒有特別想要和誰說話，但也不介意聽著四周興高采烈各自說自己事的聲音，我感覺熱鬧很好，但安靜也令我自在，每天一點一點慢慢變成這樣的人，說真的，並不完全是因為**她**。

就連同學會上朋友無意間提起**她**，我也都能夠立刻說一點自己這邊關於**她**的事，豪不勉強。最常提到的是一個夢，我們在四周圍全是霧的地方相遇，不知怎麼地感覺夢中的我們都離世了。

「陳珊珊！」我先喊出她的名字。「妳都沒變！」

「我十八歲就死了，當然不會變。」

「妳說話還是那個樣子。」夢裡的我說：「所以至少，我說的不是客套話。」

她笑起來，笑著對我說：「你倒是老好多。」聲音聽起來很輕快讓夢裡的我笑了，知道她說的也不是客套話。

「不知我怎麼還能一眼認出你？」她說。

「因為…恨吧！我想。對不起…」我對她說。

但這卻立刻讓她笑了，還幾乎是反射的動作。「因為把我害死了的關係嗎？」

夢中我慚愧的點點頭。

「但現在，你不也死了嗎？」

夢裡的周圍有一列列的隊伍，隊伍中的每個人一再回頭尋找他們熟悉的臉孔。我發現我和珊珊原來排在相鄰的兩列隊伍中。

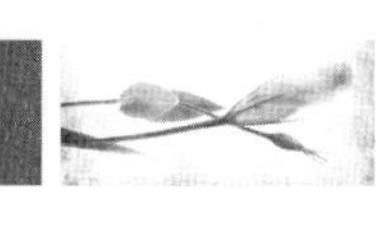

「再說下去，下輩子恐怕不能見面了！」我說。

「也許不是恐怕，我們說了這麼多！」她輕快答著，彷彿不見並不令她心痛。

夢中的我因此有一點點難過。

我回頭張望了一眼，卻看到一個又一個後腦勺，在我身後的每一個人都在回頭。

「希望來世妳過得好！」我說，強烈地希望這祝福能夠成真。

而我的願望像壁球一樣地彈回來。「希望來世你過得好！」夢中她也對我這麼說，而我看著她的微笑搶在聲音之前回應，我這才發現，原來我沒有傷害她到令她厭惡的程度啊！也許有，但因為某些原因，她已經釋懷了。

這個夢沒有任何後續，也沒有因為夢見**她**而發生任何異狀或壞事，我一直認為這是一個很美、也還算正面的夢，但是朋友和家人自然不是這麼想的，所有人一致同意**她**的離開深深影響了我。困擾的是，當朋友說假使**她**還在，我說不定會和幼時一樣活潑時，我卻又完全無法反駁，因為那是一道已經不存在的岔路，我無法走上那條想像中有**她**存在的路，又如何能證明呢？

偶爾我反問自己，我真的像自己記得的那般喜歡**她**嗎？

當我微微鬆開原本壓握住的煞車，在下坡路上猛地快衝只因為突來的雨滴打在我身上時，我因為討厭身體、衣服、書包濕透的感覺，所以一逕和車速也快起來的**她**朝下方校門騎去，於是只記得雨水滴濕了我眼鏡的感覺，完全想不起來任何雨中的**她**的模樣。

印象中，**她**的身影始終和夏日、陽光、涼涼的風、肥白的雲有關，我想不起任何**她**在雷雨天中的樣子，想不起任何**她**臉龐陰暗下去的樣子，但是奇怪學生時我記得自己老是弄丟傘，永遠在買新的，那麼必定有的雨天**她**都到哪裡去了呢？

是我放棄了。

是下雨我就放棄了，**她**穿著雨衣還騎在平常的路上，我卻因為那一點雨就騎回原來的路。所以，我什麼也沒有為**她**犧牲，連淋一點雨都辦不到，我的喜歡不過是到這種程度罷了？

喀拉！

喇叭鎖聲彷彿另一個世界製造出來似的讓我嚇一跳，診間門剛關上，跟在護士身後走進來的這想必叫什麼伍晴的患者，沒有在一開始就引起我的注意，聽進耳裡的腳步聲既不拖泥帶水也不特別輕快地正常，讓我只將視線從外頭的雨轉向電腦螢幕，再次瀏覽一眼剛剛建檔好的上一名患者資料。

護士卻剛進門就急著轉身找什麼，最後抓起被一箱資料遮住的一盒面紙遞向患者：「沒有帶雨傘嗎？」護士這句話讓我從電腦資料作業上抬起頭來看向她。

啊，頭髮怎麼濕成這樣！我看著她心想。外套整個溼透了，麂皮材質令水漬顯得更狼狽。她沒用來關門的那隻手緊揉一團濕透的面紙，顯然是邊走邊試著要擦乾頭髮，但人剛到候診區，就直接被叫進診間來了。

好奇怪，她濕著頭髮尷尬地對護士微笑，在椅子上坐下來的那一幕，令我的內心被牽引了一下，我必須忍住才能不去多看她一眼，那感覺說是心動也不完全是，應該說是她亮眼的打扮和微微的笑容讓我感到好奇吧——**她看起來毫無異狀，還過於漂亮！**

專業使我在心裡迅速過濾一些初步訊息：鬱症患者對裝扮的缺乏興趣、失眠患者多半有的神情憔悴、躁症患者的動作急促……這些她都沒有。

她很年輕，淋濕的頭髮更是使她看來別具生氣，和其他多數不開心或過度激動的患者顯得不太一樣，也使我的診間一下子生氣盎然，突然不只是一個窄小的、日光燈照著的無趣房間了，而是和下著雨的外頭終於有了連結：她沒有問過我就把外面那些麻煩的雨給夾帶進來了，還帶了一堆！讓我想要說話，想要拿雨作為開場白，是這樣的感覺。

現在她不好意思地看向護士，清秀、禮貌的讓我心裡一陣錯愕——想到待會兒我必須治療她某個症狀，不知道為什麼，這令我感覺有些混亂。

不過當然，我向來引以自豪的專業訓練終究使我維持表面鎮定，只對她說：「今天很多人都沒帶傘。醫院的冷氣都很強，我們可以等妳把頭髮擦乾。」

和她四目相交的那一眼後，我就**貌似正常地**開始看回電腦調出來的她的資料。

二十六歲！果不其然地年輕！

我盯著電腦，為剛剛隱約計算和她年紀的差異這舉動的自己感到一陣汗顏。

但就是在那一刻，她因為剛看了我一眼而沒接好護士遞過去的那盒面紙，讓它碰的一聲掉到地上，地板想起札實的一聲，彷彿那是第一抽！

「對不起！」護士連忙開口，正要彎下身拾起它。

碰撞聲中她卻立刻摀住耳朵、緊閉雙眼，呼吸不但開始急促，肩膀也一陣起伏，身體僵直彷彿想要站起來，這讓我知道她的某些病徵被觸發了。而剛剛她揉在手中的那團衛生紙早已掉在地上。

「不舒服的話先深呼吸。」我觀察著她。

我的聲音令她微微睜開眼睛，但沒有抬頭看向我，驚恐、猶疑的眼神掃著地面彷彿在搜尋一個安全的落地之處。同時搖了搖頭，不知道是表達沒關係還是深呼吸也沒用，總之她慢慢坐直身體，目光同時極力避開肇事者——我們的護士小姐，以及護士小姐手中……那顯然毫無殺傷力……的面紙。

護士雖然愣了一下，但可沒有因為這一點小混亂而忘了患者濕淋淋的頭髮，護士抽了幾張面紙出來遞向她，只是她搖頭婉拒：「謝謝，我有帶。」反而低頭翻找自己包包裡的。

我到這時才發現她低頭有可能是因為不想被看見她剛剛嚇到掉眼淚了。

經驗告訴我接下來的會診會花一點時間，下一個患者可能得等上一陣子了。

「妳慢慢來沒關係。」我說，並將視線調回螢幕好給她一點整理的時間，她不會想要這時候還被醫師盯著瞧的，雖然我可能需要好好觀察一下。我開始把剛剛這個小混亂key進她的資料裡。

她別過臉拿面紙飛快壓掉眼淚，但恢復鎮定則花了一點時間，診間一度安靜到就要尷尬起來，我不斷點著滑鼠、重複刪掉又輸入某些字好減低這份尷尬。有時過度安靜也會造成某些患者的壓力，我不希望一開始就讓患者無法放鬆。

我很想看一下她，我的手雖然忙碌地敲著鍵盤，然而一種奇怪的感覺卻湧了上來，我是說，再一次地，我發現她和我其他患者的**新**不同了…

我真的一點都不希望她是我的患者！我不希望我們之間是醫病關係！

她剛剛的眼淚有一點困擾我！

患者在我的診間說到傷心處而痛哭起來的並不是沒有，但他或她們的眼淚很少令我困擾，通常我會希望他們若真想哭就哭一下沒關係，但是剛剛我卻差點脫口而出問「妳還好吧？」，**會進來這裡的人怎麼可能還好！**我不知道自己剛剛是怎麼了，怎麼會差點問出這麼不專業的問題。

而且那感覺隨著我等她做完一個又一個的深呼吸還愈發強烈！「妳還好嗎？」我幾乎是必須強忍著才有辦法不讓自己開口問錯的問題，如果不是護士在，我恐怕已經那麼問了。

我莫名感覺有點糟，也立刻知道那背後的意思。

我好像…

患者之中，偶爾也有才推門進來，看一眼我的臉發現醫師跟他想的不一樣，而突然顯露不想治療的神色。

現在就有點類似那樣，只是情況顛倒過來——她令我的心神和精神都為之一振，**我不想要治療她！**不想要我們之間存在「治療」這兩個字。

但另一方面，我的專業卻讓我差不多已經看穿她了。剛才她的手在面紙掉落地面的第一時間就立刻摀在耳朵上，她還雙眼緊閉，身體更是在噪音的第一刻就微微離開椅子，令我知道是她對醫護人員的那點尊重讓她還留在這裡，否則可能已經拔腿跑開了。

人在為了避免聽見更多噪音的情況下，身體會主動反應選擇跑開或是摀住耳朵、甚至閉眼不視等動作，這些都是合理正常的表現，但可不是在這樣的音量下。

除非⋯⋯

我在電腦上輸入：建議轉診神經內科。

也許在我們聽來正常的聲音，被她受損的神經給扭曲了。

感覺她已經整理好自己了，餘光發現她開始看著我。

「妳在意那個聲音是嗎？」我開口，但還是對著螢幕修改一個根本就沒有拼錯的單字，想再給她一點緩衝的時間。

「那聲音會讓妳緊張是嗎？」我再問了一次，繼續盯著螢幕。其實連她會回什麼都還不知

道，卻以彷彿我了然於心她的病症似的聲音開口。

她緩緩坐直，是準備要好好回答問題的姿勢了，我隨意地看向她，同時給出很淺的一個微笑，我其實已經確定她害怕這個聲音，但我卻避開害怕這個詞，有的患者一聽到害怕、討厭這樣的詞彙反而會拒絕承認，拒絕承認他們的症狀嚴重到必須使用這些字句。但是「在意」、「不喜歡」聽來就「正常」多了，意思是**有藥可醫**，意思是**劑量不重**。

也不得不微笑，我必須看來像準備好要聽恐怖故事的鎮定樣，甚至歡迎恐怖故事，才能引導患者說出那些我們還真是難以想像的事。

幸運的是，多數其實並不恐怖，只是麻煩而已。不需要用到太強的藥，甲狀腺素或情緒穩定劑就可以解決的。

而我暗自祈禱往日那一點幸運今天也與我同在。

她像思索著該如何回答才好的表情看著我，而，好奇怪，等著她回應的這段時間，我突然有點懊惱選了這一科，**我並不想知道她有什麼問題，我希望她沒有問題！或者說，我是很想知道，但不是在這樣的情況下，聽完她有什麼問題後就得開點藥給她的情況下。**

「嗯，我很怕這個聲音！」她平靜地承認，並沒有看我而是盯著我電腦的背面。

正如我所料。

「怕面紙掉在地上的聲音？」

「怕……應該說是怕一疊紙掉在地上的聲音，或是像剛剛那樣，聽起來很像是一本書掉在地上的聲音，其實我最怕的是書！嗯，對，就是書！我怕書掉在地上的聲音！」說這些時她完全正視我，彷彿我贏得她初步的信任。

沒有嚇到我，應該說**還沒有**，我保持沉默，用緩緩點頭的方式鼓勵她繼續往下說。

「厚厚的一本書掉在地上的畫面和聲音會讓我的心臟立刻狂跳，很久才能平復，有時當那聲音和記憶中的太類似時，我甚至完全無法呼吸。我會憋住呼吸，憋到頭和耳朵都痛了，感覺那聲音似乎被趕出我耳朵了，我才有辦法繼續吸氣。」

「從小我就很怕書本掉在地上的畫面，還有聲音，怕到甚至不願意去碰書，住在國外時，醫生說我是自律神經方面的問題，卻又檢查不出來是哪個部分有毛病，開給我的藥總是讓我整天昏昏欲睡，最後我放棄吃藥了，很長一段時間我盡量戴著耳塞才有辦法拿書，因為太害怕沒拿好它們會掉到地上，發出令我無法忍受的聲音。」

「妳說記憶？」我看著她，很難不去注意到她右眼臥蠶上的一小塊胎記，一小顆比臉上其他部位略白的突出肉疣就長在眼睛下，就是它強化了剛剛的眼淚，彷彿淚水即將滴下。

「不存在的記憶！」她說，停了一兩秒才接著說：「那書掉的聲音和畫面我都記得好清楚，卻根本從來沒發生過因為書掉了而導致什麼災難的事，連家人都想不起來我小時候曾遭遇這樣的狀況。」

「那怎麼上課？」

「媽媽跟老師溝通，讓我坐在離老師最近的位置，會掉書的都是不專心的學生。一直到十幾歲吧，我比較能夠控制我的反應了，身旁的學生也不再動不動就掉課本了。才不再堅持坐第一排。」

「其他東西掉在地上的聲音呢？」

「都不像書那樣會嚇到我。」

越聽越不像自律神經的問題，也越聽越像。我想著各種可能。

「搬回國的那年暑假，我第一次遇上強烈颱風，招牌被颱風掃下來飛過我眼前的窗戶往地上砸去，那聲音卻完全沒有嚇到我，當時我就確定，我真的只害怕書！」

聽到這裡，我把之前key的內耳不平衡那一句找出來刪掉，開始評估她需要的可能不是抗焦慮藥物而是心理治療。

而我確實不想開藥給她了，那只是更加確認我們之間的醫病關係罷了，而藥物傳達不了我此刻心裡想要傳達的，我很想知道她到底怎麼了，從她小時候到現在的經歷我想要徹底了解。

假使是朋友，並且是在其他場合，我會請她閉上眼睛在舒服的靠椅上坐下，然後製造各式各樣東西掉落的聲音，比較之間的不同，**裝滿的面紙會怕，那用一半的呢？**……很想做這些實驗，但那可能得花上一整個下午，甚至一整天，不是專業醫師在有限的看診時間內應該做的事，因為此時我最多只擁有一個小時就必須做出判斷，還得冒著令下一個患者久候致引發躁症或鬱症的風險。

「我在國外，還有剛回國的時候就已經檢查過耳朵了。」她說，以一種實在不想重來一次的疲倦語氣。

「妳跟家人的關係好嗎？」

「很好，跟爸媽和姐姐的關係都很好。小時候他們為了我的就醫需要一直在搬家，從來沒有抱怨，我是跟著姐姐一起回國的，我想也許換一個環境，情況會有所改善也不一定，轉移注意力之類的。」

我暫時排除家庭因素。

「結婚了嗎？」

「目前單身。」

一個答案回答了我很多問題。我心裡突然有很多想法。我在她資料加註未婚，不讓護士察覺我其他的用意。

「其實我只想要改善聽到這個聲音我焦慮的反應，感覺有點影響到我的工作，同事抱著文件或拿著雜誌就會讓我緊張，就會不想站在那裏聽對方說話。」她說。

我不想聽到她這麼說，我聽太多這一類的話了，這些話意味著她希望今天就可以開始用藥物來減輕症狀。

我真的很不想開藥，我還是忍不住朝內耳神經的方向想。

「妳有沒有試過在聽到聲音時轉移注意力？在心裡哼歌或是看向別的地方？」我還不想放棄。

「都試過了，但心跳根本沒辦法透過轉移注意力而立刻變正常。當我心跳和呼吸變快的時候，別人都看得出來我不太對勁，我不想要這樣。」

心跳加速確實是個問題。**也許…**

算了，我不想提催眠這種另類療法。

「我在國外的時候還嘗試過催眠。」她說。

我在心裡嘆氣。她想說服我，我知道，而她也快要成功了。

「我想先改善我遇到這種情況時我的反應，如果吃藥也沒有用，我會再改掛神經內科。」

「吃藥之前先排除內耳神經的問題當然是最好的。」我說，「妳上次檢查耳朵是什麼時候？」

「去年，因為我也不想要吃藥，我也希望是耳朵的問題，開刀就可以解決，可是醫院檢查的結果說耳朵沒有問題，要我轉診精神科。我一直拖著，覺得暫時不需要，一直拖到現在，如果不是因為影響到工作，我其實已經決定不治療這件事了，這對我來說不是生病，而只是一件事，一個……我個人的狀況吧。說看到書掉在地上會怕也不是什麼嚇人的事，一直害怕這件事也沒有關係，因為我也**只怕**這件事，但是，當我發現我跟拿著一疊文件的同事說話我完全無法專心、根本聽不進對方在說什麼的時候，沒辦法了，只能來掛精神科，因為這確實會影響到我在同事眼中的感覺。我只想要改善我的反應，但怕掉書這個……我不知道應該說**狀況**還是**事實**，就算了，沒什麼好治療的，每個人都有害怕的事，不是嗎？」

她成功了！我遇上我最害怕的完美病患——知道自己生病、回去也會乖乖配合吃藥的，我只能針對病症開藥。

「我還是希望妳能夠在我們院內檢查一下耳朵……」我說，但鍵盤上我的手已經擇好了藥。

「好吧，我們先試試看這個藥，它適用多種焦慮症狀，吃了以後妳會覺得比較放鬆，妳說昏昏欲睡的副作用，這款藥比較低，不過，得讓妳了解這個藥並不是針對聲音的。」

我終究開藥了，一面想著這些藥物對她可能帶來的任何微小影響，睡眠、食慾等等。一面不甘心地想著我跟她的可能性根本從她一進門就被我的專業套牢了，渺茫地可以。

碰上有所感的人應該要開心激動的，然而我的心情此刻卻可悲地一陣失落。

她聽懂似地點頭，確定這是她要的結果，就和某些患者離開時的表情相似。

「對了，妳說書掉在地上的畫面妳也會怕？」我突然想起來。

「甚至比聽到聲音還怕！」

她這麼一說，讓我想重提催眠的事，我有個學姊一直在這個領域鑽研。

「在國外進行的催眠，結果看到什麼呢？」我問。

「什麼也沒看到！催眠以後，我看到一本明明薄薄的卻似乎很重的書掉在地上，我哭了，接著我就醒來了。我一直認為那次催眠看到的畫面其實是我一直害怕會發生的畫面，而不是真的發生過的事。有時我自己也會夢見，因為白天一直擔心會發生那樣的事，結果晚上睡著後果真就成為夢境了。不是常有這樣的事嗎？總之我覺得那次催眠的意義不大，和我往常夢境的感覺稍微不一樣的大概就只有…書掉時我四周好像圍了好多人，應該說超多人，多到像遊樂園一樣！也許是我上輩子曾經在眾目睽睽之下掉了一本書吧，太大聲、太丟臉，才耿耿於懷到這一輩子。」她自我解嘲的口吻說著。

我決定晚上聯絡一下學姊。

「必須要等到妳下次回診時，也就是妳服用這個藥物至少兩周以上，才能看出它對妳的改善有多少，如果毫無幫助，我會建議妳轉我們院內的神經內科，再詳細檢查一次。」希望護士沒有聽出我隱約的期待。這護士待在這家醫院的資歷比我還深，也許她連我可能開什麼藥都猜到了。

我還能說什麼話，釋出的關心能不逾越醫病道德？能在不被同事察覺的情況下被她感受到呢？

好希望能再見到她，還希望在那之前我們的關係已經不同。

「謝謝醫師！」她一個禮貌的微笑後就準備起身。

看到她小心地不讓門關得太大聲的樣子，我莫名有種走上岔路的感覺，好想說「等一下！」覺得我還沒有說夠，但不是說她的病情，而是說自己的事。

「**等一下！**」結果開口的是護士：「妳帶一把傘走！」

「這是多的傘，我們也用不到。」護士將門重新打開來說，堅持要她把傘帶走：「等一下給妳藥單。」

透過重新敞開的門我看著她頭髮還有點濕的側臉，她使我湧上的感覺，不是清晨般的激動，而是散發餘溫的傍晚那般的底定，把有某種狀況的自己帶來我眼前，然後帶著一切都會好轉的底定離開。

不，我還是短順激動了一陣——當她將門闔上時，當護士拿傘給她門重新關上前，門外她的雙眼都看著我而不是別的！

就是這個，令我想將讀過的文獻全部、立刻在腦海中播放一遍。

有沒有比剛剛那個更對症她的藥呢？我拼命想著。

她看著我禮貌一笑的畫面，就像一開始她在我面前坐下一樣細微地牽動了我，但那並非似曾相似的模糊記憶！

不是的，不是那一種，那一刻我強烈感覺她不屬於過去，她屬於未來！我莫名好像看見，她再次關門離開！但那扇門的顏色恍惚間卻彷彿是我住處的而不是眼前的這一扇。

「多的愛心傘？」我問，和護士聊上一點什麼，也許可以讓下一名患者晚半分鐘進來，我突然好想要獨處。

「那是張醫師你的愛心！張醫師你只要沒開車，下雨就會帶一把新傘進來，然後永遠忘了帶走，櫃子裡扣掉剛給她的那把還有六把哩！今天可以幫忙騰出一些空間來嗎？至少帶一把回去，拜託！」

那之後的時間我都有點焦躁，和往常一樣我看完一上午的病患，被敘述的症狀各式各樣，但我連眼睛都毫無昔日的倦怠，坐僵的身體儘管痠痛，人卻很高興地打著電腦，思索著藥物的劑量。

而下午漫長的研討會結束後，晚餐前我終於忍不住了，我拿起手機，做了一件我根本不應該做的事：嘗試找到她！

一直想著我必須把握從現在開始到下一次複診的時間，期望能盡早解除我們的醫病關係，也許連絡上她之後，我會找個理由推薦她更合適的醫生，對聲音引發的焦慮更有經驗的、或是我研究催眠的學姊……我想著各種藉口。假使我們是朋友，假使我的道德還能使我自重，我最好這麼做。我不能在對她有特殊感覺的情況下繼續醫治她。

儘管那冒著另一個風險：最終連和她之間的醫病關係都失去了——原本我最多能和這個人發展到的最佳狀況。

我輸入她的名字，當然是立刻出現許多同樣姓名的人，照片逐一看了幾頁，很快我就放棄了，她不像是會用本名在網路上註冊的人，她那個年紀的女孩子不會這麼做。

吃過晚餐後我已經確定我一整天的焦慮來自：她對我一無所知。

我需不需要診斷一下自己現在的症狀？

唉，也許等等回家路上再慢慢想好了！我嘆著氣，掙扎著要從這條岔路走回原來那條。**也許我應該放棄**，也許下回在診間看到她感覺會截然不同。

我走出餐廳，雨不知什麼時候停了！這一回降臨的不是預感，而是從十八歲起便禁錮住我的那份不甘心，讓我最後做了一個決定：我不要錯過她！

我決定不由我來決定！

我決定表達我想表達的，由她來反應，由她來決定，雖然這是我開過最糟的處方，卻是此刻唯一能說服我自己的。

我站在餐廳門口再次從手機抬頭，突然看到新月從烏雲後現身，莫名一陣被打氣般的幸福，雨徹底停了，過去即使宿命之事也被我理解為統計學、機率數學。此刻，我卻毫不懷疑正因為是在這家醫院任職，所以我們才能相識。是我的選擇引領我走近她！只要有一點點差錯，她可能就到別的醫院、別的醫師那裏去了。我繼續說服自己。

也許我煩惱老半天的事，對她來說卻是合理的開場白，我是對或者不對，都由她來決定，我唯一能決定的，就是我將全盤接受她的決定，至少保有我不堪一提的專業自尊。我只能任性到這種程度，無法更多。

有些感覺從說出來的那一刻就可惜了，但也許可惜正是眼前我最需要的。她冷淡的反應讓一切愕然中止。我邊想像這樣的結果邊滑開手機，卻看見藍色F右上角有一個新通知，有一個附留言的交友邀請！半分鐘前它還不在那裏！

「張醫師你好，我是今天上午有去過醫師那裏問診的林伍晴，我忘了問如果我覺得有可能會在某個活動聽到那樣的聲音，我能不能在活動之前多服用一顆藥呢？」

只是一句話，還是以突然想到的語氣，她就這樣到我的世界來了，只兀自朝我靠近一步，我就被征服了。我站在原地簡直要哭了。我是應該哭的，我到底在想什麼，我們差了整整十八歲，根本沒有可能。

我唯恐被看出回應的急迫，一直拖到快九點。

此刻，我剛洗過澡，在關成靜音的電視前坐下，硬是在幾台新聞間轉來轉去，看來幾乎是每家記者都去幫李敏浩接機去了，怎麼轉都一樣，我調高音量，看了好幾台不同角度的墨鏡李敏浩很高興地說：「寫真簽書會臨時加碼改成小型演唱會讓他個人也很期待。」這句話不同角度畫面聽到第六遍後，我就像被催眠一樣整個人穩定下來了。

他真厲害！要面對那麼多人卻興奮多過緊張，我只是要面對一個人——還不是當面，就無措到不知該說些什麼。

我正打算從沙發上站起來，突然恍惚地感覺這一幕似曾相似。當然不是指李敏浩的部分，而是我一直轉著電視猶豫不決等待時間過去的畫面。

不！我不要再犯同樣的錯了！如果當年我一開始就約珊珊出去，她就不會在那個時間出門，也不會……

我停止往下想。這絕對不是我現在該想的，**停！**我起身拿手機。

我不想還沒有開始就放手，我不要錯過！九點多了，再晚就不禮貌了，我一鼓作氣。

「不需要！」我讓電視繼續在我耳邊李敏浩個不停，在手機上簡短地寫道：「自行加重藥物劑量都是不建議的。妳應該以暫時避免參與過量聲音的活動，而不是以加重藥物的方式來融入日常生活。」

我也真是夠了，硬是要在小鹿亂撞的情況下還維持專業口吻，我多希望可以不用這樣，和她像朋友一樣的交談。

誰想到她的回覆卻是立即的！令那隻小鹿不但靜不下來還開始亂衝。

「我知道，不過我的工作是公關，而明晚必須出席一個藝人的演唱會，本來是寫真簽書會的，臨時決定改成簽書和演唱一起進行，現場會有很多音響、麥克風，我無法想像有任何一本寫真書掉到地上，然後那聲音還透過麥克風傳來⋯⋯其實這也是我今天去看醫師的原因，一直在想或許我可以在演唱會開始前就多吃一顆藥。」

「不行。」我保持第一句話的簡短好維持專業：「想請問妳的工作必須一直待在演唱會或類似的環境嗎？」

「是臨時的，通常我們籌辦的是靜態、室內的發表會比較多，不過一個國外藝人臨時決定把靜態的室內簽書會改成搭配小型演唱會一起，我真的很擔心到時候只要掉落任何一本書，等我從現場落跑之後，大概就等著丟工作了吧。多吃一顆真的不行嗎？那半顆呢？」

「也許換工作才是妳需要的！」我說：「站在醫師的立場。」

「我會考慮的，不過眼前還是得把明天的工作完成。」

「這樣吧，明天工作前先在耳朵裡塞一點棉花。」我突然想到：「用耳塞可能會讓妳不方便工作，不過棉花的話可以稍微降低音量，卻不至於讓妳完全聽不到。」

「我知道了，謝謝張醫師，下次我還可以像這樣突然想到什麼就向你諮詢嗎？」

「當然。」我回覆，「不過醫院問診的時間會更完整，醫師的判斷也會更正確。還是建議妳固定回診。」

我說謊！剛才我像朋友一樣地建議她，對她才是最好的，勝過要她只是照三餐吞藥。

「謝謝！我會回去複診的。我可以就這樣把張醫師加為好友嗎？」

妳當然可以！

不管她有沒有回來複診，我都把剛剛想到的問題忍在心中，我不打算一次把話說完，不想自己把自己的機會給搞砸了。

「當然！」我說

「不知道為什麼，感覺跟張醫師好像認識很久了。」她這麼回覆。

「真的嗎？」

而我忍住那一刻心中湧起的所有感受，打算下一次再問她：「李敏浩，對嗎？」

莫尼瓦城

我回到我待在莫尼瓦小城這段期間所住的冷爾飯店，這是我來到莫尼瓦小城的第七個下午。

「盡速完成莫尼瓦小城的詳細介紹。」旅行社副理米拉見我終於上線，便在電腦的那一頭急切地說道：「然後再寫一份深度旅遊企劃書過來。」

「莫尼瓦小城是：戀人、小狗、親吻以及日光的城市。」我在鍵盤上敲出這一行字。

「我這邊的時間才十一點，我還沒有要睡，能夠聽妳巨細彌遺地描述莫尼瓦城，妳就妳過去一星期所觀察到的，一點一滴轉述給我聽吧。」

「親愛的米拉，事實上，我已經描述完莫尼瓦城全部的風貌了。」我回道。

我將心愛的倉鼠託給根本不熟的同事照顧，一個人飛了大半個地球，從波音換到小型民航機，再轉搭郵輪最後換乘小艇，來到這個我之前根本無法從地圖上指認出來的地方，為的可不是來證明我擅於敷衍差事。

「小姐，這個世界上沒有一個城鎮會只是戀人、小狗、親吻以及日光的！投稿給美麗佳人的文青小品或許可以這麼寫，但旅行社要的是例如莫尼瓦小城一周美食地圖導覽這種東西，所以，就麻煩妳從莫尼瓦城的食物開始說起吧，我想我們潛在的顧客會對莫尼瓦小城的吃非常感興趣的，和我們合作的雜誌社也會同樣有興趣的。

妳待了一星期，能夠介紹的食物相信已經不少了。我迫不急待要聽一點異國美食的事了。」

副理米拉說。

「可是米拉，我已經中肯地描述完一切有關莫尼瓦這個城市的風貌了，我在這裡待了一星期，只確定了一件事，就是任何人若要如實地敘述這個城鎮，他寫出來的都將會是：戀人、小狗、親吻以及日光，順序或許會顛倒，但字數絕不會更多，也不會更少。」我說。

「親愛的，我剛剛聽妳說完這些也只確定了一件事，就是妳顯然更適合去美麗佳人或柯孟丹波工作！」

「好吧副理，那麼我重新再說一遍好了，或許旅行社可以這麼介紹這個地方：莫尼瓦小城的路面，經常找得到觀光客粗心掉落，並且已經融化大半的霜淇淋，旅人不得不一再抬高他們的腳，為的是避免踩到那些霜淇淋，然而腳還沒放下，他們卻依舊被絆倒，而絆倒旅人的，是一道道受盡折磨的臺階，它們上上下下構成莫尼瓦小城全部的路面，於是臺階終點若不是向上通往某個門口橫躺了隻狗的尋常人家，便是朝下通往某座葡萄園。

是的，葡萄園。旅人一旦將視線從絆倒他的臺階拉高、放遠，立刻會發現包圍著城鎮的，是一大片已經過了採收期的葡萄園。遠遠的，在葡萄園圍欄的一角，戀人模樣的居民或觀光客，正在吸嗅乾枯葡萄藤的味道，同時親吻。他們隨性交握的雙手，一再拉近彼此老早就曬紅了的肩頭……」

「非常好，就是這樣！！」副理米拉高興地連敲出兩個驚嘆號說：「剛剛那一段可以直接放

在我們官網作為下季首推。」

「不過⋯」我說。

「不過⋯？」副理米拉敲出了問號。

「不過副理，假使旅行社不想欺騙我們忠實的顧客，那麼我必須在這裡警告副理，一旦我們的文宣寫了上述那些，莫尼瓦小城的面貌，就會被限制在：受盡折磨的臺階、過了採收期的葡萄園、掉落滿地的霜淇淋、四處橫躺的小狗、戀人隨性的親吻⋯⋯而假使我們的顧客在其中一個字句上稍作逗留，他就會誤解了莫尼瓦城的面貌，等到日後他有機會親自來到這裡，他會認為自己為我們旅行社所蒙騙，認為導遊我現在所描述的，根本不是他所看到的莫尼瓦城，他會發現真實的莫尼瓦城遠遠偏離我們旅行社的介紹。」

「這怎麼說呢？」

「因為莫尼瓦小城就是這樣的一座城市，任何人越是想要詳盡地描述它，就會越遠離它，唯有讓它不被限制在某個清楚的敘述裡，它真實的風貌才能夠完整地呈現。」

「『唯有親身體驗，才能看清這座迷人小鎮的風貌！』這文宣也不賴，是吧？妳是這個意思吧？」副理米拉興奮地在電腦那頭敲著字，無視自己在電腦另一頭的導遊眼中，根本全然劃錯重點。

「現在快說，什麼才是莫尼瓦城真正的風貌？妳的關子賣給顧客就行了，不需要賣給我。快說吧！」

「副理⋯⋯」我停了下來，思索是否有更淺顯易懂的解釋，然而我完全想不到，也認為這個小鎮的面貌經不起再一次誤解。

「如果你和我一樣，正與莫尼瓦小城彼此相視，你俯視著滿是傷疤的道路，思索著什麼樣的光景才是莫尼瓦小城生活給予旅人的印象，你便會立刻同意我所敘述的那些，果然，都不具意義。」

「讓我這麼解釋吧，我在莫尼瓦城醒來的每一天，在我清醒的那些時間，在我喝第一口波麗嵐酒之前，我在莫尼瓦小城看見了戀人、小狗、親吻以及日光，而當酒精對我的大腦起作用之際，我的目光所見，也僅僅只剩戀人、小狗、親吻以及日光。

那些看見更多的，能夠寫下更多的，都是那些並沒有終日將自己的胃浸泡在莫尼瓦小城特有的波麗嵐酒之人。我無法確切地告訴你什麼才是莫尼瓦城真正的風貌，但我可以肯定地說，在莫尼瓦小城保持清醒的人所敘述的莫尼瓦小城最終都不值一信，因為終日飲酒的莫尼瓦小城居民根本未曾清醒過。

於是當你描述地越多，埋下的字句越多，你就必定已踏上遠離莫尼瓦城的路，因為那些細節，都不過只是這個城市在醒酒之餘的嘆息。

於是不管我朝哪個方向嘗試形容莫尼瓦城，從我在這裡吃的第一餐開始，或是從我第一個被扒手劃破的背包開始，再或者從我第一個掉落的霜淇淋開始，我對莫尼瓦城的形容，最終一定都

得回到「戀人、小狗、親吻以及日光」。

當旅人提起他微醺的雙腳，走進酸澀的發酵葡萄味道中，他極可能已經置身莫尼瓦城，但一旦他開始敘述這些，開始讓「我走進酸澀的發酵葡萄味道中」這樣的字句在腦海被清楚地思索，相信我，他已經在遠離莫尼瓦城了，他逐字逐字地描繪，也逐字逐字地遠離。

唯有當大腦已經混沌，那些不假思索、脫口而出的敘述才最可能與真實的莫尼瓦城神似，也僅僅只是神似。」最後我這麼寫道。

「我有一點弄糊塗了，我說妳剛剛寫的那些正適合拿來作為我們向顧客介紹莫尼瓦城的文宣，然而，妳卻又說假如我這麼做，我向顧客介紹的就已經不是莫尼瓦城這個小鎮了！」

「是的，副理，妳終於掌握到我的意思了！這就是我在這裡待了一星期，關於這個小鎮，我最真誠的感受。」

於是米拉帶著無可抑制的惱怒——居然丟下說自己在全國法規知識網路闖關什麼的比賽拿到第一名的女兒小雨，說周末非得要媽媽請吃大餐不可的小雨，才高一而已的小雨——一個人飛了大半個地球，從波音換到小型民航機，轉搭郵輪再換乘小艇，來到這個她之前根本無法從地圖上指認出來的地方。

為什麼事情到最後總是非得由她親自來確認不可？針對一個新景點好好地交出一份企劃書又是有多困難呢？米拉一路上不斷懊悔，真不該將開發新旅遊景點這種攸關旅行社未來營運狀況的事交給一個會拿倉鼠當寵物養的年輕女生。

一個會拿倉鼠當寵物養的小女生，就是顯然根本不在乎寵物能和她有多少互動，不在乎周圍的事物能和她有多少交流，不是嗎？這樣的人又怎麼可能真的理解什麼是**感受**。米拉想，懊惱決定雇用她時自己不夠深思熟慮，也覺得旅行社往後面試新人時有必要好好詢問對方飼養的寵物才是。

米拉一面氣惱地算著為了讓這個新手導遊前往莫尼瓦城到底耗了旅行社多少錢，一面慢慢橫越四分之三個地球…

終於，米拉也抵達了這裡，一個她覺得其實根本不用親自跑一趟，從導遊所敘述的那些她就已經掌握到風貌的城鎮。

然而，米拉在莫尼瓦城待了一星期後如此回覆了旅行社經理：

莫尼瓦城是　　親吻　　戀人　　小狗　　以及日光

因為那些心懷抗拒，不信莫尼瓦城僅僅只是如此的旅人，在開始了第一杯她們的波麗嵐酒後，便會因為自己腦海的反壓，而失去那些原來慣用的、拿來承載城市風貌的文字。

而，一開始心懷抗拒的程度越烈，**醉**後失去的文字派遣能力就會越多。

於是米拉對莫尼瓦城的形容，就是在這樣的情況下，最終，連符號都失去了。

姐姐

好像不管多熱都可以忍耐下去，彷彿一切只是一幅圖，午時太陽被繪在那裡的同時，「慧嫂」也沒有主意地被畫好在其中，在顏色按上去以前，「慧嫂」就安於那最角落的三合院位置，自己叫自己小心翼翼地不讓身體給塗出了範圍。

只要有那麼一點點閃失，只要神的下筆稍稍偏了些，「慧嫂」就無法完好地立在這兒，她的手或者她的髮，將有一部份會給勾勒在花花綠綠的鄰近某一張畫布裏。

一想到這兒，「慧嫂」就叫自己走向廚房，令湯鍋在水龍頭底下接應，再鼓張起臂膀肌肉端起裝滿水的鍋子往熱水瓶裡添水，水瓶蓋打開熱氣順勢蒸騰上來，蒸得她臉彷若燒金銀紙時紅熱，波滋波滋的水沸聲中，她安定下來，同時不感覺自己在忍耐。室溫又上升了一些。

明天才打算安裝的冷氣機將會以年輕的姿態住進來，顯得她更老更蒼白。陽光不曬了以後她要把那隻光曉得吞飼料不知道要長肉的雞給宰了，用熱水燙光牠的毛，燙得乾乾淨淨燙得去腥解膩。

「妹妹」說要來。

從來也沒見過的「妹妹」會喜歡吃什麼？電話裡聲音聽來那樣文弱感覺上經常只是在吃菜。而且沒有提到究竟為什麼要來，只是問著就幾天時間而已，能不能讓我住下來？什麼也不用幫我準備。那麼我去坐火車了，天黑之前人一定到。

說打算自己找人問路不用來接。電話就掛了。

感覺還有些沒說出來的句子，被擱在聲音的別處。也許只是剛好到附近來玩吧。很少響起來卻還是裝著的電話，沒想到「妹妹」會打來。**還會再打來嗎？或者人已經上車了？**

整通電話是一個問號，但總之說了要來，並且晚一點就到了。明天得比平日更早些起床，走趟市集把自己用餿水種的菜給賣了，換些漂亮的菠菜回來。住在都市裡的「妹妹」該吃不慣滿是蟲蛀孔的菜吧。

好像也沒有說「他」是不是一塊兒來？最後一次見他，他多麼恨自己。對他說了好多次不單單是我女兒選定了你，一切是神的安排。但是他不明白。

向塑膠桶子舀了瓢餿水往菜園子裡邊澆。這菜園子起初什麼都種，但種來種去最後就眼前那幾樣得心應手的菜，其中唯獨芥藍稍微可以賣得好價錢，其它多半是別人家也種得活的便宜菜，豆芽、地瓜葉那一類的。

蹲了下來「慧嫂」仔細檢查芥藍葉子。看幾眼都沒有用，總是和市集裡菜販賣的豔綠芥藍那麼不同佈滿了蛀洞。明天通通拔去賣錢吧，換一盤漂亮的波菜回來，僅管擱個三五天再收成會更恰當點。

一面估算這些菜大概可以賣多少錢一面又回想了一遍上午那通電話，小腿都發酸了「慧嫂」才曉得要站起來。身體的意思要她完成一個深呼吸，但吸進來的那口氣帶著酸臭的颼水味。戴著琥珀色玉環的手還握著餿水勺子，這會兒只消遠遠瞧著就看得出泛斑起皺，老皮緊貼著筋骨地沒剩下多少肉。可這麼些年，日子過來卻也不教自己感覺總在消耗總在失去。安於待在神為她選定的位置上，你看其他人全順時針在過日子，「慧嫂」卻把鐘撥轉到她老的那刻再叫日子逆時針慢步踩走回來。真正年輕的時候她不感覺自己年輕，現在老了她也不感覺自己老。

以她立定的踏點為圓心所形成的圓，隨著她年紀漸增直徑越來越小，朋友本來就沒有人家多，這幾年眼看還越來越少。但她打算讓那個踏點就地成為終點，她是一開始就沒想過往圓周的任何一端發展。一家子人是過日子，一個人也是過日子。

壞就壞在這三合院已經夠小了一個人住卻還是要嫌大，特別是「慧嫂」越來越老的這幾年。

右上角打了個洞用條紅線串穿過，和月曆一塊兒給掛到客廳牆上去的農民曆，這些年來「慧嫂」勤快地翻閱，隨著月曆一年換過一本。初一十五「慧嫂」跟著神一塊兒吃清粥小菜，夫跟女兒忌日就殺隻籠子裡的雞、鴨或蒸點香菜糕子。

坐回客廳，「慧嫂」仰起脖子盯著牆壁空蕩蕩的上方直發愣。本來一直拿不定主意要不要裝冷氣的，幾年就過去了，珊珊都死了。

若不是「妹妹」說要來住，若不是電話裡聽見對方說：「我是『妹妹』」，自己一時就慌了，若不是翻找到的電器行電話果然還活的，若不是沒想個仔細跟電器行電話一通上自己這邊就急呼呼開口說要一台冷氣，若不是……

幾十年從來也沒用過冷氣機，一廚房熱氣散不出去的幾十個夏天她都應付過來了，再來十個也沒有問題。仰得老高的脖子一直放不下來。

那麼冷氣還裝嗎？「妹妹」是不是真確定會來？「妹妹」是不是來過這回就不打算再來？

如今才想這些是做什麼呢？都已經和電器行師傅約好了明天一大早了。

年輕女人在月台上等待，十分鐘十個坐姿，這鐵路局塑膠椅多像她總坐不住的禮拜堂木椅子，硬梆梆的近九十度坐起來好不舒服，偏偏一星期就要克服一次，母親上教堂做禮拜奇怪地好勤快。**而且媽媽我的腳踩不到地板。**再等一下，母親說，再等一下就有聖歌聽，再等一下，要有耐心，媽媽保證今天一定也有聖歌可以聽。

而其實不是那個問題。

童年細節婚前很少被年輕女人憶起。婚後日子簡單的只是夫睡床上一個又一個的翻身。日子有時是大字形，有時整面朝下趴著，躬起來就像幼嬰的姿態也不是沒有，偶爾則奇怪地有聲響，分明日子沒翻身，床墊底下木板卻莫名就要出一點聲。但這模樣那模樣遲早都會過去，遲早都不新鮮。經常夜裡眼睛睜得大大的瞧著夫，她躺在床鋪剩下不多的另一邊沒有馬上睡。**隔壁學生怎**

麼這樣晚還洗衣服？鄰居情侶又吵架了！疑怎麼一切突然安靜下來？是不是誰殺了誰？或者正在殺？廁所水龍頭好像沒關緊？滴滴答答滴那麼慢，若滴快一點說不定會願意起身去關。就讓它滴到天亮罷！

月台塑膠椅上年輕女人又換了一個坐姿。

就算天亮了一切也那麼無聊，連給「姐姐」換敬杯的水她也不害怕了。無聊到甚至開始想起小時候的事來。遲早會有這麼一天的，日子乾到得想些事情來打發時間，乾到她想離開，只是不曉得這一天會來得這樣快。

但若不是被車就要進站的急迫感催促著買票，年輕女人其實下不了決定真要離開。你看車票都握在手裡了她還在猶豫，月台上等待的位置都選定了她還在想夫的晚餐一個人吃怎麼辦。雖然電話裡都跟「姐姐」母親約好了。可是……

每一次都這樣，上午做好的決定總要消散在下午的各種可是裡，下午才決定好的事又軟化在夜晚的瑣碎。經常她最後在做的事往往和她實際想做的有一段距離。

是不是自己什麼時候對夫說了娶「姐姐」沒有關係？

移動的火車輪和鐵軌道合作勾勒出一個畫面，那以視覺暫留作為掩護所產生的一幕幕，年輕女人看了好一會兒開始無法專心，擱在心裡的都不是看見的這些。**讓夫一個人去應付「姐姐」行**

嗎？想不到真會走到這月台來。好像得去買些簡單的盥洗用具。夫已經吃過午飯了吧？除了「姐姐」老家真沒有別的地方可以去嗎？火車就來了。

早知道他會撿那個紅包，或者自己會早些收拾離開，待到太多東西得收拾的時候，光想著打理行李就教她猶豫或者還是留下來吧。年輕女人望著窗外風景，同一件事卻想一下午。

火車往後山穩定駛去，每過一站，男的女的見她身旁位置又空了便又坐下來，像門沒敲就進來，女人撇著嘴繼續想那些人家看不出來的事。

走下火車出了火車站，在便利商店買齊了牙膏毛巾、換洗衣褲，攔下一輛乾乾淨淨的計乘車，看看手錶都快六點了，她搖下車窗放些風進來。沒塞車就坐了四十分鐘，司機才在一個路口停下來不打算再往前開，說是前面路窄不好倒車。看樣子也是，前方左邊是田右邊是水溝。

一面走著剩下的路，一面想著沒來過的「姐姐」家原來在這樣的地方，附近的幾畝地半數種著稻子，其餘的則搭起半透明的塑膠遮雨棚，猛一看看不大出來裡頭栽種什麼。

夫下班了嗎？正在哪一條回家路上開著車吧？或者正約誰去哪裡喝一杯吧？一會兒回家看見我的字條要嚇一跳吧。但自己大老遠跑來這一下子回不了家的地方，不就是因為自己需要感受到夫不能忍受「姐姐」在但她卻不在，不是嗎？

還在確定地址裡頭的狗就吠了，示警也示威。

椅子乾脆拉到還晾著筍乾的廣場，老「慧嫂」早坐在上頭等待這年輕女人。聽見本來還睡在腳邊的老黃狗突然吠那幾聲，想趕緊從椅子起來往門口方向走，正起身，年輕女人的臉就迎在那邊了。

從另一邊看過來也一樣，年輕女人還在確定，老慧嫂半猶疑半期待的臉就迎在那邊了。

「是不是讓妳曬了很久的太陽？」首先開口的是年輕女人。

「無啦才坐一時仔妳就到位了。」慧嫂不好意思地說著。

年輕女人懊惱著，剛才在計程車上該再給人家一通電話的，不該讓老人家在外頭曬著太陽等的，雖然其實天都暗了沒剩下多少光。注意到那隻狗面容好和善但似乎老了。

作為客廳唯一的焦點，綠色的塑膠水壺殼面略微發黃起屑，看樣子幾年前就舊了，主人從裡邊倒出來的水還沒吞下肚，年輕女人就感覺嘴裡要漫出一股老滋味，分明是主人先往乾淨玻璃杯裡注再端過來的，那麼清透卻看著就不新鮮。年輕女人禮貌性地喝了一口，接著杯子就往几上擱，再也沒動過。

「無我叫妳『妹妹』好了，親像我在叫『珊珊』同款。」慧嫂對年輕女人說。

而不管自己想或是聽別人說，總有無可奈何的不甘心。**其實我還長「珊珊」兩三歲的——假使她還活著的話。**

就因為「他」撿了個紅包我要變成妹妹。就因為「他」撿了個紅包我要聽從來也沒信過的神說：必須「珊珊」是姐姐我是妹妹，必須「珊珊」先和「他」完成姻緣我才能和「他」結為夫妻——假使我還願意的話。

不願意的話怎麼辦呢？寄給人家的喜帖一封封去要回來嗎？戒指都買好了，婚紗照毛片都挑過了，連工作都已經辭掉了。

「媽嬤」說要有神，「媽嬤」對就差那麼一點點要變成獨屬於自己的「他」說，要接受神的安排。

「嗯就叫『妹妹』吧，按奈我就跟『他』一樣叫妳『媽嬤』」。女人試著也用台語回慧嫂的話，而其實根本沒聽過夫這樣喊對方，一切只是禮數和她的猜想，就算夫真這樣喊時她也不在場，迎娶「姐姐」牌位那日她沒跟來，所有人都要她迴避。

晚餐早就準備好了，卻一道魚兩樣菜在等著還不夠，「媽嬤」又進廚房炒一點什麼出來。用洗得很乾淨的抹布擦拭過，大概，分明老舊的木餐桌滿是刮痕卻沒有一點點油漬。油漬都在牆上，這裡那裡的沾著，有些看來就像指紋，日光燈一照想躲都躲不掉。冰箱也舊的，馬達聲嗡嗡嗡隨時會死一樣。

還是先吃飯吧，那麼多事明天再想吧，留給夫的字條也交待了，去同學家住幾天而已用不著擔心。

但其實哪裡有什麼同學家可以讓她去住幾天，只是不要一個人去陌生的地方晃，不要突然就沒有所依，因為這樣才給「姐姐」的母親打了電話說會來住上的。從來也沒見過的「姐姐」母親電話那頭聽來對自己好多歉意，可是奇怪分明是我要去打擾對方。

被來裝冷氣的工人吵醒，幾個九點鐘不到就一身汗臭的男人進進出出。「媽嬤」又在說抱歉的話，而根本她才不好意思，你看為了自己「媽嬤」還特地讓人來裝冷氣。

頭昏昏的她往角落站看人家怎麼裝冷氣。前一天的內容記不大札實，只知道自己很累，水始終有個味道，「媽嬤」的菜很好吃，以及客廳有本像日記一樣的書。

那麼厚一本擱在茶几底下遠看還以為是書，夜裡渴醒了她往客廳找水喝，咕嚕咕嚕喉嚨發出聲整個人真醒來後注意到有這樣一本書，索性拿起來翻，一頁都還沒讀完老狗就跑到腳邊來瞎開心。

看樣子還要一段時間才寫得滿，三分之二的紙張依然空白，但完全清楚自己在做什麼的筆調，不曉得誰的筆跡？讀來還是個少女，並且只是學生而已。或許是「媽嬤」哪個親戚家的孩子忘了帶走。整本日記頁緣髒髒的，經常被拿起來翻的樣子，罩著封面封底的塑膠書套也佈滿刮痕，老早舊黃了。

1987. 3. 21

或者是刻意的，廁所鏡子上那一點一點牙膏水漬的噴濺痕跡，阿母不曉得要把它們擦乾淨，任它們長年待在那裡。有任何一點是阿爸留下來的嗎？

但每天早上臉都糊的挺讓人心煩，總要離開廁所了一切才清朗起來。巧兒家鏡子就好乾淨，框鑲著古銅金屬的，還沒接近去照就曉得自己會很漂亮。

1987. 5. 16

不明白導師究竟要我明白什麼，乏味的傢伙連一個笑話也說不好，要不是我們接受你，你還能夠往哪裡去？要不是我們接受你，你會願意站在那裡受驚嚇？總是什麼也沒做才上台自己就先一陣緊張，憑你也配對我有期待？

1987. 7. 27

整個下午阿母待在廚房裡，呆瞪著灶爐卻沒有什麼正在上頭煮。到底紙錢要何年何月才燒得完呢？

不明白最後那句話是什麼意思，但昨夜就是讀到這兒又躺回去睡了。老黃狗整夜窩在腳邊讓她很安心。幸好有這條狗，昨晚睡前和「媽嬤」不知道說什麼好時還能拿狗的事情出來聊。

「養多久了？」

「十幾年囉！」

「公的母的？」

「母的啦，若有生攏分給厝邊隔壁，妳姐仔還會生氣，若是要自己養養不完啦。」

原來是「姐姐」的狗，摸了摸狗耳朵她往角落立去又讀起那本舊日記。「媽嬤」則廚房客廳地整上午穿梭，前一眼還守在爐火前看顧一鍋什麼，下一眼茶水就端了出來給那些裝機師傅喝，拿工人當客人。

1987. 9. 23

新來的數學老師多麼奇妙整個人有如一列函數，像參考書上說的，是俱有創造性直覺的那少數人，拿再多題目來為難她也沒有用，你看七、八個式子前她便瞧出了什麼悉窣正在後頭等待。

我就是要成為這樣的女生！

她和先前見一個兵才要殺一個卒的李老師多麼不同，老傢伙總被自己一開始寫的式子給困住，兜老半天兜不出個鬼來，自己為難自己。時不時就要說同學們我們來看看當 $x = \cdots\cdots$ 時，代進去會對應到如何的 y？

我看八成是他不一個式子一個式子地算完，自己也不曉得答案！退休去好。

我要成為怎樣的女生？年輕女人思索起來，不是沒有想過這件事，但鬆懈下來果然就把這問題不再當成一回事了。

結婚後多麼放鬆，像給人家嗅出端倪、解了佈弄的一枚黑白棋，棋局打烊前只被要求保持最後一點機靈，無需要衝無需要斷，打殺攻檔再不必由她領隊了，再不用她吃前吃後，也不讓忙著圍地，也不神氣了（註解一）。

是的她不神氣了，夫霸著她配偶欄後她就不神氣了，剩下的只是提防，卻警報器不必然響，雖依舊得有所準備，但只管人家闖進來再應。

她發現自己果然忘了再好好去想到底要成為什麼樣的女生時，她卻也不緊張。你看，所有人同一個德性，男的女的上了年紀只曉得將如何再減點肚皮肉這種事往心裡頭擱，誰還成天想著要成為怎樣的男生女生？闔上日記本她蹲下來逗「姐姐」的狗。

工人都走了客廳早涼了，「媽嬤」在做午飯，狗在陪自己站著看「媽嬤」做飯的身影，其實是不好意思在客廳坐下來等著吃閒飯。

在被讀到的姿勢裏，在窗櫺光影間或頓或移的「媽嬤」多像她想像中的媽媽，想著盡快操辦些吃食來補償自己胃腸的委曲，而原生的母親是多麼不理想。

她看著「媽嬤」才沾上雞皮那油膩的手就要伸長去捏拿一點鹽。**這樣按壓著魚手會有味道吧？**她想，**唉呀魚鱗都噴濺到牆上了。魚的腥味留在指頭上沒關係嗎？唉呀我可不敢這樣剁雞頭。**

從來沒見過自己母親當一回事地料理什麼，經常只是下麵下水餃，買各式現成飯回來。**這會**

註解一：衝、斷、攻擋、吃前、吃後、圍地等皆為圍棋術語。

兒「媽嬤」刀柄子用力拍成碎塊的又是什麼？莖葉還沾帶著水，這樣下鍋不是會叫熱油爆滋爆滋花漸開來？看吧果然，但應該會很好吃，到底是什麼菜？

滷了一上午的蹄膀肉，藍花紋舊盤子盛著，老姿態地給端了上來，盡是些煎魚爆蒜的家常菜。她餓了，聞著好香。

「媽嬤」好不容易才從上午的廚房坐回正午的客廳。

「無咱中午在客廳吃啦，這冷氣確實有涼，在這吃較快活。」「媽嬤」說。

看著她吃，「媽嬤」自己卻沒怎麼動筷子，左邊那一盤菠菜首先沒有了的時候，「媽嬤」特別高興，不曉得為什麼。

飯後背對著她，在洗碗槽前開始刷洗碗筷的「媽嬤」突然說，一會兒太陽小了，要去給「姐姐」送飯。

一側肩頭倚著牆，她坐在有枝腳始終不穩定的板凳上，一邊的臉亮起來一會兒又暗下去，身後污白的牆面也這樣時晦時亮的，直到最後一抹刺眼的光束走退，老牆發光的欲念徹底地瘦下去後，這廚房太陽還曬得進來時形成的各個小小慾望也跟著都瘦下去了，越來越胖的只是夕照的熱氣。

「冷氣該裝在這裡的。」她看著「媽嬤」的背影說。

「不要緊啦我不怕熱。我攏無在用冷氣，叫我用我還不慣習。」

想著這廚房沒有一口窗開在西方，看著錶才三點一切就這麼暗。想嘆的那口氣直擱在肺裏遲遲沒有出來，她說一起吧，我也一起去，鬥陣去給姐仔送飯。

你看轉過來的「媽嬤」臉多麼驚訝，明明白白的高興和感激。

污白老牆上打舊時代就掛上去的油畫，說不定年紀比姐姐大。

「這畫掛在這咁無十年？」

「無啦，無遐爾仔久啦，看有七、八年不。」「媽嬤」聲音聽來也高興的。整屋子那麼多事物可以讓考古，一個有一個的話題。

1987. 10. 7

為什麼每日每日同樣的菜？

1987. 10. 28

紗窗從框架開始洩露一點老態，最近總放些蟑蟻蜘蛛進來，受不了一屋子的老東西。

1987. 11. 21

又這樣，沾帶一身便當味道來給我送飯，聞起來賢慧卻油腥，趕著出門手來不及用肥皂洗過似的，還油的，沾的塑膠袋到處都是，什麼都還沒吃進嘴裡我手就泛油了。我得邊吃飯邊讀課本的，卻說一百遍也沒有用。

巧兒媽媽今天給巧兒買來雞腿便當，就算不是親手準備的又怎麼樣，看著多乾淨多好吃。中午沒把飯給吃完，我故意的。

發現姐姐居然一半在一株櫻花樹下並且旁邊就有個渠，她整個人跟著神清氣爽起來，感覺沒有什麼人被折磨著，脫口而出說多好啊有株櫻花。「媽嬤」手一邊往塑膠袋裡頭探一邊說這櫻花長年不開，雖然珊珊其實不怕曬但有點庇蔭也不壞。就怕櫻花樹根日後肥大了黑白鑽，哪一天走根要壞了珊珊好睡，「媽嬤」說早晚要砍伐掉，我死之前一定要將它的根骨挖透透，就是遲早麻煩才會這塊地便宜，有錢的無可能想要躺這。「媽嬤」說。

就像「媽嬤」妳離世之前一定要幫珊珊找個依歸，是這樣嗎？

「媽嬤」說著指尖輕划開水面沾些水上來洗洗手，落日底下那裡波動粼粼，空氣粉粉霧霧一派春天回暖，卻其實要入秋了。

她想著是嗎？姐姐不怕曬？不像自己光是在月台上稍微等待忍不住就要打起傘來。也想著可惜了這株櫻花，你看它枝幹多美雖然它不怎麼結果開花。「媽嬤」沒再說話只是看著水光……那麼安靜……她閉上眼睛，感覺耳朵裡好像走進了「主」，「主」說風的聲音先過來吧，「主」又說蟬呢？肚子再使點氣力吧。「水，繼續往前流動下去，記住流速切莫太快」……

聲音這邊一點那邊一些逐漸匯成一氣，但你聽依然那麼安靜。都快要睡著了。

她在樹蔭裡整個人暗暗的，眼睛依然閉著她在腦子裡問道：「那麼我呢？那麼『主』你要我做什麼呢？」

每一次隨母親坐在教堂，她就強迫自己試著領會什麼。**可是主，為什麼我沒辦法像母親一樣接受你的帶領？**闔上的雙眼只是在等待聖樂傳進耳裡，而不是因為心有所領略。

可是主，若沒有這些聖樂我其實根本感受不到你。親愛的主，即使我滿腦子想著要背離你，你還是沒有條件的愛我嗎？還是我得留下來信你你才會愛我？

卻經常聖樂從四面八方終於奏上來的時候，她想著父親而不是主。**為什麼父親從來不進教堂？兩個人怎麼可以一個期待上天堂一個無所謂入地獄還可以一起教養她？**

母親好得意說大家看哪這孩子多虔敬！聽福音還知道要閉上眼睛！

1987. 12. 7

我可不可以離開了但是阿母依然愛我不恨我？

1988. 1. 10

我不會留下來。

並不總想著將來我會做什麼，反而想的是將來我會在什麼地方。台北好像很不錯，但熱起來似乎比高雄還折騰人，總之不是這老三合院。

出門前還讀了好幾頁，年輕女人才闔上日記，想起多年前父親在三峽一個三合院辦的不曉得第幾次的銅雕展，她代替沒興趣的母親去看，感覺三合院曬穀場老得原汁原味。半人半獸的孩子狀銅雕這裡那裡地從地面冒出來其實和三合院挺不協調。每一個主題同質性那麼高，這個說雕的是生命那個是時間飛逝。有什麼不一樣？她知道父親雕的對象通通都是她。這麼多年下來，感覺自己被父親只是當成一個題材愛著。明白母親為什麼不想來。

奇怪他怎麼對母親對我沒有話說卻對破銅爛鐵有那麼多情緒？

連談到也許會退婚的事，父親也果然沒有反對，只一徑點頭而已。當然也可能是內心又酌磨起什麼雕塑題材了。

「這怎麼成？這是『主』給她的試煉！遇上難處就要退步，要不叫她乾脆也學你去雕銅？大家一塊兒等著餓肚子？」父親沉默下去。

母親說要有夫。跟隨上帝的女人都要有夫。

櫻花樹下眼睛還閉著真快要睡著了，就這樣睡著的話，「媽嬤」會喚醒我呢或任由我睡一會兒？

1988.2.8

阿母蹲回事發現場尋撿父親被車給撞碎的身體那一天，為什麼不喚醒我去幫忙？

這一點沾血的皮肉是腿肚，那一塊帶硬皮的是腳趾。日記主人寫著想到阿母居然這樣也可以忍著不離開，就叫她快要原地裂開來。

1988. 2. 15

其實我記得金爐旁阿母的臉紅通通的，眼睛腫的淚卻熱乾了。我的眼淚是因為我知道所有人都認為我應該掉淚。我早就不是小孩子了。

你為什麼不走為什麼不離開為什麼要留下來我討厭妳為了我留下來

一口氣寫完的最後那個句子整句沒有標點、沒有停頓、沒有收尾。

聽見「媽嬤」在喚自己，眼睛睜開來還沒有準備好，「姐姐」的照片卻映進眼底。「媽嬤」姐姐果然同一張臉，證嚴大師臉上借來的笑。意識到哪裡不妥當，她隨即將視線往旁邊調一點去，粉撲撲一隻鬼大的蛾又迎在那裡嚇自己一跳，她噗哧笑出來說原來我更害怕的其實是這些。

家裡「姐姐」牌位上一直只有名字沒照片，卻感覺就是有雙眼睛張在那兒，打牌位走過時那雙眼好似直勾勾就要看自己一眼。給「姐姐」供餐都幾個月了，接近牌位她卻每次自發性放大瞳孔模糊掉「姐姐」的名，下個月牌位都要撤走了進夫家祠堂去，她還不曉得上頭除「姐姐」名字

外另刻了哪些瑣碎，只知道「姐姐」冠了她夫的姓，自己卻沒有。

1988. 11. 23

阿澤經常把椅子反個方向講些無聊事給後座同學聽。

「你不錯喔，伯母很會做菜！」若是吃飯時間阿澤看著後座同學便當會說上這麼一句，半開玩笑的口氣所有人都聽得到的音量。這學期換過三次位置，三個同學被阿澤誇講過媽媽很會做菜。

我留意過阿澤的便當，菜色毫無疑問該是班上最漂亮的。聽說家裡請了幫傭，或者不是媽媽準備的？

1989. 4. 18

等到換成我坐在阿澤後頭，下學期都過一半了。阿澤說的依然是那句，「妳不錯喔，伯母很會做菜！」明明聽過好多次了，卻還是感覺新鮮。

「伯母？什麼伯母？」我故意回問阿澤。

「在說妳媽啦。」他一臉的笑。

夏天的便當阿母老要放一片生薑，用陳年梅的湯汁醃的，嚐一小口酸酸甜甜，雖然這麼說但其實總吃不太出來，就是薑的味道罷。

她的心思還沒有從不知為什麼突然想到的日記上的某一段回神，「媽嬤」突然徒手就拍走那隻蛾。

「鄉下所在就是蟲多啦，妳較晚想要吃啥?」媽嬤笑著問。

從櫻花樹這枝手那枝手中間探出來的光，被幾片葉子篩成一點一點落在自己手上就像斑。她突然想著老了也就這樣罷其實有什麼呢！

「晚餐嗎?不需要特意為我做什麼吧，什麼菜準備上來我就吃什麼吧，對了姐姐以前愛吃些什麼呢?」

「她什麼攏不愛吃，好的攏愛挾給別人吃，薑母、豆乾什麼她攏碼挾給別人去配。」媽嬤說。

1989. 5. 25

「今天有醃生薑嗎?疑，有耶。」

便當蓋剛掀開阿澤就把生薑挾走了。

其實我早不坐阿澤後面了，前天重新換了位置。

你是喜歡吃我的便當還是喜歡我呢?可是你好像也吃別人便當裡的海帶豆芽。唉。

1989. 6. 5

出門前對阿母說中午幫我多帶一點生薑。

「生薑嗎?」

「對，因為天氣太熱了。」

中午阿澤果然眼睛看著我接著就向我跑來。很乾脆地說：「我要吃生薑」。筷子已經在空中等待，我故意慢吞吞地打開便當，並且裝出不耐煩的樣子。

覺得他把生薑吃進肚子裏的時候，好像連我也一塊兒給吞進胃裡去了，我就在阿澤的胃裡上整下午的課，太陽都要下山了才曉得要從阿澤的胃裡爬出來騎車回家。

原來是姐姐。

「姐姐」說阿澤曾經和她交換過一個蛋吃，「姐姐」的是極普通的醬油煎蛋，日記裡還埋怨「媽嬤」關於蛋沒有別的變化。阿澤那邊則是水煮蛋切片，不曉得用什麼切的，「姐姐」說每片厚薄那麼一致那麼平均漂亮，還用沒吃過的湯匙舀了兩匙酸辣醬給她。

「吃過越南菜嗎？」阿澤問。

「沒有。」姐姐說。

「那麼試試吧。」

1989 6. 13.

其實我討厭的是過了下午以後漸漸暗下來的廚房。

「看起來等不及這香燒完咱就要走，不過無要緊，這些銀紙燒燒噎就好，錢有收到較重要，這陣時間一時仔天就黑了，我將草拔拔矆咱就好來走。」媽嬤突然說。

正打算從櫻花樹下起來，因為一道水面反射過來的光，眼睛忍不住又閉上，眉頭都皺了。「眼睛怎麼了？」媽嬤問。手都還沒有伸上來壓壓眼皮呢，「媽嬤」卻這麼快就注意到了。

其實更常待在父親的注視底下，但她知道自己是被觀察而不是被關心。**他其實是希望我跌跤的吧**，每一個跌跤的關鍵點上，他其實需要的是自己的一個失敗姿態，但也就要她一個姿態而不是要心態。

他沒有才華。你看天都亮了他還在等待靈感上來，耐著性子也沒有用。**你可不可以跟媽媽交換，我想媽媽留在家裡煮菜。**

水面泛起一波波鱗一樣的亮點，渠邊石子摸起來還暖濕的，吹過來的風卻已經涼了並漫著葉子香。「媽嬤」教她拔墓上的草，長過密的地方可以連根拔，稀落處扳掉些葉子就是可別連根除，土才養得實。她學「媽嬤」把幾張墓紙按進土裡。「媽嬤」說等草發茂了才來整理更累，所以不時就來給珊珊掃墓。

「走走矆當作運動。」媽嬤說。

「我看下個月就會起冷囉。」媽嬤又說。

「應該是吧。」

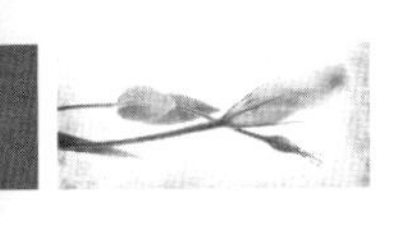

等到天氣真起冷，卻是父親在幫她添外衣戴手套。母親總睡過頭，整屋子惱怒地吼著。「快點，幫我一下，幫我把妹妹的圍巾找出來。奇怪我明明放在這裡的。妹妹的帽子呢？」白色的羊毛外套是母親最愛她穿的，母親總說這樣穿才有好人家女孩樣。父親幫她穿時會一顆顆釦子按步就班地對位。還是沒有話對她說，但全部釦子釦好後會拉攏拉攏她領子，母親總急從來不這樣做，釦子釦上了轉身就要去取車鑰匙趕上班趕出門。

和「媽嬤」一路說姐姐的事一路慢慢走回姐姐家，莫名地一直找得到話可以說。經常週末一下午她和夫沒有話說只一起盯著電視，總是一個句子被想起來，配上聲音以前它便溜開了去。感覺自己婚配給了電視但或者夫才婚配給了電視，你看他要它那麼多要自己那麼少。

你聽見我了嗎？剛才自己好像說了什麼，但如果你沒聽見的話我便其實什麼也沒有說。

而就算兩個人一塊兒去了哪裡，總是回家路上往同一個目的地前進卻其實各走各的路，車子裡沒有話說電梯裡也沒有話說，只兩把鑰匙各自在口袋裡準備好了，誰先接近門誰開鎖。不曉得什麼時候開始變成這樣的，但她知道跟「姐姐」沒有關係，婚前一起看完一場電影出來，自己拿劇情牽強的部份出來提，對方搭上來的腔有一搭沒一搭的，那時就曉得往後一切要走下坡了。

1989. 9. 7.

「今天也要多帶生薑嗎？」臨出門前阿母問著，發現我沒辦法自己做決定。阿澤昨天請病假，三塊生薑我自己吞掉但其實我不喜歡。

1989.10. 19

原來阿澤沒有重複要過同一人便當裡的海帶豆芽，只針對我，巧兒說的，還把我拉到一邊去，神秘兮兮地說有件事一定要告訴妳。

1989.11. 7

我喜歡和阿澤一前一後騎車上學。風涼涼的眼見太陽就要大起來，接下來一整天都會很熱的樣子。

「喂！陳珊珊！」阿澤從我身邊飛快騎過去時總大聲喊我。

奇怪地對方那樣一喊，我每次總是突然感覺我們好像真的很年輕。

姐姐說是她故意放慢車速讓阿澤跟上去的。

想知道一直來吃姐姐薑的阿澤長什麼模樣。而自己最近一次感覺到愛卻是夫和姐姐結婚那天。

姐姐牌位供上神桌後，夫整晚上那吃喜酒卻惹來一身穢氣的表情讓她很安心。夫不信神但是他怕鬼，**有姐姐在背後盯著，這輩子恐怕夫只敢愛我了，她想。**但那夜跟夫卻沒有做，神定的規矩，說大喜之日夫必需整夜是姐姐的。

跟一套衣服一副碗筷一個酒杯能有什麼戲唱？

什麼都確定了，往後只要在意自己。

1989. 12. 24

不是我非得要離開這些，離開這裏到什麼地方去受傷、去感受，只是我這以外什麼樣

顏色淡淺了，到這裡墨水就寫乾了，逗號還來不及點，用力也沒有用，只是乾巴巴的字痕。

銷得極細的鉛筆換了上來接著寫：

的人生都想過。

阿澤，聖誕快樂！

日記翻到這裡，她想到自己其實最討厭聖誕節，她恐懼細閱聖誕夜的母親的腦，一群教友裡，時髦光鮮的裝扮底下從來擱個受字而其實沒有什麼上帝。若不是有那麼多要懺悔要感謝，母親還可以怎麼老？你看父親那樣安靜整個人就彷彿一尊銅，母親擊過去的球也不曉得要來接。

連自己試著提：「爸爸帶我去買只箏好嗎？」卻句子說了兩三次一再被空氣吸走。「爸爸你

聽見我話了嗎?」而父親只是敲打著。怎麼大聲都不管用。

退不退婚都無關緊要,自己其實是拿這件事當作一家三口餐桌上談話的材料。否則還能夠談什麼?總是三個人聚在一起就不知道說什麼好。作為一個話題,你看「上帝」是多好用的材料。但聽來多可笑,夫被成為鬼的姐姐吃定了,母親還要說這是上帝的旨意。

……………………………………

果然下過雨了。

醒來時感覺天陰陰的,一輛摩托車駛過的聲音聽來像輪胎底下有什麼準備起事一樣涮地一聲過去,且房裡明明沒冷氣空氣卻涼了,還躺在床上的她懶懶的不大想起來,只想著:**是不是下雨了?**

下跟停都不曉得什麼時候。她起來,開門往曬著梅乾菜的廣場走,本來規矩攀附在紗窗上的蒼蠅蚊蟻一時間全放進來了。

「媽嬤」又在做菜,正大力切著什麼。若不一個勁地洗菜、切菜、上些菜來,你說她要怎麼老?

「留下來吧,除這廚房哪裡也不要去。」想著神的語言好像被「媽嬤」理解成這麼一句。也想起來這幾天同一個捕蚊燈「媽嬤」提來移去的,下午若沒雨,飯後她打算去鎮上多提幾盞捕蚊燈回來。

1990. 3. 23
沒那麼想離開了，說不定我會留下來。

1990. 7. 27
為什麼還沒有來問我打算唸哪一所學校？得去問他才行沒有時間了。

好一陣子固定用同一枝鉛筆寫的樣子，前一頁姐姐還瘦的，斷斷續續寫完一頁春天姐姐就矮胖了，卻鈍的筆繼續寫著二十七號的事並且奇怪地那天字多麼亂，兩個句子也不依水平的分行線，失衡地隨意寫在紙頁上頭，一句左上角寫往右下角方向，另一句左下角寫往右上角方向。比平常的字都要大。

媽嬤說「姐姐」是去找同學問選校的事，路上給車撞死了。

想著姐姐是要去說愛，她就無法感覺姐姐是鬼，反而想像十八歲姐姐整屋子活動著，近得就在她寫出來的字裡。

又一輛摩托車過去嘩啦地揚長聲，雨洗過的地面還焦亮的。想到走出去就是姐姐地盤的街仔，想到姐姐總是沒有專心在書上，不時就要停下來東寫一點西撇一些，心情奇怪地寬鬆起來，同時感覺陽光正從灰色雲層後方試圖穿透過來，看樣子下午不會接著下雨。

搭在她肩上那不安之手鬆開了。**回家吧**。安定下來才好感受局勢寬廣，橫豎就沒想過要神氣的，那麼回家吧。

本來就沒什麼好收拾的行李三兩下就整理完畢，反而是收拾姐姐的房間花了一點時間，她一身簡便上街，目標是買幾盞捕蚊燈，沿路吹拂過來的風帶著腥味，令她意識到原來這小鎮離海岸不遠。想到海，心情不免又輕鬆了一些，一輛摩托車駛過她身邊，令腥熱的風更是一陣烏煙，她的心情卻不受影響。

啊，這一趟，有一點點像在旅行呢！

買來的補蚊燈叮囑過「媽嬤」該放在哪些地方。說姐姐敬杯裡的水恐怕要乾了得趕快回家才行。

火車站裡，其實更想說的是：「謝謝妳受了珊珊！」，卻切好的芭樂才剛以微泛著腥味的塑膠袋裝著交給了「妹妹」，眼淚豎地就這樣流下來的慧嫂最後說出口的是一句：「愛閣來啊。妳愛閣來喔！」

大家都注視著，神把自己縮得小小小的和常人一樣大小後，沉默地也立在其中，額上那一圈暈亮亮的東西沒想像中刺眼，或許那不是慧嫂的神而是「妹妹」的上帝，上帝同樣也有頂荊棘做

的冠冕。

這幾天一直以為「媽嬤」的姿態不老，然而此刻，妹妹看「媽嬤」低下頭用肩膀布抹淚時，瞧出「媽嬤」清楚可見的頭皮上髮絲都已白疏了。

眼淚反而掉不下來。感覺自己會不斷再回來。感覺她其實是從這裡出發而不是要離開。感覺她是前往而不是要回去。

火車停過一個月台又一個月台，她的腦子忙地沒有片刻靠站，想著進了城後要去買一個和「媽嬤」一樣的老式厚陶燉鍋，想著排骨下油鍋前是裹麵包粉好呢？或者像「媽嬤」一樣敲鬆了筋直接炸它就是，想著夫定連日讓姐姐吃同一個便當，今晚一定要備幾樣好菜可是她根本不會做菜。

火車依著軌道前進聲中她安定下來，哪裡也不打算去。玻璃窗上自己的側臉，她看著感覺時間過去了自己卻其實沒有老多少，感覺這些、那些原來都不怎麼困擾她，都不怎麼需要叫她忍耐於是她老不掉，憔悴不掉。

其實不是我一直還不定要去的路，其實是我自己什麼地方都不想要去，其實是我自己壓根沒打算要離開。

那麼姐姐，那麼姐姐妳愛我嗎？只要妳愛我，我就也留下來愛妳。留在這軌道安於這兩端，

除這以外哪裡也不要去和去淌。

視線裡，火車窗戶外千千萬萬個上了鎖的櫃子一再闖進來一再走退開，空氣裡，這裡那裡像同一個生產線出來的月台便當味道，那麼香那麼家常。

想著如果一座積木山到頭來遲早要倒，那不如一開始就不要堆的好。她被自己的內在召喚，那聲音對她說：「留下來吧！反正其它畫布也不會認得妳，而眼前這些事卻恰巧足夠妳忙一輩子，留下來吧，哪裡也不要去。」

就水煮蛋切成薄片吧！今晚端上姐姐供桌的菜。

那麼姐姐，那麼妳聽見我了嗎？

冷

「如果往後我們分開了，你一定會變成非常、非常怕冷的人吧。」凱西說。

「為什麼呢？」

「因為我很溫暖啊！」

我和凱西交往的那一年，像這樣「假使哪一天我們不在一起了，你一定會變成什麼樣子吧！」的句子，經常從我和她的對話裡的各處，無預警地突然間就冒了出來，而當時在聊的根本都是和會不會繼續交往下去完全無關的事。

「中午吃什麼好呢？」凱西問。

「牛肉餃怎麼樣？」

「不知道耶。」凱西說。

「臘腸Pizza？波多路上新開的那間妳想去試試嗎？」

「不知道耶。」

「中國菜呢？」

「嗯…我也不知道耶。」

「問什麼妳都說不知道，那等妳想到什麼我們再出門好了，反正我也還不餓。」我說。

凱西跟我一起繼續看著電視，但我只是眼睛望著電視的方向其實並沒有在看，因為每當凱西一直說不知道、不知道的時候，我就會對她突然產生一種說是討厭也可以的感覺。

凱西曲起膝蓋手環在自己的小腿上，如果是穿著迷你短褲，一定會曝光的那種坐法。而每當她這樣坐在我們的沙發上時，我的腦子卻又會湧現一股我應該可以跟她在一起一輩子吧！的錯覺，成為家人，永遠擠在一個小屋子裡應該也沒有問題吧！類似這樣的想法。

而凱西則繼續無聊地轉著遙控器。似乎也沒有分神去想吃什麼才好的事。

「那你又想吃什麼？」凱西突然問。

「我啊，我什麼都好啊！」

「什麼嘛，這跟不知道哪裡不一樣？」

「當然不一樣啊，什麼都想吃跟什麼都不特別想吃完全是兩回事啊！」

「所以你現在什麼都想吃？」

「不是現在，但等到我餓的時候我一定什麼都想吃！」

「你怎麼知道？」

「因為我一直都是這樣啊。」

「那為什麼不你決定就好呢，反正你什麼都想吃啊！」凱西問。

「就是因為我什麼都想吃，所以如果妳這一餐特別想吃什麼的話，那自然就去吃那樣東西，因為我吃什麼都可以啊！」

「我也是吃什麼都可以啊！」

「妳不是！」

「我是啊！」

「明明就不是啊！」

「那我是什麼？」

「妳是除了花生和毛豆之外的食物什麼都不想吃，所以吃什麼都不好！」最後我有些不高興地說。

凱西剛和我交往的時候，冰箱裡老是只有滷花生和毛豆，不是因為她愛吃，而是因為她養的那隻怪倉鼠愛吃，凱西每回去滷味攤總是一買就買兩大袋，弄得冰箱打開永遠是胡椒的味道，也搞得我們一直在吃倉鼠吃不完的花生和毛豆。

我一直忍到真是受夠了才拜託她開始在三餐上花點心思。人怎麼能整個星期晚餐就只吃那兩樣東西？偏偏凱西就是可以！

凱西沉思了半晌，不知道是不是也不高興了，但還是一臉無所謂的樣子。

「我想啊⋯如果以後我們分開了，你一定會變成一個一直在吃同一種東西的人吧！」

又來了！就是像這樣，這句「如果以後…，你一定會…」突然在這一刻再次沒來由地冒了出來。

「什麼？」我說。

「因為你說你是吃什麼都好而我是吃什麼都不好啊，沒有我幫你做決定的話，你可能就一直去吃隔壁那家義大利麵店吧，反正你覺得義大利麵也很好啊，最後就會因為覺得下雨、下雪的日子出門很麻煩，大太陽的日子跑太遠又一身汗，結果一直在吃義大利麵吧！」

「妳幹嘛說我一定是什麼樣的人！」我有點不高興。

「是你先說我一定不是什麼樣的人的！」

「我有嗎？」

「你有啊！」

「什麼時候？」

「就剛才啊！」

「如果以後我們分開，你一定會變成一直在吃義大利麵的人吧！」

「會變成沒辦法回頭去聽流行歌曲的人吧！」

「會變成一打開書就想找人說話的人吧！」

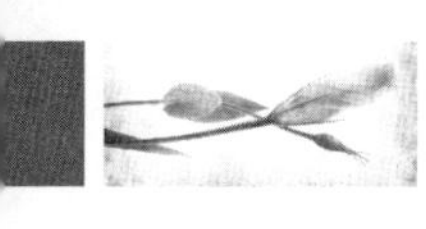

「會變成可以養狗的人吧！」
「會變成一直把別人的臉忘記，可是一到晚上又熱切想聯絡對方的人吧！」
「會變成非常散漫、指甲長了都不知道要剪的邋遢人吧！」
說得好像我們遲早會分開一樣。

而其實凱西自己才是做什麼事都意興闌珊的人，對很多事，不，根本是所有的事都不特別感興趣。她願意在大雨天特意冒雨出門去做的事，我記得的也就只有上市場買滷花生和毛豆了。我和她在一起一年多，還是不知道除了花生、毛豆她到底還特別喜歡什麼。但這兩樣東西在我眼中看來實在很沒意義。

「那你又特別喜歡什麼呢？」凱西問。
「什麼都喜歡啊，看電影、旅行、吃美食什麼都喜歡啊！」
「那就是沒有特別喜歡的！」凱西說。
「不要把我跟妳說成同一類的人！」
「誰不喜歡看電影、旅行、吃美食啊？」凱西說：「喜歡這三件事就等於沒有喜歡什麼『特別』的事。」
「誰說的。」我惱火起來：「妳啊！妳就不喜歡啊！」

「我喜歡啊！」

「妳明明就不喜歡啊！」

「你為什麼老是說我不是什麼樣的人呢！」

「因為妳就不是啊！」

「我就是啊！」

「明明就不是！」

****

因為慢慢累積起來的各種因素，我跟凱西只交往了一年多就各分東西了。

本來就是可以預期的事吧，在一起的時候就感覺，如果是我主動離開她，我這邊的朋友並不會特別心疼她，顛倒過來的情況也是如此，若是她決定要走，她那邊的朋友即使想到被甩的我，也不會特別心疼我，因為兩邊都不是出色的人哪。

我跟凱西都只是普通人，我覺得凱西不過是一般爾爾的女生時，清楚知道自己正也是一般爾爾的男生，交往沒有問題，但不繼續下去似乎也沒什麼遺憾，彼此都知道自己絕不會是對方這輩子所能遇見的最棒的人。

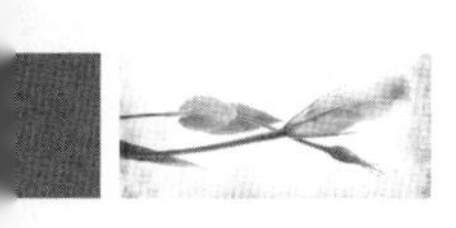

明明不是非在一起不可，卻因為相處上的各種磨和一再耗去時間，一開始為了了解對方花了一點時間，之後達成分手的共識更是耗了許多時間醞釀，總之細瑣的事情磨磨蹭蹭後，一年竟就這樣過去了。感覺相處的那一年我們真正交往的時間其實只有三個月，餘下的九個月都在準備分手。

現在我的指甲確實有點長了，但乍看其實也還好，就是大部分男生會選擇忽視、暫不去管的長度。不過我認為我的指甲或長或短跟凱西曾預告的那些話一點關係也沒有，而是因為我對於和特別在意這些細節的男生相處起來就是感覺不太愉快，自然沒有道理讓自己變成那樣的人。

同樣的，凱西曾經說過的，其他關於分開之後我會如何如何，那些無聊但想要反駁又無從著力的事，大致上都沒有發生，我還是我，還是認識凱西以前的我。

我發現因為和凱西交往而養成的習慣幾乎可以說是完全沒有。

這讓我起初有些訝異，彷彿凱西的獨特之處就在於，她幾乎沒有任何特殊的個人習慣——除了為她的倉鼠買花生、毛豆那一點之外。

然而我進一步細想，發現那應該是因為我這邊的關係，我是說，是我這個人就是不太容易被改變的緣故。因為和其他女人交往而養成的習慣，我幾乎可以說是完全沒有，我始終就是我，毫無改變。每一任女友離我而去後，我看著鏡子裡的自己從來不會嚇一跳。

只除了兩件事。

開始自己過日子之後，我真的變成一個非常、非常怕冷的人哩。

凱西並沒有高估自己，她確實是一個非常、非常溫暖的女人，倒不是說她特別體貼人，相反的，她是需要花一點時間才能讓人感覺熟悉的那種類型，無論認識多久，每次約會都好像昨天才認識，但她也不至於讓人感覺無法放鬆，我之所以喜歡凱西，就是因為她走路的樣子總帶著一股懶散的氣息，像對於準備要前往的地方她感覺不重要，但是對於剛剛離開的地方她同樣也覺得不重要，而她只是提起腳走在兩個不重要的地方之間，那自然沒什麼好趕的，但也沒理由慢慢拖，反正就走吧。所以，我說凱西是一個溫暖的女人可不是因為她這個人個性上給我的印象。

而是……凱西的身體真的非常非常溫暖，無論任何時候擁抱都感覺她像在發燒，以體溫來說未免太高了一些，每一次我擁抱棉被底下她光裸的手臂，都能驟然分辨她身體的溫熱和之前女友帶給我的溫暖感受，是完全不同的事。

過往的幾個女朋友會帶著各式各樣聞起來舒服的香味上床。聞著總是讓我的腦子感到一陣放鬆，放鬆之後，我的身體才跟著變暖了，而女友的身體，特別是她們的手指和腳掌，卻依然冰涼

涼的。

凱西的溫暖是穩定、安靜、沒有複雜香味的，是非常單純的體熱，她總是什麼也不摻的純粹在我身旁發熱，總讓我感到自己的身體好像正慢慢滑進熱池子裡、或是正抱著一隻胖呼呼的貓，我是光想到那些畫面，貓啦、整缸的熱水啦，就感覺我整個人熱起來了。

是完全不一樣的事。

那從凱西皮膚底下真實散發出來的東西，總讓我有一點被感動，無論我的手是正貼合著她的肚子還是胸口或脖子，手掌都會立刻覺得好溫暖好溫暖。

記憶中我所擁抱過的某些女人，冬天的時候，她們從棉被底下露出來，和空氣接觸到的肩膀總是冰涼的。但凱西就連露出棉被的肩頭都暖呼呼的。

經常她鑽上被窩，從我身後環抱著我時，好幾次都因為背後襲來的暖意使得我禁不住只想立刻悶頭大睡，而放棄流連她身體的念頭。

凱西把屬於她的東西全部搬空後的那天晚上，我就覺得實在冷得受不了，冰冷的氣息以既然搬進來那就好好表現吧的態勢，霸佔我房間的每一處。

怎麼會這麼冷呢？我躲在棉被裡也不是，坐在暖爐邊烤也不是，反正就是冷。

整整一個星期我看著窗外厚白的雪景，在已經開了暖器的房內哆嗦著身體，完全無法走出門坐公車去上課，好幾天都沒有離開房間，因為冷到根本離不開房間，直到餓到感覺要發昏了，才上樓向房東太太要她根本不吃但兒子總是一直拿來的乾果和乳酪填肚子。

從凱西離開後我就一直覺得好冷，以為只要挨過一段時間，寒冷的感覺就會變得不鮮明，結果並沒有，不知道問題是出在我的身體還是這間屋子，反正一直到現在，我不管站著或坐著都還是感到好冷好冷。

最後因為怕冷，我在無法離開相形之下還算暖的室內太久，這樣的情況下，整個冬天一直在吃凱西說的那間隔壁的義大利麵店。

番紅花義大利麵、青醬松子義大利麵、羅勒鮮蝦義大利麵、奶油培根義大利麵、白酒蛤蠣義大利麵、西班牙辣香腸義大利麵、蔬菜鮮菇雞肉義大利麵⋯

到了星期一又重新輪流一次，番紅花義大利麵、青醬松子義大利麵、羅勒鮮蝦義大利麵⋯⋯

好冷噢，凱西，真的好冷噢，凱西，真的好冷、好冷噢，凱西⋯

千千萬萬個你

我趁著面試新人的空檔注視了天空一陣，棉花般的雪色雲朵在頭上不遠處浮動，上帝一直無暇打理祂蒼蒼的捲髮，看來今天也是一樣啊。

上帝免費、純公益地忙成這副模樣，那麼在上帝底下做那一點點事的我又哪裡有資格把累這個字給喊出口呢？

某個就快要成形的抱怨念頭插隊似的浮上腦海，令腦子原本正在進行的回想工作一下子雜亂起來，我抗拒地闔上眼，**再不快寫會全部忘光的！**思索的腳從岔路上收回，再次踏上原來那條路。而闔上的雙眼此刻完全無礙右手繼續聽從意識的指揮，它正握筆飛快寫出我腦中詞句的最後幾個字。

一整天下來我面試太多新人─應該說新鬼─了，此刻**我認為**我的眼睛需要好好休息一陣，雖然雙眼壓根一點也不酸──再也不可能會有那一類的感覺了，但我就是無法抗拒每專注工作一陣子就該閉目養神一會兒的習慣。

明知道這樣不太好，明知道閉著眼睛寫字字會有一點亂，我依舊讓那幾個句子潦草地躺在紀錄紙上。

「出生在哪一個國家或成為什麼都好，但希望是雄性」、「…沒有」、「…」、「是好人」、

「蠻聰明的」、七分鐘。

而那指的是，剛剛從我面談室走出去的那個女鬼，她表示，來世投胎成為什麼都沒有關係，但希望至少是**公的**、活著的時候沒有令他人處於不利的處境過，但曾經有過此刻令自己說不出口的壞念頭、即使如此還是認為自己上輩子是個好人、並且是聰明的，而確認這些她整整花了七分鐘。

手結束動作的同時我也將眼睛睜開來，一邊檢視這些字的潦草程度一邊評估上帝看不懂的可能。我當然也知道寫得過於扼要了，但反正上帝了解我的意思就好，更何況，這些結語最好也就只讓上帝看懂，要是紀錄地太詳細，被哪個多事的鬼給一覽無遺了，不保證不會為我招來什麼麻煩。

以往我習慣在面談的過程一邊提問的同時，就一邊記錄下對方的答案，不會等到面談結束時才提筆，但自從前陣子有個鬼不滿我不夠詳細的結語看起來太草率，認為那絕對有礙他來世投胎到好人家的可能，於是當場**猙獰**地鬼吼鬼叫對我強烈抗議後，我就再也不願當著任何鬼的面，記錄下面談的結果了。

就是為了不讓他們看懂才寫出那麼短的短評，誰想到竟會因為**短**這個事實而構成新的問題，真是麻煩透了。

結果就是，往後我必須在對方一離開面談室，便立刻回溯我那不甚牢靠的記憶，揪出所有對話細節逐一回想。而這只是令我**應該不會痛**的頭老是感覺就要痛起來。

我的工作說來簡單得要命，說是面談或面試，問的東西其實千篇一律。

「**當世界只剩下你，沒有人攔著你，沒有人期望你會做什麼的時候，你想去那裡？想做什麼呢？**」這是我開口問的第一題。這問題不難，儘管常令對方一時弄不清楚這問的是來世呢？還是在問投胎前這幾日是否特別想去哪兒？想做什麼？

「是問來世還是問現在？」他們總是如此回問。

「都可以，都說說看！」我也總是這樣鼓勵對方，知道所有的鬼只有在第一題話才會多一點。

記得曾有一個鬼回答我，他要回去阻止孫子擲出聖筊，說他絕對不賣祖厝；另一個鬼則回答，想回去摸摸還守在醫院傻等著她的老狗，頭七前一定要為牠重新找個會好好照顧牠的好人家；當然也有一逕描述來世想投胎的環境條件的：**不要讓我投胎去太冷或太熱的國家喔，我膝蓋不太好，喔對了，有龍捲風的也不要，我跑不快**⋯各式奇奇怪怪的答案都有。

「孩童時期不追究的話，你曾陷他人於不利的處境嗎？」一改上一題的輕鬆，這是第二題。

奇怪的是第一題明明答案都還挺有變化的，問題到了這裡他們給我的回應卻不脫下列這幾種：

「…沒有」

「………沒有」

「……應該沒有」

「……應該……沒……有」

自然也有相反的回應。

「孩童時期不追究的話，你曾陷他人於不利的處境嗎？」

「…有」

「……有」

「……好像有」

「……好像……有」

「是從來沒有過那樣的念頭？或是有，但結果並未對對方不利？」這是第三題，而這問題的答案變化，相形之下還更簡單了，只有：

「…從來沒有」

以及「………」

連**沒有都沒有**，這兩種。

「**所以你是好人？**」上一題回答我從來沒有的鬼，將會被如此追問。

「**所以你不是好人？**」上一題什麼也沒回答的，則會被這麼問道。

奇怪的是面對這麼簡單的問題，我獲得的答案卻又開始一個比一個還要模稜兩可。有的鬼在上一題明明就回答我「從來沒有」，到了這問題卻又無法肯定自己是好人；而上一題默不作聲的鬼當中，卻有到了這裡仍聲稱自己是善良的，而且還為數不少。

這令我再三慶幸自己只需要記下對方給出的答案，而不需要進一步去探究、分析，否則我**應該不會**衰弱的腦神經八成每結束一個面談就欲振乏力。

「**你認為你聰明嗎？**」第五個問題。

連我都不曉得上帝問這個的用意，所以每當問題來到這兒，我都逼自己端出例行公事般的嘴臉回應對方的一臉錯愕，他們和我一樣都揣測不出上帝問這個是要做什麼。所以我最好表現得像

我是認真的，即使我本來就是。

這差事當了這麼久，男鬼女鬼五花八門的答案早已不會令我驚訝了，一定要挑一件事出來說的話嘛……就是大部分的鬼在被問到聰不聰明時幾乎都會回答我「算聰明！」是最奇怪的事，彷彿相形之下比較笨的人並不實際存在，這令我更是不解上帝何須問一個所有人的答案都差不多的問題來困擾自己，喔，不，也許困擾的只有我而已，因為有著全能智慧的上帝才不會被像這樣的小問題給絆住。

就算是那些少數在一開始回答自己沒有很聰明的人，也會在說著說著一陣子之後，開始補充說明自己其實也沒有那麼笨，令我更是搞不清楚那這樣你究竟是算笨還是聰明呢？然後我還得紀錄下對方回答這些問題前後所花費的時間，真是頭痛。

我對這份工作的焦慮其實就來自這裡，因為光是想到……

「從來沒有」、「不是好人」、「算聰明」、五分鐘。

「從來沒有」、「是好人」、「不算笨」、三分鐘。

在上帝眼中意涵就截然不同，我便會在對方一離座後自己不住戰戰兢兢起來，深怕任何對話細節被我忽略了，結果我完全曲解了對方的答案，我得確定自己記下的評語確實都來自對方的陳述。

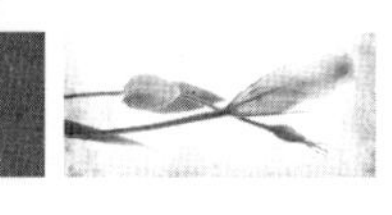

之前擔任我這個工作的人——自然也是鬼——她告訴我，其實一開始上帝交給她的問券，上頭的問題還要更簡單：

「你認為你是好人嗎？」

「你認為你正直嗎？」

「你認為你值得什麼樣的來世？」

誰知令她備感困擾地，幾乎全部的鬼都認為自己是好人，甚至包括沒死時顯然是小奸小惡的那些，即使是惡鬼也認為自己活得很委屈，活著時的一切壞作為都是被逼的。

然而當同樣的問題前輩臭臉猙獰地再問第二遍，得到的答案除了少數幾個絕對果斷的「是」之外，其他通通變成下述這樣：

「……」

還不管是哪一題！

彷彿他們突然意識到問他們問題的人極可能正是上帝的化身，對他們的所作所為心知肚明，而且這還有可能就是他們投胎前自白的最後機會了，於是乎通通閉嘴。

最後前輩不得不向上帝反應，將面談問題重新修正後，才終於得到沒那麼死氣沉沉的回覆了。

「要知道，當往生的人一句話都不講，就黑著眼眶靜悄悄地坐在你對面時，那場面真的很……」前輩面帶害怕地喃喃回憶，而我完全可以理解。

「但老實說『孩童時期不追究的話，你曾陷他人於不利的處境嗎？』不就是『你認為你是好人嗎？』這句話換個方式的問法嗎？怎麼同樣的問題不過多撇了幾個字上去，大家就覺得好像可以回答了。」前輩不解的口吻抱怨道。

說真的我也不曉得，可能這就有點像我還在世時每回師父問：「供桌上的米糕是誰吃掉的呀？」時，我都不想承認，不過要是師父心情還不錯時這麼問：「是誰怕慧智太胖，幫牠把米糕吃掉啦？」時，我都很想跳出來說是我、是我。

說到慧智，我突然有點想念牠，慧智是我們禪寺養的狗，雖然我一開始不是很能理解為什麼師父要給牠起一個這麼彆扭的名字，不過慧智、慧智的叫久了，我也逐漸不覺得怪了，還覺得慧智這名字挺適合牠的，因為我發現我們禪寺上下最聰明最有智慧、反應最快的還確實就是慧智沒錯，不管有吃的沒吃的一喚就來，不像我其他師兄弟，一發現差事上門就立刻耳背，好像連自己的名字都記不清楚似的。

不知道是不是因為此際我心裡突然浮現……那被供品養得圓肥胖胖的慧智，牠腳步輕快向我跑來的身影，現在我頭頂上那朵蓬鬆鬆的雲，形狀突然看來變得有些像狗，而且還越來越像。我跟著會心一笑，感覺像被雲猜中了心事。

我是有一點心事沒錯，因為上一個從面談室走出去的那個鬼，在我開口問他：「孩童時期不追究的話，你曾陷他人於不利的處境嗎？」後當場對我質疑：「不是應該由你們來判斷嗎？」他以一種這問題我怎麼問得出口的語氣質問我。

「因為你對自己的判斷將會協助我們作出更正確的判斷。」我一面回答他，一面慶幸前輩早已警告過我偶爾會有這樣意見很多的麻煩傢伙出現。

感覺對方本來還有一點高興，沒有被一項一項查證還在世時的一切作為，也許可以輕輕鬆鬆一直待在天堂的表情只維持半秒，立刻就露出**這樣的自由心證還真是有點麻煩**的氣餒的臉。

「沒有上帝監視器那一類的東西嗎？讓上帝能將一切都了然於心的那種東西？」麻煩的傢伙該回答的不回答、不該問的又一直問地繼續纏著我。而我只是笑笑，因為這其實也是我的疑惑。

沒有那一類的東西嗎？沒有能讓上帝清楚看見一個人還在世時他一切的作為，上帝之心或上帝之眼那一類的東西嗎？

說真的我也無從知曉，我當然也納悶神在這裡何以依然是謎般的存在，我只能這麼想，或許這就是祂最終想要顯示的個人特色吧。有時我聽見上帝似乎正在不遠處對某個人交代著什麼，我好奇走出去，總是連餘音都沒有趕上，那聲音每每成為我記憶裡的殘留聲響，令我懷疑也許是故意的，為的是成為來世祈禱時腦海中應允我的模糊聲音。那不是任何你在其他人身上能聽見的單一聲調，那是一種……不可能遭遇任何困難，並且能做出永恆承諾的聲音，令人愉快的聲音，旅行中的人獨有的愉快的聲調，沒有一絲胸有成竹在其中，令人聯想到夏日冰鎮的梅汁、春日初舞的落櫻，秋日的登高望遠，冬天熱氣騰騰的暖泉……享受這些事時你會很樂意帶上的朋友。

無論我循聲在雲朵構築而成的走廊間穿梭幾次，我從來沒有目睹過祂的神采。

總之我也不想為了這種小事就去打擾上帝，上帝服務那麼多人而且還免費，我哪裡能要求更多呢？

我只知道歸屬於我工作範圍的這看似自由心證的詰問，其實有烏雲和遠處的雷聲來協助我判斷對方的答案究竟有幾分真實。

有些人不坦誠、浮誇的個性連雲朵都不願意靠近他們，他們才走進我的面談室，四周的雲朵便一團團飄遠，令陽光立刻毫無遮蔽地灑滿他們全身，結果讓他們以為自己的好正在獲得上帝的背書，有些鬼甚至會當場激動落淚，以為自己接下來可以永久待在天堂啦，進而將我的無話可說

誤解為同意。而其實不過是烏雲在給我機會看清楚這些鬼內心的陰暗面。

當真正善良正直的人出現時，烏雲是會開心地全部朝那個鬼靠攏過去的，它們聚集的速度之快，甚至對方才坐下來，面談室四周便暗得彷彿要下起大雷雨一樣，也許接著還果然立刻雷聲大作、下起磅礡大雨來啦——只要那個鬼的正直夠絕對的話。

然而，值得雷聲的鬼終究少之又少，大部分的鬼具有的善良都只是一般——疲憊時正直正義的心也會跟著鬆懈的那種，烏雲雖依舊會聚向他們，但擾人的雷聲則不會接著發生。而我呢，我不知該不該就這事實暗自慶幸一番——絕對的好人畢竟不多這個事實，因為說實在的，我還真不太喜歡一邊問問題時得一邊被大雨淋得濕答答的感覺，搞得我一個好好的白領就那樣瞬間變成藍領，必須在麻煩的雨勢中完成面談的紀錄，還得擔心雨水會不會把我的字跡都打糊了，那要上帝如何能看清楚？

而我說擔心，是因為在雷雨中完成面談紀錄這畫面始終純粹來自我的想像，因為從我擔任這工作以來到目前為止，就算累的要死他的心依舊能夠包容別人的困厄的那一種人，一個都沒有出現過。

而我從這份擔心中還理解到另一個事實，那就是我顯然不是多正直的一個人，因為打從接下這工作後我總是莫名在擔心好人的出現，擔心某個好心鬼的出現會立刻讓我的工作變得有點棘手。

被帶來我面前的那些鬼，幾乎都是正直、正義和熱忱也會累的那一種，雖沒有想過要害人，但因為累起來最後就在馬路上併排停車，害某個機車騎士為了閃車結果撞歪鼻樑，或自己要搬東西就把電梯成天按住，害鄰居老人走逃生梯結果跌斷腿……等等，大致上都是這一種。

最壞的也是一些，覺得車窗搖下來丟一點點菸蒂沒關係，誰想到因此就一把火害死那麼剛好一壺水燒到忘記、二氧化碳多到滿出窗外的一家子人的那種。都不是一開始真有心要害人的。

真蓄意殺人放火的那些極惡鬼，我得告訴你們，那種鬼根本也不會被帶來我這裡，他們的去處不在我這兒，我無暇也無權，更懶得多問。

說到雷雨啊，我自己就是在雷雨中獲得了現在這一份工作，雖然我前面才說了，覺得自己根本不是多好的一個人，但總之就是，**唉……雲朵愛戴我**，天曉得為什麼。

只記得當時前輩和我的臉才被一大團烏雲遮得陰暗恐怖——因為我們都往生了的關係——雨滴就接著往我們身上落。一陣陰沉的我們當下看來很難不嚇壞對方，前輩被我的鬼臉嚇了一跳，我也被前輩的鬼樣嚇得一愣，以至於我第一時間沒看清楚原來前輩的臉並非被雨水打濕了，而是她根本喜極而泣，她問我的第一個問題我都沒來得及開口答上半句，她就有點激動地身體往椅背一靠，自顧自地說：「天哪我難道可以休息了嗎？」

她這麼一說頓時讓我有一種不太妙的感覺。而那不太妙的預感後來還果然成真，我的意思

是：木魚的！我每天都好累！

我猜我之所以被雲朵**誤以為**是好人應該是因為打從我一出生就被媽媽丟在禪寺門口的關係，因為那使得我的人生從半歲開始到十七歲我往生為止全部都耗在打坐上，半歲的我自然是什麼也不懂，但因為我被注意到異常喜愛坐著敲木魚，還一敲就敲上個老半天，師父就激動地認為我具有絕對的潛力成為一名出色的和尚，根本沒有誰真**設身處地**為我想過就直接幫我冠上一頂將渡人無數的大帽子。而那設身處地指的是：說真的，寺裡還有別的什麼可以敲著玩嗎？

木魚悶實的聲音作為我每一日的開始，每一日的結束，當木魚聲停頓下來的空檔，即使是適合聽師父念佛的冷然午後，我總是各種妄念亂紛紛地湧上，無法踏實，彷彿我確切需要它。

總之因為媽媽把我這麼一丟，讓我最後不但習慣是打坐、興趣是打坐、強項是打坐，十二歲以後因為開始示範給寒暑假來我們禪寺學打坐好穩定心性的小學生看，可以說我的職業也是打坐。最後莫名其妙就變成一個成天只曉得打坐和冥想的好人了。

雖然心裡經常閃過粗鄙的念頭：哪天我一定要脫去寺袍，去哪裡賺大錢，賺夠了錢後再四處去冒險，特別高的山嶽或尤其冷的極地那一類的地方，再拿那些到各地去探索的經驗當作跟女孩子們吹噓的素材，某個女孩會因此敬佩我，搞不好還為此喜歡上我……我總是每天定課（註解一）時一邊懺悔一邊繼續想著這些應該要懺悔的事。

可惜一天下來我必須盤腿坐著的時間實在是太長太久了，每天我在心裡模糊幻想的那些發達

註解一：定課是指每日在同一時間進行懺悔、發願、迴向這些基本修行功課。

的過程，別說執行了，到最後光是想個一百輪就想得我都累了。
死之前我哪座山都沒攀過，什麼女孩子的一個也不認識。
總之我就是在雨水淋得我一身濕、還因為生前是小和尚所以沒半點頭髮，被超大的雨滴打得我頭都痛了的情況下，真是不曉得該說什麼地拿到了我這輩子第一份堪稱正式的工作。
這份工作讓我隱隱感覺我的來世應該不會太糟才對，因為我猜投胎到來世前，我所做的一切工作都該還歸算到這輩子的表現才對，而反正不管是或不是，我確定也不會有誰開口反對我這樣的結論，因為就跟過去我打坐時一樣，我腦子裡的念頭一個也不會被我真的說出口。
獲得工作的那一刻我既不覺得受寵若驚也不特別感到緊張，可能是因為前輩激動的感嘆詞讓我當下受寵若驚不起來，我當時只有一個念頭：有工作做，那所謂的來世或地府什麼的都該暫時與我無關了吧！
所以即使我很確定自己絕不會去什麼地府，當下還是認為不需要拒絕，也根本不知道可不可以拒絕，不敢問可不可以拒絕。
很快就有一點後悔了，因為精神上實在是累斃了，而且根本就沒有薪水。
看著其他鬼涼啊涼地在大廳等投胎，我卻在這小房間一直重複問同樣簡單的問題，筆記同樣簡單的答案，哪裡都沒得去，說真的，有一點羨慕，也有一點落寞，總令我想起我還在世時看著

那些俗世之人攜家帶眷來我們寺裡拜拜的感覺。

前輩和我之間沒有所謂工作交接這一類的事，她比較像是突然就從人間⋯⋯應該說從鬼間蒸發！

前一刻她和我面談時，看起來完全沒有**等等就要離職走人**的感覺，只和我聊一點這工作也許會碰上哪些意見特別多的麻煩傢伙，但沒說幾句她就直喊她很累她要走了，我以為她說走了的意思就像我那些偷懶的師兄不想灑掃時隨口對我說的**禪定去了**那樣，是等等晚課就會見得到了。而離開前她向我投來的那一眼，也不感覺那一對望便是永別。誰想到她轉身離開後，竟走得超徹底、超斷然，一點商量、反悔的餘地都沒有留給我，逼得我只能憑直覺立刻開始這份莫名其妙的差事。

我鎮定地毫無道理，彷彿連我自己都意識到這是我一定會走上的路。

說是差事，其實要忙的也不太多，就是**聽**而已。感覺是一份誰來做都行的工作，而我幾乎是沒有心地在做這份工作，沒有心的意思是說，我對任何鬼都一視同仁，他們說什麼，我寫什麼，對方的措詞和態度都無法影響我，整個面談的過程我什麼多餘的問題都不會想要問。不是我刻意避免不讓自己涉入太多，而是不知怎麼的就是不會想要去過問陌生人的事。

我一直是這樣過日子的啊，變成鬼了之後當然還是只會想著自己的事。

雖已經盡量公事公辦了，聽了一整天的話下來，我的腦門往往還是累得要死。

過往我打坐時經常暗自幻想在經文之外，還有柔和的女聲出現在我耳邊喃喃輕語些日常的對話——**楓葉轉黃了呢，下午要去哪裡走走嗎？綠豆該採收了，傍晚拔一點下來加地瓜煮湯好嗎？……**天氣轉涼的夜晚和誰一起走路回家的妄想老是夾雜在唱誦經讚之間。

此刻我覺得上帝有點彌補我彌補過頭了。現在就算我不想聽別人平凡的一生也不得不聽，聽就算了還要一一筆記下來。

我看著像慧智的狗雲朵在幾種顏色間變換，猜想它們會不會正在猜想我現在正在猜想的……**唉……誰想得到在天堂跟雲朵相處會有這麼累。**

過往我在禪寺庭院灑掃不經意朝天空仰望時，根本想都想不到雲會有好不好相處這樣的問題。我端望著它們，感覺雲和我之間存在著一種微妙的相似，都只是抱著展示的心態在參與別人在想什麼——雲向我展示我的念頭，我向上帝展示那些鬼的念頭——而不是真的想要看穿誰，即使真看出來了，也不過是中立的感觸。

我聽，但是沒想過**深入**去聽。雲也是。

現在我盯著它們，感覺不像過去從禪寺院子抬頭觀望它們時那樣輕鬆，看著慧智開始從邊緣處淡開成我還是小和尚時習慣的不規則狀。我心裡對上一個鬼本來就模糊的評價此時也徹底淡了。

不只是雲，在天堂不管盯著什麼東西看都無法感覺輕鬆。也真是奇怪，天堂這地方竟不是身置其中便會備感希望的，而是不管哪個角落都隱約散發著憂傷的氣息，**不知道該不該珍惜此刻和我相視的鬼魂，那一面之緣的情誼呢？……**這樣的感嘆充斥四周，而且這情況就算是對那些已經待了好一陣子的鬼也還是無法習慣。

例如我，天堂無所適從的感覺令人氣餒地強烈，什麼都放不下，什麼都帶不走，一種流浪的氣息始終在我睜眼閉眼之間。

偶而行經新人區——我想我該說新鬼，輕易就感受到一群人「死」潑吵鬧的氣氛。他們明明已經死了——還死光了——然而看著他們規矩未明之前愈是喋喋不休，他們在我眼中就愈發栩栩如生。

「可以繼續了嗎？」急促卻小心翼翼的聲音問道，令我停止回溯既往，並將視線調回這一刻出現在這面談室出口，那個夢婆的臉上。她緊挨著牆站得直挺挺的，學生向老師報告事情的站法。

而隔開我們的那與其說是牆，近看倒更像一堆糖霜或白色厚實的雲朵縮聚在一起模擬牆壁的樣子，質地一點也不堅實。在這裡，誰都只能**靠自己**。

「可以了。」我說。夢婆一聽兩三步就跑開了。

這些孩子總是很有活力啊，即使隱藏在母親的外表下，毫不遲疑邁開腳步的樣子依然像個孩子。我一邊想一邊又朝遠處的天空望去，把握最後令眼睛放鬆的時間，無聊地等待下一個鬼被領進來。

雲從天堂這高度去看實在很難說它們壯觀，雖然它們現在令我著迷地閃現光彩，卻像霧一樣不結實，而即使不成形也彷若有所意涵。彷彿故意似的，天堂四處被這些雲霧遮的沒有細節，它們總是薄得恰到好處，**反正遲早要離開的，何必記得太清楚！**一種可以隨時從心底抹去的氛圍。光是這些雲就能為這裡贏得好名聲，你不太可能記得任何在這裡發生的不愉快。

一整天下來我面談過的鬼，沒有一個能讓雲群察覺：是真正的好人！不但如此還盡是些相反的性格，最後就是刺眼的陽光照得我整個人都累了、懶了，我猜大概就是這原因，才讓我此刻比起往常這時間更加提不起勁，我一直在跟心靈活動頗為差勁的人解釋那幾個明明就很簡單的問題，還不能表現出不耐煩。

是不是好人不是三言兩語就能道盡的吧？多數的鬼都是如此主張，但我實在很想直接了當回應對方：顯然我的**老闆**認為的正好相反，才會一開始給的是更簡單的問法。

是不是好人不但是三言兩語就能道盡的，甚至只是一兩個字：

「是！」

「不是！」

根本沒有中間的模糊地帶。

那些在我面前坐下，認為自己是好人的鬼——而這還佔了大多數，其實或多或少都有著性格上的瑕疵。那些小小的瑕疵也許未曾陷他人於不利，卻經常令周遭的人不快。更別提在他們之間還有一些其實根本和好這個字完全沾不上邊的人，卻因為我外表年輕就以為我很笨，而迅速回答我：是！

我看多了！也看夠了！

說到笨這個字，被我面試的鬼在察覺我似乎相當年輕之後，總會有幾個愛以智識上優越於我的態度和我說話，以為那樣便能多為自己掙得一點來世的什麼。

這讓離職一詞這陣子在我腦中被思索地越來越頻繁了，可惜上頭沒有明確解釋要攬用到什麼樣的鬼之後我才能離開，一直以來只是徒增我對離職的幻想和錄用新鬼的困擾而已。

一個老年模樣的男鬼被領了進來，在我將視線收回前的最後一刻，柔白的變形「慧智」突然無預兆地轉為桃紅和澄黃的亮麗「慧智」，像某種暗示一樣。

對方坐下來一會兒後，我眼角驚訝地確定了零星的幾朵雲，正朝我們這邊靠攏——為數不多但終究是有，我謹慎起來——**是個還不錯的人！**

看一眼就令人直覺猜想必定是死亡時沒有遭受到太多痛苦的老人家，而活著的時間也已足夠他培養出某種凜然眺望人世一切的態度，老了還是在意端正和乾淨，茶冷掉了總會嫌可惜而依然當成責任喝掉，那樣子的一個老爺爺。

感覺由他來坐在我的位置還比較像樣，我好奇打量對方同時開口問第一個問題。

「當世界只剩下你，沒有人攔著你，沒有人期望你會做什麼的時候，你想去那裡？想做什麼呢？」

彷彿在聲援我的觀察似的，老人家以一種既然過去從未對他人構成問題，那現在問點問題應該沒關係吧那樣的語氣開口說：「我可以先請教一件事嗎？」

我微微疑惑，在這房間，提出異議和發問的都算少數，大概是害怕開口說太多，來世的境遇不知將會如何，以及擔心惹來等候在門口的夢婆的不快吧，鬼魂們還在大廳時就老被夢婆們警告要保持安靜，於是大廳很快就是一張又一張懶洋洋的臉，誰也不肯好奇地東張西望，就怕在這裡多看了什麼，來世將要少見了誰，在這裡多瞧了誰一眼，來世生命就注定要少了那張臉。

其實那些孩子雖然沒耐性又老愛發脾氣，但孩子就是孩子，夢婆即使對一個鬼生氣，也很少往心裡去的。

「你問吧！」我說。

「為什麼我腦子只要想到雲，感覺有些雲就會慢慢朝我靠攏，聚到我四周，當我用手輕輕揮動時，它們雖然會淡開，但沒多久又有一些會聚回來，一直到我停止想雲這個字為止？」

我喜歡這老人家發問時眼神中隨著問題一起流露的疑惑，彷彿他是真心的。

「我說啊，當世界只剩下你，沒有人會攔著你，也沒有人在等候、期待你做什麼事的情況下，你會想去那裡？想做什麼呢？」明知老人家正在等我的答案，我卻再一次提起一開始那我沒得到答案的問題。

老人家看了我一陣，似乎從我的笑而不答裡掌握到某種令他安心下來的東西，認真想了一下之後說：「回去開冰箱！」

「那就是了！」我說。

雲會朝你靠攏是因為你掛念的只是這個，我想著但沒有對他解釋。

由他不懂他的問題和我的問題之間有什麼關聯、還等著我說明清楚的表情看來，他確實一點也不明白雲朵有多期待腦子裡的念頭是這樣稀鬆平常的人出現。

「回去開冰箱？為什麼呢？」我什麼也沒解釋，不想解釋也不應該解釋，進一步問這個純粹是因為自己好奇。

像確定自己的問題注定要被略過了，老人家不帶表情的望著我，以一種看開的語氣娓娓道來⋯⋯

「那是我一整天下來最放鬆的時候了，顧了一天的文具店，等最後一個客人結帳買走一些簡單的文具離開後，我巡視過陳列架，將被弄亂的文具、試寫紙那些的重新歸位，再將店裡的燈一盞一盞關掉，將門仔細上鎖後，走側邊的小樓梯上到二樓，回到自己住的地方。」

「我開燈、燒開水、從茶葉罐裡取半匙烏龍出來放進濾杯裡，沖茶濾茶，打開冰箱，眼前的東西終於來到滷毛豆和炒花生，我取出它們，和剛沖好的茶一起擱上餐盤，最後在電視機前面坐下，烏龍的香味和同時轉開的電視作為我一天的尾聲，每一天的尾聲。」

「茶的溫度和香氣總是正好，彷彿正是因為那樣辛苦了一天，才值得一杯溫度正好的熱茶。」

「然而那一晚，那明明走了一輩子從來不曾出錯的同一段樓梯路，只因為我腦子裡模糊想著別的事，沒有依女兒的叮囑要不嫌麻煩地穿上外套，文具店的大門鎖上後，我只是將外套拎在手上，想著反正才幾步路而已沒關係吧，誰知道我的腳才踏上第四階樓梯，心臟就亂跳了起來，襲

向我的冷空氣讓我早就不中用的心肌就這樣梗塞了。」

「死了沒關係，只是人都來到這裡了我卻一直無法感覺安穩，始終有種那一個夜晚並沒有真正結束的感覺，人都已經站來到天堂大廳，卻只要閉上眼睛，腦海中的畫面總一再回到我還站在店裡擺正試寫紙，瞄到第一頁某個試筆的人寫下的滿滿一頁的雨字，彷彿要區分清楚豪大雨、毛毛雨、溫柔春雨般那樣，大大小小、工整或潦草的雨字鋪滿了整面的試寫紙。」

「往常試寫紙上多半是隨意的線條，就算是漢字，也是草率幾個橫躺在上頭，讀得出意思的完整句子就更不可能了，透露大家對一枝筆能斷水到哪裡去的不在乎，雖然偶爾也會出現工整的字，意味某個人的不輕易妥協，但那終究是少數……」

「**為什麼對雨這個字這麼執著呢？**……走在樓梯上我想到的是這個。不是多重要的問題，卻是我生前腦子裡最後在打轉的事。」

「驅走一室黑暗的開燈動作、冰箱打開來後襲上身體的冷氣、滷毛豆、花生、熱烏龍白霧般升起的煙、手指間的黑胡椒、不怎麼吸引人的夜間節目……我排在大廳的隊伍裡，滿腦子盡想著那些。抱著這樣失落的心情即使前往一個還不錯的來世，恐怕我也無法好好開始吧，心裡一開始就不踏實，來世怎麼可能不亂糟糟的呢？」

「在意的話，就回去開個冰箱再趕回來不就成了嗎？孟婆應該不會反對的。」我說。

「可以的話那還好辦哪！只要讓我把冰箱打開來再看一眼就行，偏偏冰箱裡的東西全被女兒清走啦！連插頭都已經拔掉囉。我啊，其實已經拜託夢婆讓我回去看過了！」

「那……」我思索了一陣：「那就去開女兒家的冰箱不就得了！」話才說出口，我就意識到今天的自己和往常不大一樣，我竟放下一貫例行公事的面孔，試著建議對方什麼。這還真是我第一次端望著別人，心裡確實想著那個人的事！

不管是活著還是死了，我即便盯著某個人看，那人也不過場景般地立於我視線一隅，我心裡想著的盡是與之不相干的事，不管是以前來我們寺裡拜拜的那些人，或是被夢婆帶進來在我眼前坐下的這些鬼，當我的視線掃過他們，沒有什麼能驅使我好奇，那個人為什麼這樣？這個人為什麼又那樣？一直以來我習慣性地只想得到自己。他們來路不明地走近我，來路不明地離開，完全不困擾我，我不知道自己是如何能這樣不帶觀點地看著周圍所有的人。

我聽著自己向對方做出建議的聲音，彷彿某種東西在那一刻被觸發了。就像雲淡開、開始浮動變形的鬆散邊緣，一旦從那裏開始改變就絕對不可能回復原狀的直覺突然湧上。

「女兒把毛豆和花生收進冷凍庫最底下的抽屜啦！冰箱的門即使打開來了也看不到，夢婆只允許我們看可沒允許我們動手翻啊！」

「那可真糟糕！」我說。

「是吧！」

「應該是……」我想像可能的理由：「女兒不捨你最後吃的東西，想存放久一點吧！」

「是吧！還調低了冷凍溫度的樣子啊。」

「沒辦法囉！」我笑著看老人家，我的聲音竟還帶著蠻開心知道這結果的語氣。

「沒辦法囉！」老人家類似的語氣回應我，以一種看來女兒真是很捨不得自己那自然沒轍啊的表情。

在這對話之後的問題，老人家幾乎都是幾個字就回答完畢。雲始終沒有再增加，但也沒有減少。

有些人因為在世時為許多人帶來快樂，離世時自然不免被評價為好人，然而也有這樣的人，淡淡地過生活，淡淡地對待他人，沒有刻意對誰好，但最後光是離世，就令周圍的人不忍、難受。我想這老人家就是這樣的人，沒有顯示過什麼大善大愛，但是整個鄰里都清楚記得他。

靈魂如果沒有被看見，空只是活著，是一點生氣也沒有的，所以這些新人比起昇天前，此刻或許更活生生地、更生氣盎然也不一定。我看著這些滿頭灰髮、白髮端坐到我面前來的老爺爺、老奶奶鬼，感覺他們似乎都很滿意現狀。

終於還是到了只能一逕向前的階段了啊！當我目送那老爺爺離座時，他的背影莫名給我這樣的感覺！

也只能這樣想啊，這裡是天堂啊！

每個角落都不蘊藏任何含意，沒有一樣東西是另一樣東西的象徵，盡是全然單純的存在，所有生命事件能彰顯的寓意，如今都已遠離，都在**下頭**了。看似包容一切，其實也沒有太多狀況了，我是說，都來到**這裡**了，還能有什麼更大的狀況呢？

記得師兄總說：寺外面的世界啊，每個人都混得開，也都混不開啊。這裡就是那樣的世界，連禁止行為都沒有顯眼的告示牌來清楚載明，一切依循模糊的口耳相傳。世界成型在想像中才更令人敬畏。

過往興高采烈跟不太熟的人也會說上一兩句的事，**我啊，每天下班後都要吃幾顆花生才行、用沾滿黑胡椒粒的手端起茶杯喝一小口剛沖好的烏龍，乾淨的另一隻手隨意轉著遙控器：下班後的獨居滋味啊：**

在這裡突然間變得不值一提。

我知道老人家剛剛那些話，除了我，再也不會對大廳裡其他人說了。

只是因為死了的關係嗎？

但現在待在這裡的，不就是令那些瑣事顯得有意義的靈魂嗎？

遠處大廳中的鬼魂們，一個個的眼中都沒有半點光彩，之前我老是感覺天堂好像醫院，出入的臉孔找不到幾個真正開心的，此時此刻我更加確定了。不，或許是我**期待**它像醫院吧，期待有專業的人士好好照看著一切，什麼也不必擔心。

我一邊想像那兩包被深埋進冷凍庫的花生、毛豆，一邊看著老人家被夢婆領向大廳那逐漸縮小的背影。剛剛還很鮮明的那老人家的特徵，混入鬼群後才一下子，我就辨識不出來了。就像前一刻我還讚嘆那飄降的姿態是如何近乎完美的一片落葉，一眨眼卻已成為泥地上眾多枯葉中的一片，難以辨認。我的心裡突然湧上一股絕對感：那離世了會令人懷念或偶而笑著提起的人，就在剛剛已經徹底走出我的世界，只剩滿滿一大廳舊的懊悔在尋找新的觀點。

舊的懊悔、新的懊悔、舊的期待、新的期待，無論是哪一種懊悔和期待在這裡都顯得樸素得要命。天堂沒有任何可疑之處，有的只是可惜。

我莫名想著不知道上帝會對他做何安排？應許他一個有著超大冰箱的來世嗎？家人還正好對胡椒炒過的毛豆和花生有偏愛，於是他從尚未學步就一再朝那些爬行而去，坐直可愛的身體，用力拉開冰箱的厚門、冷空氣襲來中望著自己的前世，備感踏實⋯⋯

突然間另一股強烈的直覺籠罩住我⋯⋯

啊！原來如此！

我不怪媽媽了！我錯怪她了！

媽媽原來只是俐落乾脆地將我領向上帝應允我的所在之處，在我前世與更前一世的轉折間，我自己誠心要求的，或許，正是木魚啊！

「下一個可以帶進來了嗎？」夢婆在牆上輕敲兩聲，令我錯愕地點頭。

一直到剛剛，我都還不明白我的獨特之處，我看不出來自己的哪一部分得以勝任這份工作，但此刻我都懂了，暗自期待能挑戰別人的悔恨和得意的必定就是我自己啊！我打從心裡苦笑起來。

乍看文靜的一個年輕女孩又來路不明地被領了進來，她有些錯愕地看著我，臉上走錯房間的表情彷彿在說我不同於她的想像，彷彿我才是那個沒有前因後果地候在這面談室的人。

但她才坐下，就輪到我錯愕，明明是東方臉孔卻有著靛藍色的眼珠！（註解二）但光這樣還不足以嚇到我，而是她身後明亮的天空正飛快飄來一些不成形的烏雲，烏雲繼續不停地變化，清楚有增厚的意圖，令我困惑的雷聲開始由遠而近。

註解二：患有瓦登柏格症候群的人，天生眼睛顏色異常，並可能伴隨單耳或雙耳的聽障。

不，其實我漸漸不困惑了，從剛才那些直覺中！

而我心中還突然有股似曾相似卻成形地很慢的熟悉感。

我一邊想釐清那份熟悉的感覺一邊開口問：「當世界只剩下妳，沒有人攔著妳，沒有人期望妳會做什麼的時候，妳想去那裡？想做什麼呢？」隨我的聲音一同開始的還有我們頭頂上若有似無的雨滴。

我看著她思考要說的話，她看著我思考我可能會進一步解釋的話。雖然感覺她似乎隱約堅持要等我再次開口才開口，但也不因為我現在在紙上胡亂劃寫著什麼就焦燥不安，像她也深知自己過去的一切應該值得不錯的對待。

我什麼也沒寫，其實。只是一直用筆在問題底下畫線，假裝在確認問題是否有任何字句被遺漏，然而盯著紙卷其實心裡在想……在想關於介紹這份工作的開場白！

因為越來越多由遠而近的雷聲和清楚起來的雨滴，讓我確定接下來的那些問題，她一個也不必回答了！

我將所有的紀錄紙在桌上立直、順齊，接著緩緩開口。

「妳大概沒聽過這種事吧，免費服務的上帝其實也需要助手…」我開始說明。

我開口前不知道她會有什麼反應，我說了這句話後還是不知道。
明明是自己決定要說的，卻邊說邊感到遺憾，因為每一句話都顯得過頭！是一個很可愛的女生！跟家人來我們寺裡拜拜的話，我必須忍耐才能不去多看她兩眼的那種長相。

而，此刻，我正在一個字一個字遠離我和她來世的各種可能性。

轟隆！突然一個響雷大作！

她嚇一跳，靛藍色的眼睛小心地聽著我突然岔題，接著安靜地看著我，表情裡的疑惑就像她也知道：我根本也不確定我能不能對她說這些。

轟隆！

看著她可愛地又嚇一跳，突然希望是由她來問我一些問題，但她卻只是沉默地等著我開始解釋，這一刻她毫無表情和我四目相接的眼神正透出某種自覺——覺得繼續保持安靜會比較好的自覺。

她靛藍色的眼睛專注地直視我。

轟隆！

這回她已經掌握到響雷前閃電的警告。幾近黑色的雲團在我抉擇該拿什麼當第二句話時，朝

她頭頂上聚集地更為密實，彷彿目標明確！

它們呼朋引伴過來，令四周的天色一下子晦暗，她終於緊張地左右張望起來。

「好像…會下大雨…」她含糊不清的聲音說著。

這就對了！

原來有發聲的障礙！她的聲音帶著聽障人士特有的含糊。

沒有什麼比一個吝於開口的傾聽者更適合坐在這裡了！

我直至這一刻才清楚確定之前那未成形的熟悉感到底是什麼了。

活著的時候，一定是個好孩子吧，我看著女孩心想，是父母擔心這孩子似乎有些自卑，於是她愈大愈懂得佯裝出一副很有自信的樣子，這樣子的好孩子。同一件事造成她的堅強與脆弱。不是有心保持中立，刻意要求自己對自卑和自信的人都顯示理解，而是自然而然就變成那樣了。

就像我一樣！

「這雷聲好可怕！」她又說了一次，每個字都被分配到一樣的時間，像把字一個個說出口而不是句子，聲音還小到彷彿不是在對我說，而是她自己在確認這件事。

烏雲正爭先恐後地貼上她的臉，而，開始緊張地將灰色棉花糖般的雲朵呼過來吹過去的她，真的好可愛。她求救似的，不知道這樣把雲吹開妥不妥當的神情望著我。

「雷聲在這裡是好事！」我說，每一個字都說得很慢，預期她會立刻接著問為什麼，結果她只是眼帶疑問回望我，連為什麼都吝於說出口，讓我確定她真的聽不慣自己的聲音，不太喜歡開口。

「表示雲喜歡妳！」

然後她笑了，讓我也跟著笑了。

我才三兩句告訴她得接下我的工作，大滴的雨水就打得我們像落水鬼一樣，看著雨滴淋在桌面上令我想發笑，我忍住了，將手上那一疊紀錄紙翻到背面，被接下來的雨勢逼得站了起來，抱著那一疊紙往門口走。了解到原來前輩當時急著走的部份理由是因為懷裡這一疊紀錄紙！在字跡被徹底打糊以前得趕緊離開這兒！

她慌張地也跟著站了起來：「要做什麼？要我做什麼？我要做什麼？……」她停頓了一下，用手抹開突然滴進眼中的雨水，她及肩的頭髮整個濕成一束束。

「我要一直待在這裡嗎？不用投胎嗎？」她含糊的聲音問著。

那正是我最後問前輩的問題。

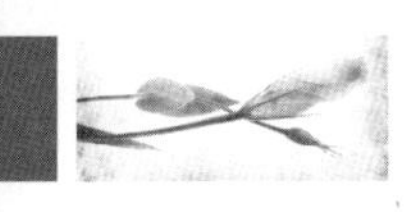

「妳會知道的！」我說。

她沒聽懂似地望著我，用都是雨滴的手擦都是雨滴的臉，狼狽地我簡直要笑起來。

我看著她，腦子裡剛剛那股恍然清醒的感覺瞬間變得怪怪的…太強烈了！就像是深沉的幾覺醒來…

過去的每一世開始一幕一幕以它們各自的色彩在我和她之間的雨中閃耀，像一道慢慢成形的彩虹被我看見…

我看見……

老頭子的我牽起一個小女孩，雷雨中我為那女孩撐起一面紅色紙傘，自己半邊身體全濕透了，卻只擔心有任何一點雨打在女孩身上，我一再挪動那無論如何都不夠用的傘面為她遮擋風雨…

我看見襯著澄黃夕陽的群雁飛越海面，前方的雁鳥開始加緊翅膀的揮動，為的是甩遠逐漸匯聚起來的烏雲，而飛在後頭的我卻逕自脫離雁隊，回頭朝雨的可能飛去…

我看見一群鶺鴒在岸邊整理羽毛，雨滴在河面上造成圈圈漣漪，一隻亮黃錦鯉從漣漪裡浮出，牠像被雨水打得傷透心似地直望著鵜鶘我…

我看見綠色藤花織滿一長廊，雷聲大作，一個男孩自長廊下跑過，鮮綠的垂藤順著風勢調整姿態，彷彿為男孩遮雨…

我看見一大群夜光藻聚向夜晚的礫灘，浪頭如雨一再親吻著我，我激動地以瑩藍色眼淚回應它……（註解三）

每個顏色的我都好清楚，彷彿它們是比一切被雨水打模糊的事物還要絕對地置於我心中，彷彿過去可以清楚重來！

啊，現在我了解了！

所以……我要求的不是木魚！甚至也不是雨！而是彩虹啊！

我**終於** **真的**理解了！

作為每一世神所應允的，陽光和雨絲或者有意或者無意的出現，為的是令我真正的渴望一世世累積成型，現在，與這有著靛色眼神的女孩在雷雨中的對視，便是這一世神為我安排的最後句點！

註解三：在台灣被稱爲藍眼淚的夜光藻，其實爲甲藻門單細胞生物，體內的球狀胞器具螢光素故能作生物發光，以浮游生物和矽藻爲食。

我看著她，雨水夾帶我激動的眼淚直直落下，令我慶幸，我的眼淚在雨中是如此安全，不會被察覺！

而她還看著我，等著我的答案！她無法辨識我的眼淚只會誤以為是雨！如同我無法辨識前輩的激動！

當我們置身天堂，我曾經這樣望著妳的眼睛！

這稍嫌不足的緣分，令她靛藍色的眼睛在我心中留下亮澄澄的印象。

我會辨識出妳嗎？到了某個時候？

如果不行，如果我失敗了，那麼由妳來認出我，可以嗎？

她的眼睛、我的聲音，會在什麼樣的場合被彼此辨識出來呢？我想像不到，真希望能留下一些線索，我瞄了一眼她的眉毛，除了沒什麼心眼的樣子，找不到能牢記的特殊之處。

而她還看著我！只看見我臉上的雨而看不見我心裡的激動！

我一邊想著模糊的來世一邊覺得自己很蠢。到了那個時候，她的眼神還會是**她的眼神**嗎？我的聲音還會是**我的聲音**嗎？

所以…都像這個樣子的嗎？

當時我的某一部分也觸動了前輩？令她得以領悟出什麼？對方也在心裡試著記住我的什麼嗎？害怕注視越多就失去越多，於是斷然轉身了。

夾帶雨水的雲朵理直氣壯般的濛住她的臉，太多了，雲多到不像話，她終於由不安轉為好笑，她開始閃躲的肩膀卻躲哪裡都沒有用，濕淋淋的頭髮下轉著的靛色眼珠像在問：我可以躲開嗎？但依然沒將話說出口，只皺起眉一副被打擾到的樣子。

雲朵在我們之間彷彿染黑的棉花，我隔著它們望著她，知道我能記住的線索只有她的吝於開口，因為來世這雙眼睛，也不會再是這個顏色了！

好希望她能夠再多陪我一下，我想她可能也是，只不過心情完全不同，我是因為某種期望，她則是因為對工作不確定的擔憂。

轉身之前，我以一種賭賭看的心情，趁遮住她臉的烏雲正好由她眼睛處浮動淡開的瞬間，我最後一次望向她的眼睛，只看她的眼睛，在心裡對自己說：如果會認出來就一定會認出來，一眼就夠！

「那…」**再見！**我本來想這麼說，但突然意識到某件事，急迫地自己打斷了沒說完的話。

「沒辦法回答妳！」我用一種說給自己聽的語氣開口。

轉身的時候並不遺憾，反而有股微微的期待，我抓緊那些紀錄紙朝大廳的方向走去。當我的聲音說著回答妳這三個字時，恰到好處忽然大作的雷聲，正好掩去了我的聲音彷彿對話沒有完成。

我好開心！

「什麼！」雷聲逼得她大聲說話，她在我身後慌張地想跟上，「可……」

而我故意走快得連那個 是 都沒有聽完。**我不想聽完，不可以聽完。**

我沒有再說一個字，也不准自己回頭。我最好沒有前因後果地離開，如同一開始一樣，假如我還奢望那微弱的可能在來世成真的話。

轟隆！

靛色的眼珠…

轟隆！

沒修好般不對襯的眉毛…

轟隆！

不太乾脆的細窄雙眼皮…

轟隆！

大聲說著「什麼！」的女孩…

原來一點點累的感覺都沒有是這個樣子，原來對自己放手是這麼一回事。我知道了，即便換了不一樣的名字，融入不一樣的生命裡，我，依然是我，圍繞著不一樣的家人，或立在岸邊整理羽毛，或在微風中輕擺自己的綠藤，或在夕陽中飛向雨，或在浪花裡發光，我，依舊是我！

希望不是太遲，我將紀錄紙遞向牆邊一臉錯愕的萝婆，興沖沖地朝大廳的隊伍裡排進去，朝來世奔去，朝另一個自己奔去，朝「紫色」奔去！迫不急待邁出的步伐就像那些孩子一樣。

來世，我會在某一刻，在某個年紀，某個感嘆中，由地面的某一處抬頭望向彷佛「慧智」的雲朵卻無法憶起「慧智」，我也許會想像，**啊，那雲端之處便是未來終老所在的天堂光景吧**，有著燦爛和煦的陽光，笑容親切的看顧者、一張張無慮的面孔………而完全沒有一處想對！

那又如何呢？

一旦開始回溯天堂，不管是誰都會徒勞地想錯，任何人都註定要遠離它。就是因為成功躲開所有人記憶的重擔，天堂才能像這樣姿態輕盈地安然立於這能俯瞰一切的最高處！

排在隊伍中，我完全理解了……天堂呈現的不是終處，而是一道道離開的路徑，即便如此，也沒有誰覺得自己被騙。

身上的雨水乾得沒有想像中快，我卻毫不尷尬，幾個鬼因為我這一身濕掉的衣服而眼神瞥過我，都是飛快的一眼，視線沒有真正停下來，我清楚知道自己的狼狽沒有被看進他們的心中，因為所有人都謹慎！天堂不是一處，你終於看見別人、聽見別人，不再主張自己的所在，因為靈魂都是自我的，而這裡滿滿都是！每一個微小的舉動，都在改變未來，怎麼能不小心呢？

他們透視般的目光令我感到越來越自在、越來越輕鬆，輕到彷彿要飄起來…

現在，在眾多離開的路徑中，我選擇了眼前這一道，不，是我被這條路給選擇了！我已經知道，某個形式未明的「紫色」正在等待著我！

希望有個需要守護的人…

我踏了一步，知道這一步不是開始，也不是結束，而是永恆的期盼。看著雲群起初在好遠的下方，一眨眼已在四周，在我能感覺害怕前，雲朵便逐漸游離視野，最後一團被陽光照得彷彿臉頰發燙的雲朵突然加速昇起…不，並非它昇起，而是我正在加快朝大地俯衝而去！儘管那暖亮的畫面只是一眼，已夠我的心跟著預感這是一個好的開始！一列雁形候鳥迷人地飛掠我眼下，而我不敢也沒有時間再去注視一次。

此刻，山岳一座一座從霧海突出彷彿島嶼。曾經應付過的各種問題、種種負擔，一點點遠離了我……

這一回更徹底了，被新的這團霧給篩光了！

還沒有名字的我，這一刻，正朝某個感覺能接受我，我也能接受的地方落下。被日光照得薄薄的月亮彷彿不遠的低懸在空中，安靜而遙遠的小鎮此刻還像童話世界般沉沉睡著……我一面往下飛，一面看著這世界再次以隱喻的方式向我展開。

我知道，當我再次置身天堂，那些連我自己都想不起來的前世會在那裏等著我再次發現。然而，就在我縱身一躍的那一刻，在天堂等待著我尋回的那些過去，無可避免地，再一次地，又被我視作未來了。

而我沒有一點點不情願，甚至有一點迫不及待。

這一瞬間，我以無比清晰的視角瀏覽著世界，我知道，當我真正投入其中後，我再無法像現在這樣看它看得那麼清楚。

等著我的是一段沉長或短促的孤寂？一段沉長或短促的熱鬧？此刻，我還不知道。

然而，想不起任何一張臉的這獨特的一刻，完全不需要逞強的這一刻，沒有任何不堪也沒有任何不安的這一刻，沒有什麼受不了的事，也沒有想承擔卻承擔不起的，沒有需要取捨的，或是妥協了就會失去靈魂的……

還沒有，都還沒有。

這樣全然自在的這一刻、內心毫無瑕疵，不被任何悔恨佔據的這一刻，我，確實感覺到幸福。

視線中的一切，沒有一件事是另外一件事的線索，還沒有，還不需要。我的心此刻沒有任何一點點的黑暗面，或者抱怨，也沒有想要問候的人…

還沒有，都還沒有…

啊，原來如此！原來還有這樣的一刻！

一直在為了這樣的一刻，「稍後」將要付出代價！為了這完全無視世界的一刻，稍後將要付出代價！

眼前的浮雲開始如湧浪般一波一波，向下飛的速度似乎變慢了。多種情緒逐漸鑽進我心……

這一瞬間，正從我身上吹過的這陣風，之後將會撫向誰呢？正從我身上撤走的這道夕照，之後將會投向誰呢？

我看不出任何指引、任何暗示。

我會被找到嗎？會落在對的地方嗎？會落在同樣也期望著我的地方嗎？越來越近的這片廣闊大地若僅僅只有我一個人，豈不是太孤單了嗎？

不知不覺從清晨飛到黑夜的我，星辰間的滿月也不知不覺重新取代夕陽陪伴著我，而才幾個眨眼，我看見滿月現身夜雲中，才要感覺自己已經飛得夠低了，低到擺脫雲霧了，滿月卻轉而出現在視線一角的樹枝頂端，彷彿在說：還不夠！還不夠！還要更低！

黑夜中，我繼續朝下飛翔，越來越擔心。

試著不讓擔心的淚水盈出我的眼眶，遠離雲霧後我一路忍耐著，始終有風不時吹拂著我，彷彿在提醒我還不是放鬆的時候。還不是！還不是！

前一刻明明才看著一道晚風將眼下一戶人家筆直煙囪所冒出的白煙呼散，一眨眼，一路陪伴我的那輪滿月竟令我備感驚訝地出現在窗戶外頭……

所以……

啊！就要開始了……

這一生！

國家圖書館出版品預行編目資料

變成鬼了之後 / 巴黎晚餐著
--初版-- 臺北市：博客思出版事業網：2016.8
ISBN：978-986-93351-0-2(平裝)

857.7　　　　105012504

現代文學 30

變成鬼了之後

作　　者：巴黎晚餐
編　　輯：高雅婷
美　　編：林育雯
封面設計：林育雯
出 版 者：博客思出版事業網
發　　行：博客思出版事業網
地　　址：台北市中正區重慶南路1段121號8樓之14
電　　話：(02)2331-1675或(02)2331-1691
傳　　真：(02)2382-6225
E—MAIL：books5w@yahoo.com.tw或books5w@gmail.com
網路書店：http://bookstv.com.tw/　http://store.pchome.com.tw/yesbooks/
華文網路書店、三民書局
博客來網路書店 http://www.books.com.tw
總 經 銷：成信文化事業股份有限公司
電　　話：02-2219-2080　　傳 真：02-2219-2180
劃撥戶名：蘭臺出版社　帳號：18995335
香港代理：香港聯合零售有限公司
地　　址：香港新界大蒲汀麗路36號中華商務印刷大樓
C&C Building, 36,Ting, Lai, Road, Tai,Po, New,Territories
電　　話：(852)2150-2100　　傳真：(852)2356-0735
總 經 銷：廈門外圖集團有限公司
地　　址：廈門市湖裡區悅華路8號4樓
電　　話：86-592-2230177　　傳 真：86-592-5365089
出版日期：2016年8月 初版
定　　價：新臺幣220元整（平裝）
ISBN：978-986-93351-0-2